新潮文庫

ふるさとへ廻る六部は

藤沢周平著

新潮社版

5464

目次

ふるさとへ廻《まわ》る六部は

忘れもの

置き忘れたものがある。さて、それを置いたのはオオバコの葉の陰だったのか、河原を這《は》うテリハノイバラの白い花のそばだったのか。そのまま旅に出たのが悔まれる。

かつて一度、かがやく二つの平野を横ぎり、ひとつの隧道《ずいどう》を駆けぬけ、胸はずませて捜しに戻ったことがある。だがそこには見覚えのない旗が翻《ひるがえ》り、辻《つじ》ごとに子供らは嘲《あざけ》り笑い、ノイバラは枯れ、オオバコは狂気して繁茂するばかりだった。

あるいはあてのない旅に疲れて、幻を視《み》るのか。それともすでに誰かが、黒い布に面《おもて》を包んでそれを掠《かす》めとり、奔《はし》り去ったのか。

1

日本海の落日

山形県西部、庄内《しょうない》平野と呼ばれる生まれた土地に行くたびに、私はいくぶん気はずかしい気持で、やはりここが一番いい、と思う。

山があり、川があり、一望の平野がひろがり、春から夏にかけてはおだやかだが、冬は来る日も来る日も怒号を繰りかえす海がある。こうした山や川に固有名詞をあたえれば、月山《がっさん》、羽黒山、鳥海山、川は最上《もがみ》川、赤川。そして平野の西に這う砂丘を越えたところにある海は、日本海ということになる。

そういう風景に馴《な》れた眼《め》には、東京の、よほどの好天でもなければ山が見えない風景はどこか物足りないし、また信州のような土地に行くと、今度は山が多すぎて少し息ぐるしい感じをうけるのである。

庄内が一番いいというのは、そういうわけだが、そこにやや気はずかしい気持がまじるのは、私が挙げたような風景は、そこで生まれた私にとってはかけ替えのないものであっても、よその土地から来たひとたちにとって、それほど賞美に値するものかどうかは疑わしいと思うからである。

現に誰かの小説か随筆に、庄内平野を汽車で通りすぎる描写があって、窓のそとには退屈な田圃《たんぼ》がどこまでもつづいているといった文章があったのを記憶している。多分そんなものであろう。

私がこの土地に帰るときは、ふつう新潟回りで日本海に出る。特急で六時間かかるので、大ていは上野を出発するときに厚手の推理小説を一冊持って行く。ついこの間、十月に帰郷したときも、私はスタンウッドの『エヴァ・ライカーの記憶』を鞄《かばん》に入れて行った。

しかし新潟から山形へと県境を越えるころから、左手に海が見えて来る。折から海に日が沈むところであった。いまひと息で読みおわる小説への興味に、ついに日本海の落日が打ち勝ち、私の眼は窓のそとの光景に釘《くぎ》づけになる。そして胸の中では、こんなうつくしい風景がよそにあろうか、とつぶやいていたのである。

（「東北」昭和55年）

旧友再会

じつにひさしぶりに旧友の佐藤朝治さんに会った。私は四十年ぶりぐらいかなと思っていたが、朝治さんの方が記憶がたしかで、三十五、六年ぶりだと言った。朝治さんは私より一歳上の幼友だちで、生家が隣同士である。

Y市に住む朝治さんと連絡がつき、電話で話すようになってから二、三年たつだろう。そして話すたびに一度会おうと言い合いながら、むこうも勤め持ち、私も小説の締切りに追われる生活ですぐには会う機会をつくれなかった。それがやっとひと月ほど前に実現したのである。

いまと違ってむかしの農家は多数の人手を必要としたから、子供がごちゃごちゃといた。そして長男、または婿《むこ》取りの長女をのぞく子供たちは、学校が終わると大概は外に奉公に出、結婚適齢期が来ると婿になったり嫁になったりして、次第に村を出て行くならわしだった。

私の小説には、婿入り願望の下級藩士の次、三男などというのが出て来るけれども、村の次、三男や娘たちの縁談は比較的スムーズにまとまり、売れ残るケースはあまり聞かなかった。農村の嫁取り、婿取りの情報網は綿密に行きとどき、じっと待っていれば、名前しか知らないような遠方の村から婿の口がかかったりするのだった。いま、農家の長男に嫁の来手がないなどと聞くと隔世の感がする。

ところで私は農家の次男、朝治さんは多分四男である。二人とも通常のコースだと戦争に行くか、あるいはどこかの農家に婿入りという運命にあったのだろうが、結婚年齢に達する前に戦争が終わって、戦後というものが来た。それは敗戦という厳粛でみじめな事実を引きずってはいたものの、一方に東北の片田舎でもそれとわかるほどの、自由な空気をはこんで来た時代でもあったのである。

農村の若者たちはのど自慢と三度笠《さんどがさ》踊りに熱中した。農家の婿になるのをじっと待つひとは少なくなった。私たちも、朝治さんははるばるとY市に出て消防士になり、私は学校の教師になる道をえらんだ。そしてそのまま四十年近い歳月が過ぎたのである。

当日私たちは山手線渋谷駅で待ち合わせることにした。しかしおたがいに相手がわかるかどうか不安だった。私が留守の間に電話に出た家内がその点を確認すると、朝治さんはご自分のことを髪がなくて太り、背は低いと言ったという。家内は私のことを髪はまだあるが白髪まじりで、むかしの丸顔が細長く痩《や》せていると言ったそうだ。

だが案ずるより生むが易《やす》しだった。

朝治さんの家の屋号は伝左衛門で、私の家の屋号は太郎右衛門《たろうえもん》である。髪はうすくても朝治さんは伝左衛門顔で、頰《ほお》はこけても私は母親似の太郎右衛門顔だった。ひと目でわかった。私たちは感激のあまり、外国人がやるように抱き合って再会を祝した。朝治さんは文字どおり火の中をくぐる消防官勤務ひと筋で来て、近年は救急隊長をしていた。骨の折れる仕事を男らしくこなして来たと言えるだろう。そして私は大病をして教師をやめたものの、どうにか生きのびて小説を書いて暮らしている。この再会は祝わずにいられない。

赤坂で食事をし、すぐそばのホテルのラウンジでゆっくりコーヒーを飲み、それから新宿御苑に行ってまだのこる八重ざくらを見た。私たちはその間、あきることなく田舎の村の話をした。朝治さんのあとにくっついておぼえた村の子供の遊びの数数、村の風景、村の人びと。

そういう話をしながら、その日私はとても幸福だった。いまは幻となったかつての山青く水清かったふるさとを、自分一人でなく朝治さんと共有していることが実感出来たからである。

（「高知新聞」昭和61年6月13日）

聖なる部分

学校好きの子供もいるかも知れないが、自分が子供だったころを振りかえると、私はかなりの学校ぎらいだったように思う。授業がおもしろかった記憶はなく、学校でおもしろかったことといえば、遠足や学芸会の合唱の練習をしたことぐらいだろうか。

そういう子供だったから、学校から帰ると鞄をほうり出してすぐに遊びに行くのが日課だった。

そしていったん外に出れば、そのころはいたるところに遊びの種があった。草笛を鳴らし、笹舟《ささぶね》をつくり、スカンポや野イチゴを喰《た》べ、木にのぼってスモモを喰《く》い、ヨシキリの巣をさがし、ムクドリの巣から子供をさらい、メダカやドジョウを捕った。

夏は朝から日暮れまで泳ぎ、冬は雪道をつくったり、スキーで滑ったり、カマ（カマクラ）

をつくったりした。中でも私たちは、若干の悪意とユーモアのこもる仕掛け、雪の落し穴づくりにどんなにか熱中したことだろう。

こういう自然相手の遊びのほかに、外からそのときどきの流行の遊びが加わることがあった。メンコとか日光写真とかである。これだけおもしろいものがまわりにあっては、なかなか学校の勉強まで手が回らないわけである。

私は朝から晩まで、といっても昼は学校に行き、また時には庭を掃いたり家業の農業を手伝ったりするわけだが、そうしたことをのぞいた残りの時間を、ただただ遊び呆《ほう》けて過ごしたように思う。

私が長男だったら、農家は跡つぎにきびしいから、こんなふうに遊べたかどうか疑問である。しかし私は家に責任のない次男なので、親は比較的寛大に遊ばせてくれた。そのことを私は親にどれほど感謝しているか知れない。子供のころに、自然の感触を身体《からだ》でたしかめるような時期がなかったとしたら、小説を書いたところで、一行だってまともな自然描写など出来るはずがないと思うからである。

ただ親は夜遊びだけは許さなかった。たった一度、友だちと家のすぐ前の小流れの岸まで蛍狩《ほたるが》りに出たとき、やがて家から呼びもどす母の声が、妙に鋭かったのが記憶に残っている。むかしの農村の夜はねっとりと暗く、母はそういう暗さを恐れたのかも知れない。

さてここで、不思議なことを告白しなければならない。これほど学校がきらいだった私が、担任していただいた諸先生を思い返すときは、懐《なつ》かしさでいまなお胸が熱くなるということである。

私は昭和九年に小学校に入り、一年、二年を女の大久保先生に担任していただいた。大久保先生は私の記憶の中に、いつも紫と白の矢絣《やがすり》の着物に紺の袴《はかま》、白たびという姿で立っている。髪はうしろに丸くまとめ、額は出額で唇《くちびる》が厚く、その上大久保先生は色が黒かった。子供ごころにも美人とは思えなかったが、大久保先生は静かな声を持つやさしい先生だったので、私たちは十分満足していた。私たちは親鳥の羽の下にはぐくまれる雛《ひな》のようにして、二年間を過ごした。

大久保先生はその後転任し、間もなくバスの火災事故で亡《な》くなられた。ずいぶん大人のように見えた先生も、考えてみるとこの間結婚した私の娘より二つ、三つ齢上《としうえ》ぐらいではなかったろうか。その死亡事故の知らせを聞いたときのかなしみは、六十歳の私の胸にいまもかすかに残っている。

三年の担任は難波《なんば》先生だった。柔道選手のように固太りに引きしまった身体を、大ていは詰襟《つめえり》の服につつんで、男らしくてまじめな先生だった。四年の担任は保科《ほしな》先生で、話し方、歩き方に飄飄《ひようひよう》とした感じがある白髪の先生だった。

五年、六年の担任は宮崎東龍《とうりゆう》先生で、長身白皙《はくせき》の、背広がよく似合うダンディな先生だった。スポーツマンだったがピアノもうまく、文学の素養が深かった。私の文学好きが決定的になったのは宮崎先生の影響だが、このことはエッセイに書いているのでくわしくは書かない。しかし宮崎先生に出会わなかったら、私は作家になろうなどとは思わなかったろう。

宮崎先生は六年の半ばに満州に行かれたので、そのあとを校長の上野元三郎先生に担任していただいた。

もう少し先生方の思い出をつづけよう。むかしの農村では上級学校に進学する者は稀《まれ》で、私たちのクラスからも進学したのは二人だけだった。残った私たちは高等科にすすんだ。

高等科一年の担任はN先生だった。そのころ私と友人のKは、自分たちでは気づかない失策を犯したらしく、ある日上級生に物陰に呼ばれて脅された。その上級生は脅しが一段落したところで、「N先生はおまえたちのような秀才タイプよりも、Hのようなスポーツマンタイプの生徒の方が好きだと言ってたぞ」という意味のことを言った。

私はショックを受けた。N先生が直接にでなく、第三者に陰でそういうことを言っていたということで、先生と私の間にあった信頼関係が一ぺんに崩れたのを感じたのだった。N先生は途中から病気で休職されたので、ほかのクラスの担任だった小林先生が私たちの面倒もみてくれた。小柄《こがら》で白髪、眼鏡をかけた温厚な小林先生は、子供ごころにもすばらしいと思われる国語の授業をされた。

高等科二年の担任は、佐藤喜治郎先生だった。その年は、やがて日本が太平洋戦争に突入することになる年で、学校も軍事色一色に染まりつつあった。そして先頭に立って軍国主義的な教育に熱を入れているのが、私たちの喜治郎先生だった。生徒に気合いをいれる喜治郎先生の怒号が、学校にひびかない日はなかった。

私なんかは性格柔弱だったのでしばしば先生の槍玉《やりだま》にあげられ、怒られれば反感を持って、喜治郎先生とは打ちとけた話などしたことがなかった。だがそういう私に、卒業がせまると先生はさらに上の教育を受けるように熱心にすすめ、私があまり乗気でないのを見て取ると、強引に手続きして私が受験出来るようにしてくれた。

はげしい軍隊式の教育のために、生徒にも同僚の先生方にも敬遠された喜治郎先生は、私たちを卒業させたあと転任となり、やがて軍に召集されて戦地に行き、戦死された。私が今日あるのは数えあげられないほどの多数の人びとのおかげである。もしあのとき喜治郎先生が強引に進学の手続きをしてくれなかったら、現在の私がなかったことも明瞭《めいりょう》である。

横暴で独裁的だった喜治郎先生は、しかし教育者として見るべきものを見、なすべきことをきちんと心得ていたのだと思わざるを得ない。

以上は私のむかしばなしである。何のためにこんなむかしばなしを持ち出したかといえば、先生と生徒という関係の不思議さというようなことに触れてみたかったからである。喜治郎先生の場合のような、先生の側のこの無償の情熱。そして生徒である私に、いまなお残る尋常でない懐かしさは何なのだろうか。

多分教育とは、どのような形であれ、生徒の心と身体をはぐくむという運命からのがれられない職業なのだろう。そこに教師という職業の、ほかの職業とは異なる聖なる部分があるように思われる。

と言っても、私にしたところで、まさか教師は聖職だなどというつもりはさらさらない。

かつて私は二年間教職にいた経験があり、そのときの多忙はほとんど肉体労働にひとしいものだった。聖職などという言葉はいたずらに反感をそそるだけで、私は教師は労働者だと思った。

しかし生徒を担任して一年近くたったころに、私は自分が、ただ労働に見合う報酬を得るのが目的で働く労働者ではなく、何か割りきれない聖なる部分をふくむ職業をえらんだのだということにも気づかざるを得なかった。

最近の教育の諸問題が、そのあたりの感覚の欠落が原因をなしているとしたら、教育は由由しき事態をむかえていると言わざるを得ないように思う。

（「作文と教育」昭和63年9月号）

教え子たち

A子さんは私のむかしの教え子で、いまは京都に住んでいる。山形県の庄内《しょうない》平野という土地で育った教え子たちも、就職し、結婚する間に日本全国に散らばってしまった。最も北にいるのが函館《はこだて》本線の八雲町の近くに住むYさんで、Yさんには三十数年間一度も会っていない。私が生きているうちに会えるかどうか、おぼつかない。そして一番西に住むのが京都のA子さんである。

私が中学校の教師をしたのは、たった二年間である。だが、その二年間の教え子が、首都圏に二十人近くもいる。男は就職し、女は結婚してそれぞれ田舎から出て来たのである。首都圏の教え子たちは、年に一回クラス会のようなものをひらいていて、私も招かれて出席するのだが、故郷や肉親から遠くはなれているせいか、教え子たちはその集まりをたのしみにしているようである。

だがYさんや、京都のA子さんは孤立している。私は時どきかわいそうだなと思うことがあった。

そのA子さんが横浜にいるB子さんの家に遊びに来たので、急遽《きゆうきよ》四、五人があつまって私の家に来ることになった。行ってもかまわないかと電話して来たのは、都内に住むE子さんである。B子さんもE子さんも、私の教え子である。

池袋駅で待ち合わせたという教え子たちが、練馬の私の家に到着したのが午後三時ごろだった。前記の三人に、電話で呼び出されたS子さん、M君が加わっていた。S子さんの家は千葉だが、ご主人が神田《かんだ》で会社を経営しており、S子さんは折よくそちらに来ていたので合流出来たということだった。

M君は郷里の工業高校を卒業して東京に就職したのだが、比較的若いうちに独立して、いまは向島《むこうじま》の方で町工場を経営している。M君の会社の営業項目は、精密プレス加工および自動金型設計製作というものである。M君は酔うと、「注文がなければ飯の喰い上げだから、一所懸命に注文をこなすわけだけど、そうしながら、いつか自分の思うとおりに設計をひいた金型をつくってみたいと思うんですよね」と言ったりする。

私は金型というものについては、わずかしか知識がないのだが、M君の言わんとするところはわかるような気がするのである。つまりそれは、私が注文の小説を書きながら、そのうちに締切りや枚数にしばられない、構想雄大な書きおろしの小説を書いてみたいと、心ひそかに思うようなものなのだろう。

ただし私の心にうかぶ書きおろしの小説は、かなりの厚みがある原稿用紙の束で、M君の脳裏にうかんでいるのは、ハードな光を放つ加工された金属だというところが違っているわけだが、両方とも目前のいそがしさに追い立てられて容易に実現しない、夢のごときものだという点では、やはり似ているのである。

さて、たずねて来た教え子たちは、すっかりくつろいで話しこんでいた。同級生の消息とか、おたがいの家庭の事情など、おきまりの話題なのだが、教え子たちももう四十七、八になっているので、話にも年齢相応の落ちつきが出ているのを、私は仲間に入りながら興味ぶかく眺《なが》めていた。

すると、そういう雰囲気《ふんいき》に誘われたのか、E子さんが突然に、家庭がうまく行っていないという話を持ち出した。年ごろの子供をかかえる家庭にありがちな、かなり深刻な話である。

E子さんのその話は私も初耳で、ああではないか、こうではないかと口を出したのだが、一方でA子さんの帰りの時間も気にしていた。A子さんは午後六時過ぎの新幹線で帰ることになっていて、E子さんが家庭の打ち明け話をはじめたときは、もうそろそろ立ち上がらなければならない時間になっていたのである。

だが、みんなはあわてるふうもなくE子さんの訴えに耳を傾け、それぞれの体験から割り出した助言をしてやっているのだった。それを見ながら、私はこの日たずねて来た教え子たちのクラスが、男女の区別なく仲がよいことで印象的なクラスだったのを思い出したのである。さっぱりして親身で、最近言われるネアカの子供たちだったのだ。

そのうちにE子さんも、列車時間に気づいたらしく、はっとしたようにごめんなさいねと言った。E子さんはもともとそういううっかりしたところがあるひとなのだが、誰もそのことを笑ったり、咎《とが》めたりはしないのである。教え子たちはあわただしく帰って行った。

翌日、横浜のB子さんから電話があった。池袋に出てから、E子さんをなぐさめようと今度はビヤホールかどこかに入り、またひとしきりE子さんのグチを聞いてやったこと、そのためA子さんの新幹線は最終近くになったが、こちらも無事に京都にもどったという報告だった。

私の教え子たちは名もない市民である。だが堅実に生きている。私はそういう教え子を持つことを、時どき誇らしく思うのである。

（「婦人公論」昭和59年10月号）

村の学校

この間卒業の免状を手にした子供たちを見たと思うと、今度は帽子やソックス、ランドセルも真新しく、ほっぺたまで赤い小学一年生を見かける、そんな季節になった。毎年のことながら胸に一瞬郷愁めいたものが動く光景だが、しかし振りかえってみると私はあまり学校が好きではなかった。というよりも、かなりの学校ぎらいだったと思う。

話が急に変るが、算命学の本が教えるところによると私の星は辰巳《たつみ》の天中殺というもので、そのために私は集団や組織からはみ出す運命にあるのだ、と娘が言う。

しかしその集団もべつに大きな社会的な集団である必要はなく、たとえば兄弟の中でも私はこの運命のゆえに一人風変りではみ出し、おどろくべきことに家族からもはみ出し、孤立するのだという。ただし誤解を避けるためにつけ加えると、私は集団から疎外《そがい》されるのではなく、自分勝手にはみ出すわけである。思いあたることがあるでしょうと娘は言い、私はあると答えた。そしてこの問答のあとで、私と娘は啞然《あぜん》として顔を見合わせた。

私は、頭の中を走馬灯よろしく駆けめぐる来し方のあれこれが、娘の言葉でいちいち腑《ふ》に落ちるのにおどろきあきれ、娘は娘で、かねてどことなく変だ変だと思っていた父親の正体、というとお化けのようだが、要するに本質をつきとめて自分でも呆然《ぼうぜん》としたというぐあいだったのである。

考えてみると、娘の言う私のはみ出し癖は早い時期からあらわれ、小学生のころにはもうかなり顕著になっていたようである。まず授業がきらいだった。私は授業中は大てい前の生徒の背にかくれて机の中に顔をつっこみ、そこにひろげてある雑誌や本を読んでいた。親は露知らなかったろうが、典型的なはみ出し者の図である。運動会もきらいだった。

そういう人間が、後年職業をえらぶときになって学校の教師になったというのは辻《つじ》つまが合わない話のようだが、しかしきらいな学校にも心惹《ひ》かれる一面がないではなかった。

そのひとつは、担任の先生方である。いい先生ばかりだった。ことに私の文学好きを決定的にしたM先生にめぐり合ってからは、私の先生方に対する敬愛の念はゆるぎないものになった。だから学校の教師になろうと決めたときも、私は大まじめで、敬愛する諸先生のようにわけへだてなく生徒をいつくしみ育てる教師になりたいと思っていたのである。

また、いまなお鮮明な学校にまつわる記憶がある。私が通った小学校は丘の麓《ふもと》にあって、校舎はグラウンドよりも一段高いところにL字型に建っていた。その日私は学級当番か何かで下校が遅れたらしく、家に帰るためにグラウンドわきの道を一人で歩いていた。折柄《おりから》日は丘の雑木の陰に半ば沈みかけて、巨大な丘の影が校舎を覆《おお》いつつみ、さらに無人のグラウンドの中ほどまでのびていた。そのために校舎の窓は暗かったが、ほんの一部の日《ひ》射《ざ》しが講堂の隅《すみ》に入りこんで、高い場所にある何枚かの窓ガラスを光らせていた。

そしてそのとき突然に、校舎の中からうつくしく澄んだ合唱の声が聞こえて来たのである。それは多分、高等科の女生徒が合唱の練習をしているのだろうと思われた。

私は立ちどまってその歌声を聞いた。振りむくと、穂をはらんだ稲田が、あかるい日射しを浴びてどこまでもつづいていた。私はまだ牧歌的という言葉を知らなかったが、その光景と歌声は、牧歌的としか言いようのないものだったのである。私はそのとき、たしかに丘の麓の学校を愛していたと思う。

およそ十年後の昭和二十四年の春に、私は生まれた村と山ひとつへだてたところにある温泉のある村に、教師として赴任した。念願の村の子供の先生になったのである。背広というものを持たず、詰襟《つめえり》の学生服を着て、自転車で生家から学校まで通った。

衣食住すべてが貧しかった時代だが、世の中には長い戦争をくぐり抜けたあとのあかるく自由な空気が行きわたり、そのころの村には、まだ教師と生徒の間に牧歌的なつながりが生まれる余裕が残っていた。農地改革も村の本質を変えるものではなかった。農村が決定的に変りはじめるのは、やがて機械と農薬が入りこんで来てからである。

近ごろ郷里に帰るたびに、怪訝《けげん》な思いに堪えないことがある。快適な暮らしを手に入れるためにわれわれはここまで犠牲を払わねばならなかったのかということである。

　郷里の学校も田園も見たところは平常で、私の心に焼きつけられたむかしの光景をそのままに残している。しかし田圃《たんぼ》は農薬で汚染され、その農薬や生活排水は川に流れこんで、子供も泳げない川になった。田の間を走る小川にも、もう目高はいない。田圃仕事も楽になったと言う、農家の主婦で苦労した姉の言葉を少しでも疑うことは出来ないけれども、反面のこの、世界の喪失をどう考えたらいいのだろうか。ここには根本的に考え直さなければならないものがあるように思うのである。

　そして丘の麓の学校からは、むかしと同じように歌声が流れて来るのだろうけれども、その学校にも、いまはやはり偏差値とか管理主義教育とかいう、本来人間の教育とは相容《あいい》れない部分を含む思想が入りこんでいるのだろうか。

　初初《ういうい》しい四月の新入生の姿を見て、ほほえましいばかりでなく、ふといたましいような気がするときがあるのも、塾《じゅく》通いとか、偏差値とかいうことのせいにほかなるまい。

（「朝日新聞」夕刊 平成元年4月10日）

夜明けの餅焼《もちや》き

私が子供のころの田舎の正月を語るには、その以前の歳末に行なわれる神神の祭りから語りはじめなければならない。

いまは農業の機械化がすすみ、これにともなう農家の兼業化傾向も定着して、はたして農業一辺倒のころのしきたりがそのまま残っているのだろうかと疑うこともあるのだが、私が子供のころは、農家と山や田畑はいまよりもはるかに密着してつながっていた。

田畑は近年のように経済効率を考えるより先に、まず日常の喰《く》い物を確保するために、また山は日日の燃料である柴《しば》や薪《たきぎ》を確保するためにそれぞれ欠くべからざる場所だった。田畑があっても不作で、喰い物を確保出来ないときは暮らしは死につながるし、また私の田舎は雪国なので、燃料である柴や薪、炭を確保出来なければ、これまた死につながる。この思いは切実である。

そこで田にも山にも神神がいた。年末が近づくと、まず田ノ神の祭り、田ノ神上げが行なわれる。餅をつき、神棚《かみだな》に新穀の餅とご馳走《ちそう》をそなえて田ノ神に感謝をささげると同時に、それまで滞在して収穫の始終を見守ってもらった田圃からお上がり願うという神事ではなかったかと思う。

田ノ神上げが行なわれるころは、暗い空から時おり霰《あられ》が降るような季節だったと記憶するので、それはいまの勤労感謝の日、むかしの新嘗祭《にいなめさい》の日のことであるに違いない。そしてこの田ノ神上げが、年末年始にわたる一連の神事のはじまりだった。

田ノ神上げが十一月二十三日で、十二月に入ると、前後して大黒さまのお年夜《としや》と山ノ神のお年夜がやって来る。どちらが先だったかは忘れたが、ふたたび神棚が清められ、大黒さまのお年夜なら大黒さまと恵比須《えびす》さまの掛軸が飾られて、その前にくさぐさのご馳走がならべられる。山ノ神も掛軸があって、こわい顔をした山ノ神の姿が描かれていたように思うけれども、これも記憶はあいまいである。

山ノ神のお年夜のご馳走には何の記憶もないが、大黒さまのお年夜では豆腐の田楽と黒豆と大根おろしの酢の物がつきもので、あとは普通の煮魚、ハタハタの田楽焼きなどだった。子供だった私は、母親に言いつけられて平べったい漬け物《もの》石の上で酢の物に使う黒大豆を金槌《かなづち》でつぶした。そして豆を叩《たた》きそこねて指をつぶし、ひと騒ぎ起こしたりした。

元日は、そういう神神の祭りが終ったあとに来た。その元日のために、農家では二十八日あたりにはいっせいに餅をつき、おそなえ餅をつくり、繭玉《まゆだま》をつくる。つづいて門松を飾り、屋敷の内外の神のいるところ、水屋やトイレ、屋敷の隅のお稲荷《いなり》さんの祠《ほこら》にも標《しめ》を飾り、小さなおそなえ餅をそなえた。

家の中に今度飾られるのは天照大神《あまてらすおおみかみ》や地元の金峯《きんぽう》神社の掛軸で、天照皇太神宮の掛軸は、私の父が若いころに赤ゲットを着てお伊勢《いせ》参りに行ったときに、村の人と一緒にお神楽《かぐら》を奏進して頂いて来たものだった。掛軸の前には、大きなおそなえ餅と一緒に昆布《こんぶ》、榧《かや》の実《み》、蜜柑《かん》などをそなえたのは、海山の幸の意味だったろう。

これだけの用意がととのったあとに元日が来るのだが、年末の神神の祭りが、外に霰やみぞれの音がする寒くて暗い夜の神事だったのにくらべて、元日の神事は夜明けからはじまる。それは子供ごころにも、いかにも新しい年を迎えるという感じがする朝だった。ことに前夜、大晦日《おおみそか》の夜から音もなく雪が降り出し、一夜明けるとあたりが真白になっていた、などという年は、ことにその印象は鮮やかだった。

あるいはひろくある風習なのかも知れないが、元日の朝の食事、主として雑煮餅づくりは一家の主《あるじ》がととのえるのが村のしきたりで、朝早く、まだ外は暗いうちにねむい目をこすりながら起きて行くと、炉端には父親一人が起きていて、はやくも雑煮餅の具を仕込んだ鍋《なべ》を火にかけていたものだ。私たち子供もさっそくいろりのそばに陣取って、父親が餅を焼くのを手伝う。その餅が焼き上がるころに、母親も起きて来た。めずらしい光景だった。

出来上がった雑煮餅を神さまにそなえたり、灯明をともしたりするのも父親の役目で、元日の朝に父親が大車輪で働くのは、表向きはその種の神聖な行事は男が執り行なうということだったろうが、その建前の裏には、正月ぐらいは一家の主婦にも楽をさせようといった、ささやかな思いやりが隠されていたのだろう。しかしそれでのうのうと朝寝が出来るわけでもなく、母親も少しテレたような顔をして、じきに起き出して来るものだった。

正月の行事で印象が深いのは、外が暗いうちにやるこの餅焼きで、やがて夜が明けて、高いところにある神棚や、その隣にある大黒さまのお社、天照大神の掛軸の前の祭壇などにあかあかと灯明をともして神神をおがみ、雑煮餅をいただいてしまうと、あとは父親は村の神社の神事に、子供たちは常とは異なる羽織、袴《はかま》姿で学校の元日の式に出かけて、元日も次第にふだんの日に近づくのだった。

もっとも学校は七日あたりまで休みで、子供はその間に外で凧《たこ》を上げたり、カルタ取り、双六《すごろく》、煎餅《せんべい》（ウエハース）突きなどの室内の遊びに明け暮れる。テレビもラジオもない時代だった。そして七草になると、父親はその朝もう一度七草を使った雑煮をつくるものだった。

はじめの方に、郷里に年末年始のしきたりがそのまま残っているかどうかは疑わしいようなことを書いたが、世の中が変っても、そういうことは変らずにつづいているに違いない。

というのも、東京で根無し草のような暮らしをしている私にしても、正月はやはり郷里のしきたりに従わないと気が済まず、掛軸をかけ、おそなえ餅、御神酒《おみき》、馳走の膳《ぜん》をそなえて神妙に天照大神をおがんでいるからである。ただし早朝の雑煮つくりは家内まかせ、自分は一度もやったことがない。これは私が次男だったから出来る横着で、郷里の実家ではそろそろ年老いて来た兄が、いまも雑煮餅をつくっているに違いないのである。

（「オール讀物」平成2年1月号）

冬の鮫《さめ》

私が子供のころ、村には屋号をSと呼ぶ魚屋さんがいて、村の家家を回って魚を売っていた。

しかし記憶によれば、Sの家は最初から魚屋さんだったわけではなく、ある時期からオバサンがリヤカーに魚を積んで回るようになったのである。その以前は村の人たちは、むろん私の家でも、鮮魚は近い町である鶴岡《つるおか》に出たついでに、そこから買って来ていたように思う。

そのほかに、威勢のいい浜の女子衆《おなごしょ》が、荷を担《かつ》いで直接に魚を売りに来ることもあったし、また年に何回か、時期を決めて筋子とか塩引きの鮭《さけ》、干鱈《ひだら》、身欠き鰊《にしん》、昆布などの塩干物を背負って来るオバサンもいた。むかしの農村は毎日魚を喰《た》べるということでもなかったろうから、大抵はそんなところで間に合っていたのではなかろうか。

塩干物専門のオバサンは、海岸のKという港町から来る人で、面長《おもなが》で色が黒く、身じまいのきりりとした女性だったが、家に来ると上がり框《かまち》に腰をおろして長い間母と茶飲み話をした。その物静かな話し声とか、笑うと一本だけ金をかぶせた歯が光ったことなどが記憶に残っているのは、そのオバサンの物腰が、物売りというよりは旧家の主婦といった、どことなく上品な感じをあたえるものだったからだろう。

で、話をSのオバサンにもどすと、いつの間にか村の魚屋さんになったオバサンは、冬になって雪がつもると、小さな橇《そり》で魚の荷を曳《ひ》いて来た。そして一軒一軒回って注文を聞き、注文があると時には戸口の前の雪の上にマナ板を出し、そこで手早く魚を調理した。つまりそこで魚のワタを抜いたり、三枚におろしたりするわけである。

私の記憶にしばしば立ち現われるのは、そうして雪の上で魚を調理しているオバサンの姿である。

空はめずらしく晴れて、家のまわりを埋めている雪に、いましも丘のうしろに落ちようとする淡い冬日が射《さ》しかけている。Sのオバサンは、雪の上におろしたマナ板の上で手早く包丁を動かしながら、鍋を持って戸口に出ている私の母と、ひっきりなしにしゃべっている。

オバサンは身体《からだ》が小さく、男物の黒い古びた外套《がいとう》を着て、その上からゴムの前掛けをしめていた。晴れていても寒気はきびしいので、頭からかぶったやはり男物の黒いマフラーですっぽりと顔を包み、外に出ているのは赤い鼻の先と高い頬骨《ほおぼね》だけである。そういう姿のオバサンは、どことなく子供の絵本に出て来る西洋の老婆に似ていた。

オバサンが調理しているのは、口から鋭い歯がのぞく鮫である。体長は一米《メートル》ぐらいのものだったろう。鮫は三枚におろす必要はなく、頭と尾を切り落とし、内臓を捨てて皮をむくと、あとは骨がらみに輪切りに切って行けばよかった。鮫の腹からピンポン玉のような、弾力のある卵が出ることもあって、これも喰べられた。

その作業の間に、マナ板のそばの雪は鮫の血で赤く染まって行く。そういうことも不気味で、私はオバサンの仕事が終わるまで眼《め》をはなせず、そばにうずくまったまま最後まで見とどけたものだった。

庄内《しょうない》の冬の魚といえば鱈がある。ことに寒《かん》の内《うち》の日本海から上がる鱈を寒鱈と呼んで、魚肉だけでなく、シラコと呼ぶ内臓とか身がついている骨とかをいっしょに煮込むドンガラ汁は、いまでも冬の喰べ物として珍重されるのだが、これにくらべると、同じ冬の魚でも鮫はさほどにうまい魚ではなかった。魚肉の味に、ちょっとしたクセがあったからだろう。

鮫の卵も和《あ》え物に使ったりしたけれども、これもそんなに美味なものではなかったように記憶している。ただ、残った切身に翌朝煮こごりがつくと、鮫の肉もちょっとおいしい味になった。

こんな些細《ささい》な思い出を書き記してみたのは、冬の朝の煮こごりがついた鮫の切身と、小さな身体をまめに動かして魚を調理していたSのオバサンの姿が、ひとつに結びついて、いまも私の心に過ぎ去った時代の冬の風物詩といった、ある懐かしい感慨を呼び起こすものになっているからである。

私が子供のころは、食物と季節は不可分な形で結びついていたように思う。野山に若葉が照り映えるころになると、食膳に鰊が現われた。その季節の鰊は、雄はシラコを抱き、雌はカズノコを抱いてぱんぱんに腹がふくれている。魚体も大きかった。私たちはみんなカズノコの鰊を欲しがり、母親に叱《しか》られたりした。

その鰊は、しかし旬《しゅん》が終わると間もなくきっぱりと姿を消してしまった。弁当のおかずに身欠き鰊が使われることがあっても、それはまたべつの味のもので、生の鰊はまた一年がたたないと現われないのである。同様にしてハタハタは初冬の魚だった。陰鬱《いんうつ》に曇った空から、霰やみぞれが落ちるころに獲《と》れるハタハタは、神神のお年夜という季節の行事に欠かせない魚でもあった。そして先に記したように、鱈や鮫は冬の海から上がって来たのである。

いまは季節を問わず冷凍の鰊が売られたり、鱈の切身が売られたり、漁法が変ったとかで、秋のはじめにハタハタが食膳に出て来たりする。便利な世の中になったが、喰べ物自体から素朴《そぼく》な季節の味が失われたような気がするのは、贅沢《ぜいたく》な感想というものだろうか。

しかし私はいまも時どき、大ざっぱな喰べ物ではあっても旬の味がした鱈や冬の鮫などを思い出し、鰊はいったいどこに行ってしまったのだろうと思ったり、郷里ではもう、鮫の肉を喰べる人などいなくなったのではないかと考えたりするのである。

Ｓの家のことを少し書き加えたい。Ｓの家はもともとからの村の住民ではなく、海岸寄りの遠い村から移住して来た一家だった。そういうことは村としてはめずらしいことだったにちがいない。その関係からか、Ｓの家は農家ではなく、オバサンの連れ合いは砂利取りだった。無口で温和な、しかし物言う声は大きい大男である連れ合いは、川水が少なくなる晩秋から冬にかけて、村のそばを流れる川に入って砂利を取った。水に入るために、胸まである長いゴムのズボンをはいていた。川舟を一艘《そう》持っていたように思う。

冬の日暮れ、川はすみやかに暗くなって、わずかに残る空の明るみが水に映っている。その川の真中あたりの浅瀬に、膝《ひざ》まで水に漬かったSのオジサンがいる、その黒い姿が黙黙と動いていた光景も眼に残っている。

そのオジサンもオバサンもすでに故人で、魚屋商売は私より四つ五つ年上の長男が引きついだ。むろんいまはリヤカーなどは引かず、どっしりしたワゴン車で村を回り、宴会の仕出し料理なども引きうけて商いが繁昌《はんじょう》している。


（「食の文学館」昭和63年3月号）

孟宗汁《もうそうじる》と鰊《にしん》

畑の物も海の物も、当然ながら旬《しゅん》の物がたべて一番おいしい。それで思い出すのは、五月ごろに郷里でたべた孟宗汁と鰊である。

私が生まれた山形では、五月は一年の中のもっともかがやかしい季節だった。野と山を覆《おお》う青葉若葉の上を日が照りわたり、丘では郭公鳥《かっこうどり》が鳴いた。この季節には、過ぎ去ろうとする春とはじまろうとする夏が同居していたが、そのころはまた土地の孟宗の季節でもあった。

孟宗は、東または北向きの斜面という立地にめぐまれた孟宗林の物がうまいと言われて、近隣では私の村の谷定や私がのちに教師として赴任する湯田川などの孟宗が珍重されていたが、実際はその季節の孟宗であればみなうまかったように思う。

孟宗汁といっても、大きめに切った孟宗と、これもやや大きめのサイの目に切った生揚げ（土地ではこれを油揚げといっている）でミソ汁をつくり、これに酒粕《さけかす》を加えて味をととのえるだけのものである。

またそのころに、海から旬の鰊が揚がってきた。この時期の鰊は卵を抱いてパンパンに腹がふくれ、魚体が大きく脂《あぶら》がのっていた。それで孟宗汁と鰊で食事をすることがあるのは当然として、この組合わせは酒の肴《さかな》にもなった。教師をしていたころ、孟宗汁と一尾をまるまる焼き上げた鰊で酒を飲んだことがあるが、うまかった。

生の鰊がたべられるのはこの時期だけで、あとは身欠き鰊になる。この身欠き鰊も子供のころの弁当のおかずとして懐《なつ》かしいたべ物だった。毎年五月になると孟宗汁と鰊を思い出すけれども、孟宗汁はいまも健在だが、鰊はどこかに行ってしまった。


（「家の光」平成4年12月号）

塩ジャケの話

近ごろはどちらを向いてもグルメ料理ばかりという状況になっているようで、少少値は張っても、おいしい料理を手軽に口に出来るようになったのは、戦中戦後の飢餓時代を経験している私などからみれば、それはそれでしあわせなことだと思う。

しかし私たちは、言うまでもなく毎日毎日テレビや雑誌に出てくるようなごちそうをたべているわけではない。毎日あんな凝ったような料理をたべては身がもたないだろうし、大体おいしい料理というものは、たまにたべるからおいしいのではないだろうか。

そういうわけで私は、たべものはふだんのたべものが大事で、論じるなら（というほどのことでもないが）あたりまえのたべものを論じたいと思うわけであるけれども、最近はこのあたりまえの部分が、むかしにくらべて全体に質が落ちているのではなかろうか。

むかしとはいつのことかと言われると、これもなかなか返答に困るわけだが、たとえば私が二十代の半ばまで東北の田舎でたべていた魚はおいしかった。この魚はいわゆる魚料理ではなく、日本海から上がって来たものを、ワタを抜いて焼いたり、ぶつ切りにして煮たりするだけのふだんのたべものである。

高級魚というのでもなかった。鯛《たい》類はやや上品な魚だったろうが、あとはカレイにしろ、ニシン、イワシ、ハタハタ、カナガシラにしろ、ごく普通の大衆魚である。それがうまかったというのは、結局素材がうまかったのだろう。そのころは海もきれいで、魚も沢山いたように思う。

ところがいま魚をたべて、おいしいと思うことはめったにない。と言ってももちろん、しかるべき場所に行ってしかるべきお金を払えば、いまだっておいしい魚を買えるはずだという見当はつくけれども、もはや夫婦ともに老境にさしかかっている私の家では、買物にそんな面倒な手間をかける体力も気力もない。その上夫婦ともどもヘソが少し曲っていて、そういうやり方も好みではない、となると結局、すぐそばの安くて便利なスーパーを利用するのが気楽だということになる。

これで大体、うまいものはたべられない運命が半永久的に決まったようなものだが、それにしてもスーパーの食品というのは、野菜も魚もどうしてあんなに、みてくれはさもうまそうで、たべてみるとまずいのだろうか。一種の詐欺《さぎ》ではないかと思うことがある。

私見によれば、スーパーのたべものが味覚的に堕落したのは、ハウス栽培以後のように思う。季節感を失ったたべものがうまいわけがないではないか、と喰《く》い物の話になると、飢餓世代としてはにわかに声も荒くなろうというものだが、ここでグルメ時代にはあまり似つかわしくない、貧しい話をひとつしてみよう。

スーパーの魚でうまいのはめったにないけれども、そのうまくない一例に塩ジャケがある。再三言うようで恐縮だが、私は東北の田舎育ちなので、塩ジャケといえば、腹にまだ塩が残っているようないわゆる塩引き、ギリギリと塩味のきついものをたべた。

ところがいまのスーパーには、近ごろの減塩ばやりでろくな塩ジャケがない。甘塩などというものがある。これが、たべてもうまくも何ともない。結局甘塩ジャケのうまい味というものが確立出来ていなくて、ただ塩をうす目に使っているというだけのように思える。

私があまりに不平を鳴らすので、かわいそうと思うのか、家内が、塩分の取りすぎで死んでも知りませんからねなどとおどかしながら、辛塩ジャケというのを買って来る。

辛塩というからには相当にしょっぱいのかと思うと、これがとんだ看板倒れというか、ちっとも辛くない。なにが辛塩だと言いたいようなしろもので、要するに売り上げ優先、減塩時代の客の好みに迎合している辛塩なのである。

私は、こんなもので死んだらヘソが茶をわかすねと思いながら、それでも、これ以上文句を言っても仕方ないので、辛塩でご飯をいただく。何しろ夏バテで食欲が落ち、シャケぐらいしか喰えるものがないのだからやむを得ない。

ところが、である。五回に一度ぐらいか、ごく稀《まれ》によく塩の利《き》いた本物の塩ジャケにお目にかかることがあって、スーパーのシャケもまんざらでもないと思うことがある。もっとも本物の味といっても切身の腹の部分だけの話で、肝心の魚肉の方は相変わらず要領を得ないような塩味のことが多いけれども、塩ジャケの本当の美味は、私の田舎でハラセという、まさにその腹の部分にあるので、その余のことについては、べつに不満を言う必要もないのである。

こういううまいシャケで思い出すのが小学校のころの弁当で、アルミの弁当箱につめたご飯に、焼いた塩引きとタクアン二切れほどをのせるのが、日の丸弁当以前のもっとも平均的な弁当のおかずだった。昼になって弁当をひらくと、ご飯もシャケもつめたくなっているが、シャケをどけた後に適当な塩味、切身のアブラがしみこんでいて、これがうまかったものである。

ほかに弁当のおかずというと、身欠き鰊、イワシの丸干し、イカの煮つけ、カスベ（多分エイの干物）の甘煮、ごく稀には筋子などがあったが、私の家は農家でいつも魚のおかずがつくとは限らない。漬け物だけなどということもたまにはあって、そういうときは子供でもあたりに肩身が狭く、親に文句を言ったものである。

だがいまこの齢《とし》になってみれば、子供より親のほうがよほど肩身が狭かったろうと察しがつき、心ないダダをこねたものだと後悔する。いまとは時代が違って、そのころの農家は喰い物はあっても現金収入は極端に少なく、毎日毎日魚を喰っては暮らしが成り立たなかったであろう。と、シャケにはじまった話は貧しくなる一方だが、ふだんのたべものということで、もうひとつ言いたいのはご飯のことである。

いまは外食時代というか、サラリーマンや学生だけでなく、家庭に残る人も外で食事をする機会が急激にふえている時代だろうと思う。昼食時のデパートの食堂街などに行くと、人が行列をつくっていて、その中に子供連れの主婦もいれば老夫婦もいる。

そういう時代をむかえているのに、たとえばデパートの食堂で、ご飯のおいしい店は稀である。何何料理もけっこうだけれども、ご飯がまずくては料理のうまさも半減しよう。まさか専門家の食堂側がそういうことに気づいていないとは思えないから、私にはそのあたりが謎《なぞ》である。

私の生地庄内というところは、米のおいしいところである。ところがあるとき地方紙を読んでいたら、地元では著名な温泉に泊った東京人とおぼしい二人の観光客が、魚は缶詰《かんづめ》で、ササニシキの産地というのにご飯がまずかったとこぼしているのを、朝市で聞いたという投書が載っていた。投書者同様、私はひどくはずかしかった。

投書者が言うように、そういう不心得な旅館は一軒だけと思いたいが、しかし以前にも、地元の食堂にもっとおいしいご飯を提供するようにという、市の要請のようなものがあったように思うので、実情はわからぬ。

観光は県の大方針である。農協もうまい庄内米を喰ってくれと東京で宣伝している。しかし来てみればご飯がまずく、再度来る気も失《う》せるというのでは、片手で握手をもとめて片手で頰《ほお》を張るようなものではなかろうか。

裏側には採算とか何とか、私などが窺《うかが》い知ることの出来ない理由があるに違いない。しかし東京、地方に共通する、飲食業者のこのご飯の味の軽視は、再度言うが私には謎である。

そうしてこういうことを見聞きすると、ゆたかな日本とか、グルメ時代とかいう言葉も、にわかには信じ難くなる。とても経済大国の業者のすることではあるまい。かけ声は大きいけれども、日本は本当は、まだかなり貧しい国なのではなかろうか。

（「暮しの手帖」別冊「ご馳走の手帖」平成2年）

乳のごとき故郷

先日、あるインタビューに来たひとが、子供のころのことで、いちばん記憶に残っているのは何かというので、私はそくざに戸外での遊びですと答え、そのひとつひとつの名前を挙げてみた。

しかし、根っ木打ち、矢投げ、雑魚《ざっこ》しめ、鳥の巣さがし、杉鉄砲つくり、川泳ぎ、栗《くり》拾いなどと数えているうちに、私はだんだんに自分が不機嫌《ふきげん》になるのを感じた。そのために、つづけて遊びの内容を問うインタビュアーの質問にも、何となくおざなりな返事しか出来なかった。内心の不機嫌が表に出たとは思わないけれども、あとで、インタビュアーには気の毒なことをしたという気持が残った。

不機嫌になった理由はすぐにわかった。ひとつは数えあげた遊びというものが、たしかめたわけではないものの、まず大体は消滅してしまった遊びだろうということだった。根っ木打ちは三、四十糎《センチ》の杭《くい》の根元の部分をぶつけ合う荒っぽい遊びだが、いまの農家は杭を使うことが少なくなったろうから、そういう遊びが出来るわけはないのである。

それなのにこと細かに、川泳ぎとプールの泳ぎとは根本的に違うんだとか、あるいは杉鉄砲は、その年の新しい竹の成育と杉の木が杉の実（じつは杉の雄花、雌花）をつけるのがぴたりと重なる時期にしか作れない遊び道具だったとか説明したところで、虚空《こくう》にまぼろしを描くようなもので、所詮《しょせん》むなしいことだと感じたのである。

不機嫌のもうひとつの理由は、そうして若い質問者に子供のころの遊びなどを説明していると、説明が熱心であればあるほど、老年の「むかしはよかった」式の懐古趣味と受け取られかねないことに気づいたせいでもあった。

私は、老人がむかしを懐《なつ》かしむのに、誰に遠慮がいるものかと、日ごろ思っている。たのしかった子供のころ、あるいは二枚目で大いにモテた若いころの思いでにひたるのは、老人に許された権利である。少しも恥ずべきことではない。しかし同時に私は、むかしはよかったがいまはつまらないという考えには同調したくない。老人も現実を直視し、認めるべきである。

たしかに空気は汚れ、喰《た》べ物はまずく、人間関係は希薄になったというふうに、少少世界がひん曲って来た気配は認めざるを得ないが、またいまの世には、むかしにはなかったよさもあるだろう。その全体を、それぞれのやり方で果敢に受け入れるべきだと、私は思っているのである。どっぷりと懐古趣味にひたっている老人とみられるのはごめん蒙《こうむ》りたい。

といったような次第で、そのときのインタビューは私を少し憂鬱《ゆううつ》にしたのであるけれども、しかしよく考えてみれば、私が子供のころの思い出や郷里のことを話したり書いたりするのは、べつにいまにはじまったことでもなかったのである。たとえば私がもっとも頻繁《ひんぱん》に郷里である鶴岡《つるおか》周辺のことや子供のころの思い出を書いたのは、小説を書き出した当時、つまりいまから十四、五年も前のことで、そのころは私もまだ五十前だったのだから、これを懐古趣味と呼ぶには少し早かろう。

しかしその当時のエッセイは、その後出版された二冊の随筆集に収録されているので、そのどちらかでも読まれた方ならご承知のとおり、じつに多くの山形の思い出、子供のころの記憶のあれこれを書き綴《つづ》ったものなのである。事実、最初の随筆集の書評の中には、これほど郷里に執着する作家もめずらしいといったような、皮肉まじりの批評も現われたほどだった。

懐古趣味の産物でないとすれば、この大量のふるさと礼賛めいたエッセイは、いったいどこから生まれたのだろうか。そう問われたとき、いまなら私は、それはアイデンティティーというもののなせるわざだったろうと答えることが出来るように思う。

平穏なサラリーマンの暮らしを捨てて、作家という、明日に何の保証もない不安な職業をえらぶにあたって、私は多分、おまえはいったい何者か、そもそもどこから来た者であるかという、みずから発する無意識の質問に直面したのだと思う。エッセイはその自問に対する自答、私はかくかくの者であるという自己存在証明であったに違いない。

エッセイの中に、自分の生い立ちと自分のまわりに母乳のごとく存在した風土、風習などを明示することで、私は新しい生き方に必要なアイデンティティーを確立出来たのだと思う。その中に、あるいは子供のころの思い出を懐かしんでエッセイに書きとめるという気持も多少はあったかも知れないが、それだけであんなに沢山のエッセイを書けるわけはないのである。

私はいまは鶴岡市の一部である村に生まれた。村の正面には田圃《たんぼ》や遠い村村をへだてて月山がそびえ、北の空には鳥海山が見えた。村のそばを川が流れ、川音は時には寝ている夜の枕《まくら》もとまでひびいて来た。蛍《ほたる》がとび、蛙《かえる》が鳴き、小流れにはどじょうや鮒《ふな》がいた。草むらには蛇《へび》や蜥蜴《とかげ》も棲《す》んでいた。

私はそのような村の風物の中で、世界と物のうつくしさと醜さを判別する心を養われ、また遊びを通して生きるために必要な勇気や用心深さを身につけることが出来た。私はそういう場所から人間として歩みはじめたことを、いまも喜ばずにいられない。

同時にまた私は、いまの村の子供たちが、むかしの豊かさを失った自然にどんな気持を抱いているのか、またどんな遊びを喜んでしているのかを知りたいと、切実に思うことがある。コンクリートで護岸工事を施された泳げない川は、はたして彼らのアイデンティティーを支えることが出来るのだろうか。それとも彼らのアイデンティティーを支えるのは、一九八〇年代のテレビゲームなのだろうかと。

（「教育フロンティア」平成元年第11号）

ふるさと讃歌

私が生まれた黄金《こがね》村は、いまは鶴岡市に編入されているが、その以前は山形県東田川郡にふくまれていた。東田川郡は山形県の西部海岸地方、ひと口に庄内平野と呼ぶ米どころの東南寄りの土地の呼称で、大部分はのどかな農村地帯、一部は山村地帯になっている。ここには格別目をみはるような観光資源はないけれども、中で出羽三山と農民芸能の黒川能は少少世に知られているのではなかろうか。

出羽三山は羽黒山、月山、湯殿山の総称で、古くからの修験《しゆげん》の山山である。ここにも近年は観光化の波が押し寄せているといっても、山では守るべきものは守っているはずなので、安心して紹介するとまず羽黒山。この山は古来熊野《くまの》などと並び称された修験の本場で、杉の古木の間を延延とのぼる石段、登り口の近くにある五層の素朴《そぼく》な塔（室町時代の建造物）は一見の価値があり、しばらく世の喧騒《けんそう》を忘れさせるかも知れない。

頂上に着くと三山神社の前に本物の山伏がいて、ホラ貝を吹いてみせたり、一緒に写真におさまったりする。俗化現象だが、彼らは修行の実態は普通の人に見せないのだからこれでいいのだろうとも思う。なお石段は苦手だという人には迂回《うかい》して頂上に至る自動車道がある。

自動車道といえば、月山は八合目までバスがのぼるようになって聖域の印象はややうすれたが、湯殿山にはそれがまだ残っていて、ここの御神体は豊穣《ほうじょう》を意味する母体（女陰）である。私が若い時分は非公開だったように記憶するけれども、ここで〝語られぬ湯殿にぬらす袂哉《たもとかな》〟と詠《よ》んだ奥の細道の芭蕉《ばしょう》は、この御神体を見たのだろうか。

この湯殿山系の寺、大日坊と注連寺（朝日村大網）には即身仏（ミイラ）がまつられている。井上靖さんは「木乃伊《ミイラ》」という詩の中で〝聖《ひじり》よ。師よ。伯父よ。歳月よ。死よ。ああ、一個の流木よ〟とうたったけれども、気が弱い人は、ごらんになるなら大日坊の方が卒倒する恐れが少ないかも知れぬ。こんなふうに書きならべると、このあたりは信仰の土地というイメージがうかんで来るようだが、特別な信仰意識は存在せず、山も寺も東田川郡の素朴な自然の中に埋没しているのが実態である。

黒川能（東田川郡櫛引《くしびき》町大字黒川）も、最近は観光化の傾向が強まって来たとも聞くけれども、ここの能の値打ちはそういう風潮には目もくれず、一村の人びとがじつにひたむきに演能の行事と、それを後代に残す伝承に取り組んでいることである。それというのも、黒川能は単なる農民娯楽とは違い、村の鎮守春日《かすが》神社に奉納する神事能だからで、演じられるのが、庄内平野が吹雪く冬の最中だということも、俗化をまぬがれている理由のように思われる。起源は古く、室町時代の寛正ごろともいう。

さてこのへんで、何かおいしいたべものでも紹介したいのだが、東田川郡は農村地帯で、むかしは気のきいた郷土料理などをたべさせる店はなかった。いまは自動車道が発達してその沿線にその種の店が出来ていることが考えられるが、あいにく私はここ数年帰郷していないので、よくわからない。

そこで無責任に、東田川郡、西田川郡の真中にある鶴岡市に行けば、郷土色ゆたかな山菜料理や、イキのいい日本海の魚をたべさせる店はあるだろうとだけ申し上げておく。

また、一泊して温泉にでも入ろうというひとには、私の村の新山温泉金沢屋旅館、また隣村（旧西田川郡）の湯田川温泉九兵ヱ旅館をおすすめする。両館はそれぞれ鶴岡駅から車で十分、二十分の距離にある。季節が五、六月ごろなら、山菜と日本海の魚、それに土地の名産のタケノコ汁（孟宗汁）がたべられるだろうと思う。東田川郡の酒は、〝鯉川〟と〝竹の露〟が双璧《そうへき》。これに絶妙のうま味を持つ旧西田川郡産の枝豆〝だだちゃ豆〟があれば、ほかに馳走《ちそう》はいらない。

（「週刊文春」平成3年5月20日号）

月山《がっさん》のこと

山形放送のPR誌「エリアやまがた」に羽黒の画家今井繁三郎さんが短文をのせ、その中で村山地方で庄内側の月山を裏月山と呼ぶことに触れていた。裏月山という言葉は私もむかしに聞いたことがあり、また村山の俳人細谷鳩舎《きゅうしゃ》には「紫雲英田《げんげだ》に裏月山はやや尖《とが》る」の句もあるけれども、そういうことを私はこれまで一顧もしたことがなかった。

それというのも私の記憶にある村山の月山は、前面にいろいろな山があり、形もなだらかすぎてすっきりしなかったからである。それなのに裏月山とはおかしいなあというほどの、無意識の庄内自慢の気分もあったようだ。

ところが今回は、今井さんの文章からべつの風景が見えて来た。たとえば前山の若葉の季節に、そのずっと奥の方にまだ純白の雪を戴《いただ》く月山が朝夕見えているとしたら、それはかなり神秘的な光景と言えないだろうか。

また手もとにある松坂俊夫著『やまがた文学風土誌』をめくると、田山花袋《かたい》のつぎのような文章にぶつかる。「日は暮れつつある。（中略）私はその野の向うに、連亙《れんこう》した群山の上に、丁度月が半輪を空に現わしたような大きな山の姿の面白く靡《なび》いているのを眼《め》にした。（中略）月山―こう私は想像した」花袋はその日、最上《もがみ》を旅して、金山町にむかっていた。

室町時代末期までは、出羽三山は村山側の葉山《はやま》と月山、羽黒山で、また月山の本地垂迹《すいじゃく》は阿弥陀如来《あみだにょらい》と月読命《つきよみのみこと》だった。花袋の文章は月山の名前の謂《いわ》れを言いあて、かつその姿から弥陀の光背を暗示しているようでもある。するとやはり、村山側が表なのだろうか。

いずれにしろ、一方的なお国自慢はどうもまずいようだなあ、などと還暦を過ぎたいまごろになって反省しているところである。

（「鶴翔」平成2年第2号）

二月の声

三十数年前の二月に上京したときに、上野駅に近づく汽車の窓から見た日暮里《にっぽり》、鶯谷《うぐいすだに》あたりの、日に照らされた石垣《いしがき》の光景が、いまも記憶に残っている。それはとても、二月とは思えないあたたかそうな景色だった。

私が乗っているのは、前日の夕方に山形県の鶴岡駅を発《た》った汽車で、当時東京に来る人は、たいていは夕方に乗って朝の六時何分かに上野に着くこの夜行列車を利用したものである。二十四時間かかったが、夜行列車なら長く退屈な時間も途中で眠るのでいくらかしのぎやすいし、また夕方に上野に着くのでは心細いけれども、朝ならば方角もわかるというようなものだったろう。

ところで二月とは思えない景色というのは、もっぱら視覚的な感想である。実際には、朝の六時過ぎの上野近辺は二月なら吐く息も白いほどに寒い日が多いだろう。

だが、私にはそんなふうには見えなかった。私が鶴岡を発つとき、汽車の屋根は雪をかぶり、窓枠《まどわく》にも動輪にも吹雪の雪がこびりついて、風が吹き過ぎるたびに下から舞い上がる雪は、ホームに立つ私たちの目にも鼻にも入って来たのである。それが東京に着けばこのありさまである。

田端、日暮里、鶯谷と山手線の駅がつづくあたりの上野の山の石垣は、電車から飛散する金属の粉末のせいか、赤錆《あかさ》びた色に染まっていた。そしてまだ朝が早いせいだろう、ホームに見える人の数もそんなに多くはなかった。そういう景色全体に、力弱い朝の日射《ひざ》しが差しかけ、景色はあたたかく煙っているように見えた。それは私に言わせれば、疑いもない春の光景だった。私はショックを受けていた。

話は現在に移るけれども、たしか昨年の冬に、青森県に地吹雪体験ツアーといった催しができて、それに応じて東京あたりから参加した人があったのには笑いを誘われた。地吹雪こそ冬の本質、究極のと形容詞をかぶせてもいい本物の、かなり過酷な雪国体験になるはずなので、参加者もさぞ驚いたろうと思ったのである。もっとも、近年は気象も昔と違い、主催者も期間中に一級品の地吹雪を提供するのに苦労したような話だった。

私の郷里にも雪おろしツアーという企画があって、多層民家の雪おろしにスキー、鄙《ひな》びた料理、いろり火の風情《ふぜい》などをセットにして人気を博しているようである。

このように最近は、長い間厄介《やっかい》もの視されてきた雪を、観光資源として積極的に売り込む方向に変ってきたのを、私は好ましく見ているけれども、この傾向はごく近年に始まったことで、私が二月の上野の光景にショックを受けたころは、雪国の二月はひたすらに暗く、春の気配はいかにも遠かった。

記憶にある二月の雪の夜の中から、いまも二つの声が聞こえてくることがある。謡《うたい》を習って帰る村の青年たちが、習ったばかりの謡を朗朗とうたいながら門口を通り過ぎる声と、村の菩提寺《ぼだいじ》の少年僧が、村の家家を一軒ずつ回って門口に立ち、寒行のお経を誦《ず》して行く声とである。

寒行の声は、さっきまで降っていた雪がはたとやんだ夜のしじまから聞こえることもあったが、山口誓子の「駆け通るこがらしの胴鳴りにけり」という句さながらに、ふぶく風音が中空を鳴らすさなかからも聞こえてきた。遠い門口に立つ菩提寺の三兄弟、ユキヨシの声、ある夜はシゲノリの声、ある夜はタツドウの声が、身も心も凍《い》てつく寒気を押し返して、鈴を鳴らし、凛凛《りんりん》とひびいてきたのをいまも忘れない。

その二月が郷里の冬の頂点だった。そして、その暗くて寒い二月をこらえ抜かなければ、春はやって来なかった。だが三十数年前のその朝、私は上野界隈《かいわい》にまったく顔が異なる二月を見たのである。それはほとんど文化的ショックと言ってもよいものだった。

ついでに言うと、私はその朝、上野から北多摩にある病院へ行ったのだが、それがそのまま郷里に帰れず、東京で暮らすことになる第一日目になるとはむろん夢にも思っていなかった。

（「静岡新聞」平成2年1月6日）

ふるさとへ廻《まわ》る六部は

北方志向とか南方志向とかよく言われるけれども、私が北の山形から東京に出たのは、格別南方志向にうながされたというわけではなかった。あるよんどころない事情があって、東京に出たのである。

そしてその事情が起きるまでは、私は東北に住んで、東北の空気を吸い、自分が東北人であることに何の疑問も不足も感じないで毎日を過ごしていた。

そのころ私の故郷から東京に出るには、汽車で十四時間かかった。中央紙で、あるいはラジオで東京のことを知ることは出来たが、まだテレビはなく、東京は遠い土地だった。遠くて未知の土地だった。いまとはちがって、着る物も食べ物もかなりちがい、そして決定的なことだが、話す言葉がまったくちがっていた。これでは南方志向も、そう簡単には生まれるわけがない。

では東北のことならよく知っていたかといえば、それがそうでもなかった。私は東京に出る以前に、東北の他県に行ったことは一度もなかった。すぐ隣の秋田県も宮城県も、また未知の土地だった。

しかしそのころは、自分自身が東北そのものといった意識が強かったので、行かなくとも東北のほかの土地のことはよくわかっているような気がしていた。東北であるからには、自分が住む山形と同様に、冬は雪が降り、春はおそく来て爆発的に花が咲き、夏は暑くて、やがてすとんとさびしい秋が訪れるだろう。人びとは重い舌を動かして物を言い、農民は田草取りのために二度も三度も地球の表面をひっかく作業をつづけるだろう。

そういう意識のほかに、行こうと思えば秋田にしろ青森にしろ、いつでも行ける土地だという感覚が強すぎた。なに、ひょいと汽車に乗れば、すぐに秋田じゃないか。

しかしそう思うだけで、私はどこにも出かけなかった。そのころは、現在のような観光ブームなどというものはもちろんなく、マイ・カーもなければ整備された自動車道もなかった。仕事以外のことで他県に行くといえば、せいぜい有名温泉に湯治に行くぐらいで、近県といえども名所旧蹟《きゆうせき》をたずねて旅行するなどと言えば、少し変り者扱いされたにちがいない。

そういうわけで私は、東北に生まれ育ったものの、ほかの県には一度も足を踏みいれたことがないままに東京に出て、そのまま成行きで東京で暮らすようになったのである。それが昭和二十年代から三十年代はじめにかけてのことである。

その後私は東京で会社勤めをし、会社の社員旅行という形で福島県と宮城県に行った。それが最初のきちんとした東北旅行だった。私は生まれてはじめて会津磐梯《ばんだい》山を見、猪苗代《いなわしろ》湖を見た。つぎの宮城県旅行は、なんとわがふるさと山形の蔵王温泉を経由して行ったので、私はやはりはじめて蔵王温泉に一泊したのだった。

ほかに会社の仕事で秋田県の本荘市《ほんじょう》に一度、宮城県の仙台に二度ほど行った。また同じく仕事で北海道に行ったとき、宮城、岩手、青森の三県を汽車で通り抜けたけれど、行きも帰りも夜行で外の景色を見ることは出来なかった。私の東北体験はせいぜいその程度で、その後私は小説の方に仕事が変っていそがしくなり、また小説の取材のために東北に行くということもないままに、またしてもうかうかと十数年の歳月を過ごしてしまったのであった。

ところが一昨昨年の秋ではなかったかと思うが、旧友のK君がたずねてきて、むかし話をしているうちに五能線の話が出て来た。五能線は青森県五所川原《ごしょがわら》市と秋田県能代《のしろ》市をむすぶローカル線で、汽車は日本海の海岸を場所によっては波をかぶらんばかりにして走る。

「あんなさびしいところは庄内《しょうない》にはないね」

と、いまは東京に住むK君が言った。庄内というのは私とK君の故郷である山形県西海岸地方の総称である。そしてK君のそのひとことは、突然に私をいてもたってもいられない気持にしたのだった。

その少し前から、私はいつかひまをみて東北に行って来たいと、漠然《ばくぜん》と思うようになっていた。その東北は、まだ見たことのない津軽の十三湖であり、青森のねぶた祭であり、弘前城のさくらであり、さらに岩手の渋民《しぶたみ》村であり、奥州《おうしゅう》平泉であり毛越寺《もうつじ》の枝垂れざくらであった。

私はもう、行かなくとも東北はわかるなどという幻想を持っていなかった。私の心の中に、いつからか行かねばわからない東北が、ジリジリと領域をひろげていた。それは多分、私がもはや完全な東北人ではなく、半分ぐらいは東京人になってしまったために見えて来た風景だったのだろう。K君の言葉は、そう思いはじめていた私に追い討ちをかけるように、五能線という、見に行かなければならない東北がまだほかにもあることを教えたのである。

さあ、うかうかしてはいられないぞと私は思った。うかうかしていると東北を見ないで終ってしまうぞ。そう思いながら、しかし私は依然として机からはなれられないでいたのだが、あるとき編集者のA氏にその話をすると、海外を旅行してコンコルドにも乗っているA氏は、東北生まれのくせに青森も岩手も知らない私をあわれんで、旅行に連れて行くと言ってくれた。

そういうわけで私は、一昨年は秋田から青森へ、去年は岩手へとつづけざまに東北を旅行して来たところである。それだけで東北論を述べるのはまだはやいだろう。私はとりあえず、いま現在は未知の東北を見て来たことに満足しているところなのだが、今年はどこへ行こうかと、このところすっかり東北を知る旅にのめりこんでいる形なのである。

つまり世の中をぐるっと迂回《うかい》して、興味がまた東北にもどって来たということで、本人は東北を認識し、あわせて東北人である自分を再認識するための旅と思っているのだが、ひょっとするとこれが、むかしの人が言った「ふるさとへ廻る六部は気の弱り」というものかも知れないのである。

（「うえの」昭和63年1月号）

岩手夢幻紀行

×月×日

午前九時二十分ごろ、西武池袋線大泉学園駅ホームで文藝春秋《ぶんげいしゅんじゅう》Ｓ氏と落ち合い、上野にむかう。最終目的地は盛岡である。

私には自律神経失調症という面倒な持病があって、密閉されて人が混《こ》んでいる乗物が苦手である。そこで八時台の駅に出るバスはまだ混んでいるだろうからと、家内が駅まで私を送り、駅ホームでＳ氏にバトン・タッチしたのである。事情を知っているＳ氏にしてみれば、厄介な大荷物を預かった気分だったかも知れない。

上野でさらに文藝春秋のＡ氏、Ｍ氏と落ち合い、四人で十時四十分発の東北新幹線に乗る。新幹線発着所になっている上野の地下ホームも、自律神経失調症持ちの人間にはつらい場所だが、連れが三人もいて、それに一カ月前に山形に帰るときに乗ったばかりなので、今日は何も感じない。こういうところが神経失調症なのだろう。

およそ三時間で盛岡に着いた。空は晴れているが、東京から来るとさすがに空気がつめたい。駅にＳ氏の友人の会社の小野寺一雅氏が迎えに出ていて、さっそくこの人の車に便乗してホテルにむかう。宿泊先はホテルロイヤルというところで、今日の日程は、ホテルに荷物をおいて日のあるうちに啄木《たくぼく》の故郷渋民村に行って来ることである。

しかし今度の旅は取材旅行ではなく、私たちは単純に岩手を見に来たのである。あちこち見せてもらうつもりだが、そんなにあたふたと走り回ることもない。

私が東北のしかるべきところを見ておかなければ、と思いはじめたのはいつごろからだろうか。どうもここ四、五年来のことのようである。しかるべきところというのは、たとえば五能線が走る秋田、青森の海岸であり、津軽の十三湖であり、啄木の渋民村であり、宮澤賢《みやざわ》治の羅須地人《らすちじん》協会であり、奥州平泉であり、毛越寺の池のそばに立つ枝垂れざくらであった。宮城、福島、秋田には会社勤めのころに足を踏みいれたことがある。しかし青森、岩手は一度も訪れたことがなかった。そういうことが気になり出したのである。

この突然の東北志向は、鮭《さけ》の母川回帰のようなもので、元来が東北人である私が、ある年齢に達したために急に北が気になり出したというものかも知れなかった。とにかく私は、岩手や青森は東北のうち、行こうと思えばいつでも行けると思いながら、うかうかと三、四十年も東京暮らしをしてしまい、いまになってうろたえているのである。

私は心にかかっている東北のしかるべきところに行ってみたかった。しかしそれは何かのときに心にうかび上がる切実な願望ではあったが、そのために仕事をやりくりして旅に出る才覚もなく、その上自律神経症持ちだった。宮脇《みやわき》俊三氏のように、汽車の一人旅をたのしむというわけにはいかないのである。

そういうことをいつごろか文藝春秋のA氏やS氏に話したらしい。彼らは、それでは年に一回ぐらいなら旅行につれて行くと言ってくれた。それで去年（一九八六年）は秋田から青森に旅行し、今年は岩手県盛岡駅に降り立ったというわけだった。

私たちはホテルに荷物を預けると、かしわやのそばでおそい昼食を済ませ、車で渋民村、いまの玉山村渋民にむかった。途中でS氏の友人で三衡《さんこう》設計舎の社長さんである勝部民男氏が合流した。

車は途中から山道に逸《そ》れて、釘《くぎ》の平というところを通った。めずらしく萱葺《かやぶ》き屋根の民家がかたまっている小さな村を通り抜けて台地をのぼり切ると、突然に左耳の彼方《かなた》に何か途方もなく重量感のあるものが出現した感じがあって、振りむくと岩手山だった。そして前面に見えるのが姫神山だという。

車は台地から見えていた下の村に降り、やがて道ばたの杉の巨木のそばでとまった。そのあたりが玉山村日ノ戸で、杉の木を正門のようにしてその奥に建つお寺が曹洞宗《そうとうしゅう》日照山常光寺、すなわち啄木の生家だった。啄木は明治十九年二月に、このまぶしいほどに光に装飾された寺名を持つ寺に生まれたのである。

そこから玉山村渋民までは、車でほんのひと走りだった。村の中心地とおぼしいそこに、国道四号線をへだてて西に啄木の歌碑、東側に去年出来たばかりの啄木記念館新館、育った家である宝徳寺がある。私たちは歌碑の方から見た。

雪の日に、村民二百人が橇《そり》ではこんだという巨石の歌碑が立ったのは大正十一年で、これが啄木歌碑の第一号だという。もっとも現在の歌碑は、北上川の浸食から守るために最初の場所から五十メートルほど移転され、最近台座を取りかえたという話である。

「やはらかに柳あをめる　北上の岸辺目に見ゆ　泣けとごとくに」という歌碑は、北上川をのぞきこむ崖《がけ》の上のうつくしい小公園にある。またここからは岩手山が真正面に見える。

「岩手山　秋はふもとの三方の　野に満つる虫を何と聴くらむ」の岩手山は、頂きのあたりがはやくも冠雪してどっしりとそびえていた。

新設の啄木記念館には、啄木の少年時代からの遺品、自筆原稿、手紙、借用証書、作品を掲載した雑誌、渋民小学校のオルガン、啄木と北海道時代、東京時代を展望するパネル展示などがあったが、私は一昨年春に東京・吉祥寺《きちじょうじ》でひらかれた啄木展でひととおり見ているので、感銘はそのときほどではなかった。しかし大勢の観光客が館を訪れていた。

話は突然に推理小説にとぶけれども、マイ・シューヴァル、ペール・ヴァールー夫妻共同執筆の警察小説に、『笑う警官』という卓抜なタイトルの小説がある。これに倣《なら》って名づけるなら、啄木記念館館長佐藤正美氏は、さしずめ「歌う館長」ということになろうか。来観の観光客のために倦《う》むことなく説明役を買って出、興いたれば啄木の短歌を朗朗と歌い出す。とても高齢の方とは思えない美声で、説明を聞いているオバサンたちは「あ、その歌私も知ってる」と、大喜びで一緒に唱《うた》ったりしている。

ちょっとサービスのし過ぎじゃないか、などと思いながら記念館を出て、同じ敷地の中に復元されている渋民尋常高等小学校を見に行く。ひとつかみほどの小さな学校である。しかし小さくて固い椅子《いす》に坐《すわ》ると、私の目線は明治三十年代末の生徒の目になって、教壇の上に袴《はかま》姿の啄木が見えた。よく復元してくれたと感謝したくなった。

記念館のすぐ横に、啄木が育った家である宝徳寺がある。村内一の檀家数を持つと言われる宝徳寺は、格式を感じさせるりっぱな寺だった。寺門を出ると、ちょうど岩手山の肩に日が落ちたところだった。国道四号線を盛岡にもどる途中、厨川《くりやがわ》の柵跡《さくあと》を見た。深い夜色の中に横たわる一条の濠跡《ほりあと》がそれだった。

×月×日

目ざめてテレビをつけるとＮＨＫの「おはようジャーナル」が映っている。桜井洋子アナウンサーが今朝は全国的に冷え、中でも岩手県玉山村はもっとも寒く氷点下何度とか言っていた。どうやら一番寒いときに岩手に来たようである。

今日の日程は、盛岡の市内見物からはじまる。外に出ると日は照っているものの、風が寒くてちぢみ上がった。最初に、ホテルからほど近い盛岡城趾《じょうし》に行く。ゆるい勾配《こうばい》の坂道をのぼって行くと、ちょうど啄木歌碑がある一角に出る。この歌碑は小さいけれども、形のよい石を使い、歌を彫った銅板を嵌《は》めこんだ品格のある歌碑である。「不来方《こずかた》のお城の草に寝ころびて　空に吸はれし　十五の心」という歌は金田一京助の筆だった。

盛岡城は着工から完成まで四十年もかかり、不来方城とも呼ばれた。不来方というのはこの地名だと何かで読んだ記憶がある。ここからも岩手山が正面に見える。

歌碑から本丸跡の方にぶらぶらと歩いて行くと、見馴《な》れない木が並木をつくっていて、それが槲《かしわ》だった。鋸《のこぎり》状の深い裂け目のある葉は半ば黄色く色づいている。ほかに栃《とち》の木、ミズキなどがある道を歩いて行くと、この道を往来したであろう南部藩の武士のことが思われた。新井白石が藩翰譜《はんかんぷ》に記している颯爽《さっそう》とした戦場姿には似もつかぬ「物云《い》ひ、鼻よりうめき出て、世の人、聞き分くべきとも覚えぬ」言葉を話す武士たちのことである。

城のすぐそばにある盛岡地方裁判所の前に、石割ざくらと呼ばれる桜がある。文字どおり石を割って生え出ている大木は、樹齢三百五十年のエドヒガンザクラだという。一見の価値がある。ここは家老北家の屋敷跡だそうだ。

そこから今度は市外本宮というところにある原敬記念館に行く。生家の一部とそばの記念館の中に、さまざまな遺品が残っている。東京駅で暗殺されたときに着ていた服、ワイシャツ、ネクタイなどもそのまま保存され、またおびただしい勲章が、むかし宰相だった人のある種の雰囲気《ふんいき》を伝えていた。また原敬は、逸山と号した文人でもあったので、色紙の類いも多かった。帰りに原敬の墓所をたずねると、その寺がめずらしい黄檗宗《おうばくしゅう》だった。

そのあと盛岡出身のS氏の実家に寄り、思いがけなく母堂のもてなしをうける。「ぶちょうほうまんじゅう」という、郷愁を感じさせるような黒砂糖の味のお菓子がうまかった。

S氏の実家から、今度は「ござ九」に回る。この店の正式名は森九商店で、竹製品、藁《わら》製品をはじめとする荒物雑貨の老舗《しにせ》であるが、裏手の土蔵群にはおどろかされた。もっとも古い土蔵に入れてもらって二階に上がると、棟札《むねふだ》に天保《てんぽう》九年三月五日と記してある。「ござ九」

さんの住居も土蔵づくりで、夏は涼しいが冬は暖房が利《き》かず大変ですとご主人が腹をきめたようにおっしゃる。

　このあたりでようやく、盛岡というか、あるいは岩手というか、この土地の端倪《たんげい》すべからざる一面が少しずつ見えて来る。残すべきものをきちんと残すという、西欧の古くからある都市にみられるような堅固な文化意識の存在である。そう言えば石割ざくらのすぐそばにある県公会堂も見事な建物だったが、これは昭和二年の建築と聞いた。近代建築の建物の間に、こういう古い建築物が、さりげなく調和してまじっているのが盛岡という都市の特色らしく見受けたが、しかし残す強い意志がなければ物は残らないだろう。そして岩手の、残すべき歴史の跡と、人材が豊富なことにも感嘆する。

「ござ九」から直利庵《ちょくりあん》まで歩いて、ここで昼食にする。この直利庵はわんこそばを喰《た》べさせる店で、ふだんも予約の客がひきも切らないという。同行の三氏はさっそくわんこそばを申しこみ、絣《かすり》の着物に赤襷《あかだすき》の若い娘さんの「ハア、ドッコイ、ハ、ソレソレ」という掛け声にそそのかされて、あとでくるしくて畳にひっくり返るほどにそばをつめこむ。いかにわんこそばが数に対する挑戦《ちょうせん》とはいえ、M氏はじつに八十杯も喰べた。ばかばかしい限りである。

　私は量よりも質をえらび、「ハ、ソレソレ」をよそにひとり静かにすじこそばをする。これもうまかった。

　直利庵から車をたのんで花巻にむかう。昼食が遅かったので、東北自動車道をまっすぐ南下するうちに晩秋の日ははやくも傾き、その淡い日をうけて左前方に遠く早池峰《はやちね》山が見えて来る。羽田澄子監督の記録映画「早池峰の賦《ふ》」で有名になったこの山は、古来岩手山、姫神山とならんで岩手の人びとには特別な山とされて来たようだ。車はやがて花巻I・Cを降り、東北新幹線寄りの小高い丘、胡四王山《こしおうざん》に建つ宮澤賢治記念館に着いた。

それはすばらしい記念館だった。まず館の前庭にあるのは「よだかの星」の彫刻である。黒色の金属のように輝くその板石は、アフリカ産の黒御影石《くろみかげいし》だという。よだかはその表面に銀白色の洋銀で鋳《い》つけられている。館の入り口の前には、ツワイライトで青味を増すという白色の梟《ふくろう》の彫像がある。すでに賢治の世界だった。

館内はぐるっとひと回り出来るようになっている展示室のほかに、百人ほどは収容出来る多目的ホール、図書・資料室、喫茶コーナーなどが附属している。展示室では、賢治の生活、信仰、科学との関連、詩と童話の世界が、遺品や自筆原稿、採集岩石などを使用して整然と区分け展示され、ほかに大銀河系図を示す宇宙ドーム、資料展示コーナー、ビデオ、スライド設備、さらに賢治の歌曲が聞けるサウンドボックスまであるというぐあいで、また館の外庭には、自筆原稿、手帳、メモを永久保存する、りっぱな収蔵庫もあった。

この上はのぞめない完璧《かんぺき》な記念館だった。展示も、洗練されて一分の隙《すき》もない構成に思われた。おそらくこの建物には、賢治の遺業に敬意と愛情をささげる人びとの意志が反映されているのだろうと私は思ったが、その意志が強すぎて、かすかに権威主義が匂《にお》うような気がしたのは、私の錯覚だったろうか。

私は反射的に、昨日見て来たばかりの啄木記念館を思い出していたのである。館長が歌い、中年のオバサンが歌を知っている短冊を見つけてはずんだ声を出すような猥雑《わいざつ》さは、賢治記念館にはなかった。猥雑であって欲しいというのではないが、しかし……。

賢治記念館では、人びとはひとりうなずいたり、ささやき合ったり、目を見かわしたりはするが、大きな声は出さなかった。行儀よく賢治の世界をわかち合い、時に賢治語でしゃべり合い、巡礼のように館内をめぐっていた。そこにはほとんど高踏的と思われる雰囲気が立ちこめ、そして人びとにそういう気分を強《し》いるものがその建物にあることも明らかなように思われたのである。これは秀才と劣等生という趣かなと思いながら、私はむしろ啄木記念館の俗っぽさを懐《なつ》かしんでいた。

啄木は愛され、賢治は尊敬されているということだろうか、と車で花巻農業高校の敷地に復元されているという羅須地人協会にむかいながら、私は思った。しかしこの考えには、わずかに違和感があった。

賢治について、私が抱くもっとも手近なイメージは夢想家である。しかしそれはローレンス・ブロックの表現をかりれば〝力ずくで伝えたいメッセージ〟というわけではない。むしろ遅疑逡巡《しゅんじゅん》しながらのひとりごとである。見当違いだったらおゆるしねがいたいものだ。

しかし夢想家でなければ、北上川の岸辺をイギリス海岸と名づけ、岩手をイーハトヴと呼び、自分たちの農業研究会を羅須地人協会と命名することがあるだろうか。そして夢想家とは少年の別名ではなかろうか。

むろん賢治は『春と修羅《しゅら》』第二集の序にみられるように、成熟した目を持つ大人である。

しかしながら賢治のなかには、二十歳になっても三十歳になっても齢《とし》をとらない少年が一人棲《す》んでいて、その少年の夢想が詩とむすびつき、宇宙とむすびつき、羅須地人協会とむすびついてあの壮大な賢治の世界が出来あがったのかも知れないと私は思うのであった。

詩「永訣《えいけつ》の朝」のなかで、あめゆきを取って来てくれとたのむ瀕死《ひんし》の妹のために、賢治は「まがつたてつぽうだまのやうに」暗いみぞれのなかに飛び出して行く。その詩を読むとき私の眼《め》に映るのは、二十六歳の賢治ではなく少年の賢治である。

比較すれば十六歳で堀合節子と恋愛し、あのどろどろしたローマ字日記を書き、評論「時代閉塞《へいそく》の現状」を書いた啄木は、二十七歳で死んだにもかかわらず、大人過ぎるほどの大人だったといえよう。賢治記念館での感想とは逆に、「啄木は尊敬され、賢治は愛される」でもいっこうかまわないのではなかろうかと思いつくころに、私たちは空港わきの道を通って花巻農業高校に着いた。

時計を見ると五時。空は地平線にかすかな赤味を残すだけで、あたりは夕闇《ゆうやみ》につつまれはじめていた。

羅須地人協会（復元された賢治の家）では、女子学生が何かの会合をひらいていて、暗い戸口に立った私たちにどうぞと言った。研究会をひらいた場所とおぼしい板敷の一室には黒板、オルガン、小さな椅子がむかしのままに置かれ、黒板には「貯蔵養分の移転」と書かれていた。狭い部屋だった。

二階の賢治の書斎に上がる。畳敷きの狭い部屋に入り、そこで白熱灯をともしてしばらくたたずむと、さっき記念館で感じた異様な熱気のようなものはどこかに消えて、本来の孤独な一人の詩人の姿が見えて来た。賢治は『春と修羅』第二集の序に「そこでまことにぶしつけながら　わたくしはどこまでも孤独を愛し　熱く湿つた感情を嫌《きら》ひますので……」と書いている。賢治が、いまの記念館の静かな熱狂をどう考えているだろうかという思いが、ふと胸をかすめた。

しかしそのすぐ前には、「わたくしの敬愛するパトロン諸氏は　手紙や雑誌をお送りくだされたり　何かにいろいろお書きくださることは　気取つたやうではございますが　何とか願ひ下げいたしたいと存じます」とも書いているので、パトロンではないけれども、私の駄《だ》文《ぶん》も恐縮してこのへんでひっこめるのがいいようである。外に出ると、かすかな明るみが拡散する夜空を、四羽の夜鷹《よたか》が鳴きながら飛びすぎて行った。出来すぎた光景だったが、よろこばしい偶然でもあった。

今夜の宿泊地である花巻温泉ホテル千秋閣に到着。ロビーでもらった岩手日報の夕刊を読むと、玉山村藪川《やぶかわ》は今朝氷点下四・三度、盛岡市では初霜を観測したと出ていた。

×月×日

今朝の盛岡は零度、初氷が張ったという。外に出ると曇りで肌寒《はだざむ》い。しかし風はなくおだやかな日だった。

ホテル千秋閣を出て平泉を目ざすのだが、途中花巻市郊外の旧太田村にある高村光太郎記念館に寄る。記念館と光太郎が昭和二十年から七年間住んだ山荘は、低い丘のふもとにあった。榛《はん》の木林を背に、前面に田圃《たんぼ》をのぞむ場所にある山荘は、つまり粗末な小屋のことである。戦後日本の貧しさの象徴だったバラックのひとつと考えるべきか。ともあれ隙間だらけのそのあばら屋には、嵐《あらし》の日には風や雨、冬は雪が舞いこんだに違いない。

私はとっさに長野柏原《かしわばら》の一茶の土蔵を思い出したのだが、半面そこに寝起きして「暗愚小伝」を書き、歌集『白斧』、詩集『典型』をまとめた詩人の強健な精神を思わずにはいられなかった。記念館にある遺品、蔵書の類も、いずれも必要最小限のしっかりしたものであるところに、明治生まれの文人の気息が窺《うかが》えて好ましかった。なお山荘と記念館を結ぶ雑木の小道は、たぐい稀《まれ》なうつくしい道である。

そこから東北自動車道に出て南下し、昼すぎに平泉に着く。ここで待っていた勝部氏、小野寺氏に再会した。ふもとの平泉レストハウスで昼食、そのあと専務の小野寺邦夫氏に平泉文化史館を案内してもらってから、山の上の中尊寺にのぼる。

のぼって行く場所は月見坂と呼ばれる杉木立の参道だが、傾斜がかなりきついので、肺活量が少ない私は四度も五度も途中で立ちどまり、ようやくのぼり着く。編集者諸氏は、そのつど辛抱づよくつきあって私を待ってくれた。中尊寺で執事長の佐々木賢宥氏に会い、ここで平泉郷土館館長の荒木伸介氏を紹介される。荒木氏は長年中尊寺、毛越寺《もうつじ》の学術的な発掘にかかわり合って来た専門家で、話の様子ではどうやら勝部社長の先生にあたるらしい。この方の案内で金色堂、古い鞘堂《さやどう》、白山神社の能舞台、資料館などがみられたのは思いがけない幸運だった。

金色堂は、須弥壇《しゅみだん》の下が清衡《きよひら》以下藤原三代の遺骸《いがい》と四代泰衡《やすひら》の首桶《くびおけ》をおさめた墓所でもあったという事実にはいささか衝撃を受ける。彼らは、死後ただちに阿弥陀如来以下の仏たちに囲繞《いにょう》された極楽浄土に迎えられることをのぞんだのだろうか。

中尊寺から裏道伝いに下に降りて、車で毛越寺に行き、八割方発掘されている庭園を歩く。何年か前に、テレビで庭園の池の岸に夢のように咲く一本の枝垂れざくらを見たことがある。そのさくらは発掘のために少し場所を移されて立っていた。復元された遣水《やりみず》も感動的なものだった。薄暮の光のなかに、夢幻のようにひろがる毛越寺庭園をあとにしてまた車にもどる。

帰途郷土館に寄って、荒木館長からコーヒーのもてなしを受け、勝部氏と小野寺氏の車に分乗して一関に出る。そばを喰べてからさらに駅まで送ってもらい、午後五時五十八分発の新幹線に乗る。上野に着いたのは午後八時三十四分、東京は土砂降りの雨になっていた。S氏が車で家まで送ってくれた。

今度の旅では遠野に行っていない。無理に行けば行けただろうが、S氏は遠野は車で見て回るという場所ではなく、時間をかけてゆっくり歩き回るところだろうという。そのとおりで、私は遠野を見に、もう一度岩手に行かなければならないかも知れない。


（「オール読物」昭和63年2月号）

啄《たく》木《ぼく》展

記憶がうすれてしまったが、東京・武蔵野《むさしの》市吉祥寺《きちじょうじ》のT百貨店で、石川啄木展がひらかれるということを、私は多分取っている東京新聞で知ったのだと思う。啄木展の主催者が東京新聞だったからである。

私はぜひ見に行きたいと思いながら、例によってなかなか行けなかった。会期は三月二十八日から四月九日までで、ちょうど仕事の締切り時期に重なったということもあったが、私の持病も簡単には行けない理由のひとつになっていた。

私は数年前から自律神経失調症にかかり、バスとか電車とかの乗物にのるのが苦手になっているのである。ことに窓がしまって、密閉された感じの乗物がいけない。そういう乗物にのると私はひどく緊張し、そして突然に息苦しくなったり、心臓がおかしくなったりするのである。

閉所恐怖症というものとよく似ているが、同じではないらしい。というのは同じく密閉された乗物でも、タクシーとかエレベーターとかは平気で、閉所恐怖症とは発作を起こす条件が少し異なるようなのである。私はこの自律神経失調症を、広い田園で育った人間が長い間都会に住み、馴《な》れない環境で適応を強いられた末に起こした精神のひずみのようなものではないかと疑い、それならば半分は自分が選択した生活の結果なのだから、甘受するほかはあるまいなどと、かなり非医学的なことを考えたりするのだが、ともかくそのために、どうしても外出不足になるのを避けられないのである。

最近この病気はやや軽くなったように思えるのだが、完治したわけではなく、ひとりで乗物にのるにはまだ若干の不安があった。それで家から二、三分のところにあるバス停に行き、吉祥寺行きのバスにのれば、あとはざっと四十分ほどで目的地に着くとわかっていても、なかなか腰が上がらなかったのである。

しかしタクシーは大丈夫なのだから、そんなに心配ならバスでなくタクシーにのればいいようなものだが、病人心理の不思議さとでも言うか、一方では不安が残るバスに乗って、どのぐらい恢復《かいふく》したのか、あるいは恢復していないのかをためしてみたいような気持も、ちょっぴりはあるのだった。

啄木展を見るために、私がとうとう重い腰を上げて家を出たのは、展覧会の最終日である四月九日の午後のことである。私はその日、昼食を終るとすぐにバス停に行き、吉祥寺行きのバスに乗った。気持よく晴れた日で、バス通りには並木の桜がほんの少し盛りを過ぎた感じでまだ咲いていた。

心配するほどのことはなく、私は一時過ぎには吉祥寺に着いた。発作は起きなかった。吉祥寺の駅の北口にサン・ロードという商店街があり、そこには相変らず若い男女が群れていたが、私はサン・ロードには用がない。若い人たちをかきわけるようにして商店街を横切り、T百貨店の会場に入った。

啄木展の展示品は、啄木の戸籍簿からはじまり、小学校時代、中学校時代の学籍簿や国語の答案といったもの、就職のときの履歴書やお金の借用証書、そして啄木の周辺にいた女性たち、妻の節子や妹の光子、啄木が心を寄せたと言われる橘智恵子、歌集『一握の砂』に出て来る芸者小奴《こやっこ》などの大きく引きのばした写真、また鷗外《おうがい》や新渡戸《にとべ》稲造《いなぞう》、金田一京助らにあてた手紙、小説「雲は天才である」の原稿、詩集、歌集の初版本などだった。会場の一角ではビデオで啄木ゆかりの北海道の風物を映したりもしていた。

会場には老若を問わず女性が多かったが、わりあい年齢の高い男の人も多く、啄木が読まれて来た、あるいは現在も読まれているある層ともいうべきものを垣間見せ《かいまみ》るようでもあった。見て回る人は一様に熱心で、喰《く》い入るように手紙を読んでいる人もいた。

私が惹《ひ》きつけられたものはと言えば、借用証書とか、書簡とか、女性たちの写真などだったが、それらを見ているうちに、私は次第にある湿った感慨が胸を占めて来るのをふせげなかったような気がする。その感慨というものをひと口に言えば、啄木の人生は失敗の人生だったということだった。

啄木が、のちに妻となる堀合節子と知り合ったのは十四歳、盛岡尋常中学校二年のときである。同じく盛岡女学校の生徒だった節子は、学校から帰る啄木を自分の家の軒下に立ってじっと見つめていたという。しかしその相思相愛の妻は、貧苦にやつれ、啄木から病気をもらい、啄木が死んだ翌年には子供たちを残して病死する。

啄木の文学的業績の方はどうだろうか。啄木は詩集『呼子《よぶこ》と口笛』に見るようなすぐれた詩と、いまも人に愛誦《あいしょう》される歌集『一握の砂』と『悲しき玩具《がんぐ》』を残し、またいくつかの前衛的な鋭い考察をふくむ評論を残した。

だが啄木は、もっとも世に出したかった小説では失敗した。小説を書いて家計を救済することも出来ず、さればといって自分の貧困の拠《よ》って来る原因である社会的矛盾には一指も加えることが出来ない啄木にとって、歌は文学の主たる目的ではなく、悲しき玩具にすぎなかった。そういうことは啄木の評論「弓町より、喰《くら》ふべき詩」、「歌のいろいろ」にくわしいが、伊藤整が指摘したような、啄木の歌にある一種投げやりな感じはそのあたりから来ているだろう。

私は啄木展を見た満足感と、それとはべつの湿った感慨とを抱えたまま、T百貨店を出て吉祥寺駅にもどった。そして駅の地下にある喫茶店に入ったのだが、席についてみるとおどろいたことにまわりは一人残らず女性だった。それがおばあさんもいれば中年女性もおり、若い女性もいるというぐあいで女性のオンパレード、いささか不気味なほどだった。私はあわてて広い店内を見まわした。すると二、三人は男性もいて、女性専用の喫茶店というわけでもなかったのだが、一瞬そう疑ったほどだった。吉祥寺は女性の町でもあるのだろう。

私はコーヒーを飲みながら、会場で求めた二、三冊の啄木関係の本をめくって見た。中で新潮日本文学アルバムの『石川啄木』にある渡辺淳一《じゅんいち》さんの「あえて、わが啄木好み」という一文がとてもいい文章に思われた。そうしているうちに、私は突然に、啄木がなぜこんなに人気があり、ことに啄木自身はさほど重きをおかなかった彼の短歌がなぜ人びとに好まれるのか、その理由の一端にはたと突きあたったような気がした。

人はみな失敗者だ、と私は思っていた。私は人生の成功者だと思う人も、むろん世の中には沢山いるにちがいない。しかし自我肥大の弊をまぬがれて、何の曇りもなくそう言い切れる人は意外に少ないのではなかろうかという気がした。かえりみれば私もまた人生の失敗者だった。失敗の痛みを心に抱くことなく生き得る人は少ない。人はその痛みに気づかないふりをして生きるのである。

そういう人間が、たとえば『一握の砂』の中の「友がみなわれよりえらく見ゆる日よ花を買ひ来て妻としたしむ」といった歌を理解出来るのではないかと思った。喫茶店を出て、私は駅前のバス停にいそいだ。時刻はもう夕方で、まごまごしているとバスは混《こ》んで来て、また例の病気が出そうな気がしたのである。

一週間ほどして私は井上ひさしさんに会い、啄木展と渡辺淳一さんの文章のことを話した。すると井上さんは即座に、あれはいい文章でしたねと言った。そのころ井上さんは戯曲『泣き虫なまいき石川啄木』に取りかかっていて、まだ苦闘中だったのである。

（「荘内文学」昭和62年8月号）

雪が降る家——光太郎・茂吉

寒くとも一日に一度は外を歩くようにしているが、冬の散歩道には見るべきものはあまりない。半ば枯れた菊の花、希望の人に売ると立看板がある葉牡丹《はぼたん》畑、ピラカンサスの赤い実、葉が落ちた木木、その下の枯葉の堆積《たいせき》などを見るばかりで、雨催いのつめたい日には、これらの冬の風物はことさら寒寒として見える。

こういうときにふと胸にうかんで来るのが、去年の晩秋に、岩手・花巻市郊外で見た高村光太郎の山小屋である。あの小屋に雪が降ったろうかと思う。そう思うのは詩集『典型』の冒頭に「雪白く積めり」の詩があるためか、あるいは何かで見た写真のせいかよくわからないが、いずれにしろ光太郎の山小屋と雪は切りはなせないもののように思われる。

私が丘のふもとにあるそこをたずねたときは、むろんまだ雪はなく、まわりの榛《はん》の木や栗《くり》、栃《とち》などが葉を落としている最中だった。しかしいまあちこちの写真に写っているのは、本来の山小屋を包む覆屋《ふくおく》である。小屋はその中にあって、隙間《すきま》だらけでおどろくほどに粗末なあばら屋だった。

高村光太郎は昭和二十年五月に花巻の宮澤《みやざわ》賢治の家に疎開《そかい》し、八月に宮澤家も戦災で焼けたので、やがてその小屋に移ったのである。しかし、おどろくほどに粗末とみるのは昭和六十年代の視点で、小屋は戦後日本のいたるところにあった当時のバラックのひとつに過ぎないだろう。

夏は風雨が、冬は雪が舞いこんだだろうその小屋に、光太郎は七年間住んだ。みずからが言う自己流謫《るたく》の歳月である。そしてその小屋で歌集『白斧』をまとめ、詩「暗愚小伝」を書き、その詩を核に詩集『典型』をまとめた。

「暗愚小伝」は、戦時中多くの戦意昂揚《こうよう》詩を書き、文学報国会の詩部会会長を勤めて戦争に協力した自分を見つめ直す、自己点検の詩である。自分はそも何者かとみずからを問いつめ、そこから崩壊したアイデンティティーを回復しようとした試みの詩である。

そして光太郎は、「おのれの暗愚をいやほど見たので、自分の業績のどんな評価をも快く容《い》れ、自分に鞭《むち》する千の非難も素直にきく。それが社会の約束ならば、よし極刑とても甘受しよう……しかし休まずじりじり進んで、歩み尽きたらその日が終りだ」（典型・山林）という覚悟に到達する。ようやく、自我回復の糸口をつかんだと言えようか。

もうひとつの雪が降る家が、私の目に映る。斎藤茂吉の聴禽《ちようきん》書屋である。茂吉も昭和二十年四月に郷里山形に疎開し、翌年一月には大石田に移って、町の名家二藤部《にとべ》家の離れに住むことになった。しかし聴禽書屋と名づけたその離れは、光太郎の山小屋とは異なり、階下に二間、二階に二間がある建物だった。そして妻子を東京に帰した茂吉も孤独ではあったが、まわりには結城《ゆうき》哀草果《あいそうか》、地元の板垣家子夫らの献身的に茂吉を世話する歌の弟子がいた。光太郎よりは恵まれていたと言えよう。

大石田は雪の深い土地である。そして町のすぐそばを最上《もがみ》川が流れる。光太郎と同じく戦争賛美の歌をつくった茂吉は大石田で二冬を過ごし、深い雪の中で大病をわずらいながら、ここで得た歌を中心にした歌集『白き山』をまとめ、再起した。

注意深く読めば、『白き山』にも低音でのべられた懺悔《ざんげ》のひびきがある。しかしそれが光太郎の痛ましいほどの自己点検におよばないのは、両者の気質の違いだけではなく、戦争協力の認識の有無にかかわることのように思われる。

（「短歌現代」昭和63年2月号）

混沌《こんとん》の歌集――斎藤茂吉

歌人の長塚節《ながつかたかし》を小説に書いたとき、急に若いころの斎藤茂吉を小説の中に登場させる必要が出てきて、私は大いそぎで柴生田稔《しぼうたみのる》氏の『斎藤茂吉伝』『続斎藤茂吉伝』を買いこんで、一夜漬《づ》けの勉強をさせてもらった。

そして『続斎藤茂吉伝』の中に、例の茂吉と永井ふさ子の邂逅《かいこう》とわか
いるのも読んだのだが、その記述の途中で柴生田さんは「そ

恋愛（?）について本書に詳述することを、私は欲しない」と書いていた。

柴生田さんは先ごろ亡《な》くなられ、私は『茂吉伝』を読ませてもらったお礼のハガキを一度さし上げただけで、お目にかかる折はなかった方だが、書かれるものなどの印象から、なんとなく謹厳一方の方のように想像していた。

それで、『続』にある本書に詳述することを欲しないというくだりが、茂吉の弟子の心境としてはさもありなんと思う以上に、イメージの中の柴生田さんにぴったりのようで思わず笑いを誘われたのだったが、もちろん柴生田さんは、五十を過ぎた茂吉が自分の齢《とし》の半分でしかないような若い永井ふさ子と恋愛関係に陥ったことを非難したのではなかったろう。

茂吉は前年には「アララギ」の長老平福百穂《ひゃくすい》と死別したあと、夫人輝子《てるこ》との長い別居生活に踏み切り、永井ふさ子と出会ったその年は親友中村憲吉と死別し、心身に打撃をうけていた。ふさ子との恋愛は茂吉のそうした心身の空白状態につけ入る形で発生したのである。誰も咎《とが》められまい。だから柴生田さんも咎めはせずにそのこと自体はむしろ弁護している。

問題は茂吉がふさ子にあたえた夥《おびただ》しい数の手紙にあった。柴生田さんが言う痴愚の恋愛の相が、この手紙にあますところなく示されていたことは、よく知られている。『続』の中から孫引きをゆるしてもらうと、作家の中野重治は『晩年の茂吉』の中でそのあたりの事情に触れ「見るも無残なといったところがあすこにはあった」と書いているらしい。

茂吉の恋愛と問題の手紙のことを、私はむかし詩人真壁仁《じん》の著書『人間茂吉』で知った。そして私もやはり目をそむけるようないやな感じを持ったことを記憶している。そしてそのいやな気持のために、真壁さんはどういうつもりで『人間茂吉』に、いわば茂吉の恥部ともいうべき事柄《ことがら》をこんなに詳細に書かなければならなかったのかと、真壁さんの心情を疑ったりもした。茂吉の恋愛は必ずしもスキャンダルとは言えないものだった。しかし永井ふさ子にあてた手紙は疑いもなくスキャンダラスなものだった。

斎藤茂吉は尊敬する同郷の歌人であり、真壁仁はこれまた尊敬する同郷の詩人である。私の胸中には、何となく釈然としない気分が残った。

それがむかしの話である。しかしいまは必ずしもむかしのように思っているわけではなく、茂吉の手紙にも真壁さんの著書についてもべつの見方が生じている。そのことを記してみたい。

たとえば茂吉の歌集『白き山』である。かつての戦争中、戦争礼賛の歌などをよんで敗戦後は戦争協力を云云《うんぬん》された茂吉が、病身と孤独の流離の生活の中で詠《よ》みつづけた歌は、茂吉本来の歌の格調と叙情性を回復し、それをまとめた歌集『白き山』によって、茂吉は再生したとか、甦《よみがえ》ったとか言われた。

その評判に釣《つ》られて、私は『白き山』の中からたとえば「最上川の上空にして残れるはいまだうつくしき虹の断片」、あるいは「かりがねも既にわたらずあまの原かぎりも知らに雪ふりみだる」、「最上川逆白波のたつまでにふぶくゆふべとなりにけるかも」などの、もう人口に膾炙《かいしゃ》していた一連の名作をひろい出し、それでなんとなく『白き山』を理解したような気分になったものだった。

だがそれから長い年月がたち、そのあいだも折にふれて『白き山』を読むことがあり、また当然自分も齢をとるにつれて、その種の『白き山』観は徐徐にくずれ、『白き山』は格調高いとか再起とかいう単純な物差しでは測りきれない、大きくて複雑な歌集であることに遅まきながら気づくことになった。

たとえば茂吉は、『白き山』刊行のわずか前に歌集『小園』を出しているが、『小園』は老いの自覚と祖国敗亡を澄みきったかなしみでうたい上げた歌集だった。茂吉はこの歌集で、雑念なくほとんど無心にかなしんでいて、そのことが読む者の胸を打つ。

そしてその『小園』にくらべれば、『白き山』のあちこちに再起の意志が散見できるのはたしかなことである。だが『小園』にあらわれたかなしみと孤独、あるいは生の寂寥《せきりょう》といった主題は、『白き山』にも「ながらへてあれば涙のいづるまで最上の川の春をしまむ」、「蛍火《ほたるび》をひとつ見いでて目守りしがいざ帰りなむ老の臥処《ふしど》に」のような作品となってくりかえしうたわれ、注目すべきことはそのかなしみや寂寥感が、時には『小園』のころの抑制を失って底なしに深まる気配をみせることである。

さらにまた『白き山』には、「道のべに蓖麻《ひま》の花咲きたりしこと何か罪ふかき感じのごとく」といった罪悪感のようなもの、あるいは柴生田さんが非難した「軍閥といふことさへも知らざりしわれをおもへば涙しながる」のような弁解の歌などもあらわれる。この歌集のむしろ混沌とした性格を示すものだろう。

これらの歌の背後には、戦後の新たな流離、その間の病気、深まる老いなどがあるだろう。茂吉は五・一五事件、二・二六事件のころには知識人らしくきびしく軍の行動を弾劾《だんがい》した。しかし日本が本格的な戦争に突入すると、今度は一転して戦意高揚の歌などもつくり、そのことは戦後の茂吉に傷を残した。

しかし中村稔氏の好著『斎藤茂吉私論』によれば、茂吉は戦争中の自身の進退や戦争詠などについて、自責、自省の念をいささかもいだかなかったという。それならそれで押し通せばこれもまたひとつの見識というものだろうが、茂吉は戦犯指定をおそれて右往左往した。同じような立場の詩人高村光太郎が、戦後はきっぱりと進退していわば首をさしのべたのにくらべると、茂吉の場合は見ぐるしいといえば見ぐるしいが、私にはそういう茂吉の方が人間くさくて好ましいようにも思える。

茂吉は短歌界の巨人だった。しかしまた茂吉はありふれた凡俗の人でもあった。その凡俗の情がかつては永井ふさ子との恋愛にあらわれて周囲をおどろかし、戦後に再び人きく露呈してひと目を惹《ひ》いたということではなかったかと思う。

人格内部のこういう矛盾は大なり小なり誰もが抱えることだろうが、茂吉の場合は茂吉という人物の全体が大きいだけに、凡俗の部分にもさながら洗練されざる未墾の原野の趣がある。広大で粗野な活力にみちている。しかし独断を承知で言えば、こうして存在する茂吉の原野こそ『白き山』という歌集の、混沌と一方にあるなんともいえないかがやきを生み出した母体ではなかろうか。真壁仁が著書に『人間茂吉』と標題をつけたのは正しかったと、私はいまはこちらも諾《うべな》うのである。

（「短歌研究」平成4年1月号）

老婆《ろうば》心《しん》ですが

奥羽《おうう》三千年のうらみ、などという言葉がある。半ばは冗談で、まさか東北の人間が、中央に対していつもそんなふうに考えているわけではないが、歴史的な事実は、その言葉がまったくの虚構でないことを示してもいる。

東北は、つねに中央から来る招かざる権力に服従を強《し》いられて来た土地である。蝦夷《えぞ》征討しかり、安倍氏の滅亡しかり、藤原氏の滅亡しかり、中世を経て戦国末期になると、秀吉が来て強引な検地を実行したし、幕末の戊《ぼ》辰《しん》には「白河以北ひと山百文」と蔑《べっ》視《し》されて、戦わざるを得ないように仕むけられた。あげくは朝敵あつかいである。バカにするなと言いたい。

と、東北のことになると突然にいきり立ったりするのだが、それはともかくとして、東北がつねに中央の権威を背負う勢力をむかえ討ってはやぶれ、そのつどむしり取られて来た土地であることに間違いないわけで、遠藤進之助の論文「戊辰東北戦争の分析」によると、戊辰戦争後、明治新政府は山林、原野を民、官有地に区分けしたが、その区分けで、東北は民有地に対する官有地の百分比が宮城六六、山形八三、秋田九四、青森九七、福島八〇（岩手は不明）であったのに対し、西南日本は奈良県の民有地九九・七％を筆頭に、大幅に民を優遇したという。誰がみても、明らかな差別である。

その結果東北の農民は、それまで自由に飼料、肥料を採って来た山林原野からしめ出されて、山林地主に対する依存度を強めざるを得なかった。そのころからいわゆる後進地東北のレッテルが定着し、ひいてはそれが関西の「富国」、東北の「強兵」の土壌になったと遠藤は指摘している。

そういう歴史を考えるとき私は、べつに被害者意識というのではなく、ごく公平な立場からみて、東北は中央からかなり償ってもらっていい部分があるのではないかという気がするのである。東北の人間は、大体が温厚で礼儀をわきまえているから、償えなどというはしたないことを口にしたりはしないが、歴史的にみて、中央が東北にして来たことは、まず賠償ものだと思う。東北は中央に対して、いろいろな意味で中央並みを要求していい権利があるのではなかろうか。

ところが実際には、東北は現在も地方という名で、農民が先祖代代の百姓仕事では喰《く》っていけないところまで追いこまれている。明治政府のような露骨なやり方をしていないというだけで、東北はいまなお中央から奪われつづけているということだろう。

そういう東北に新幹線が走る。新幹線が、中央並みというお上の取りはからいなのかどうかはよくわからないが、さっき言ったような歴史的な文脈から考えれば、おそまきながら新幹線が出来て、それが東北の人びとに何ほどかの便利と幸福をもたらすのであれば、大いに歓迎したいものだ。交通ひとつにしても、東北なるがゆえに中央から差別されていい理由など、ひとつもないのだから。

しかし東北新幹線は、はたして幸福をはこぶ列車だろうか。

新幹線が、交通便利な乗物という本来の役割にとどまるかぎり、問題は何もない。東北人は胸をはってその便利さを享受《きょうじゅ》すればいいのだが、そこに観光がからんで来ると、新幹線はただの乗物では済まなくなる。ただ喜んでばかりもいられないという一面が出て来るだろう。それが東北に、予期せざる文化的インパクトをあたえるかも知れないことも考えねばなるまいと思うのだ。

好むと好まざるとにかかわらず、新幹線は観光列車の一面を持つ。新幹線の経済的効果はほぼこの一点に限られるから、国鉄も地元も、いまは観光企画の整備に多忙のようである。うまくいけば、現代の〝奥の細道〟がにぎわい、あるいは空前の東北観光ブームが起きるかも知れない。もしそうなれば、国鉄は採算がとれ、地元は観光客が落とす金でかなり潤《うるお》うということになるのだろう。

だが、その種の観光地化が、はたして東北をしあわせにするのかどうか。地元が潤うのを喜ばないわけではなく、半ばはその成功をねがいながらも、私はそこのところに若干の危惧《きぐ》を感じないではいられない。

たとえば京都は観光地で、おびただしい観光客がおとずれる場所だが、そのために京都人がスポイルされるなどということは、まず考えられないことである。京都は長い間日本の文化と歴史の中心だったし、ある意味ではいまなお中心でありつづけている。京都がになっている歴史と文化から見れば、東京などは得体の知れない疑似文化がはびこる新興都市にすぎない、というようなものである。

そのしたたかな自信が底にあるから、京都は何百万の観光客が来ようとびくともしないのだろうと思う。拒みもせず媚《こ》びもせず、ほどよく客を遊ばせながら、京都人はどこまでも京都人でありつづける。

観光地東北は、この京都のような主体性を持ち得るだろうか。観光東北とはなにかといえば、それは松島とか平泉とか、世に知られる観光地と二、三の大きな祭をのぞけば、大体は素朴《そぼく》な自然、伝統芸能、そういったものを見てもらい、素朴な産物を味わってもらうということだろうと思う。あるいはその旅の間に、素朴な人情に触れてもらうことも含まれるかも知れない。

東北が公開しようとしているのは、ひと口に言えばそういうナイーブな山河自然と人情である。その文化の形はやわらかく傷つきやすく、京都文化の権威と強さを持たない。そういう点に、老婆心に似た懸念《けねん》をさしはさむのは、私はかねて、東北には三つの性格の型があると考えているからである。

ひとつは中央に対してはげしく反発する性格である。この性格は新幹線にも観光にもつばを吐いて背をむけるに違いない。いまひとつの性格は、状況から一歩さがって、中央から来るものが何者であるかを慎重に見きわめようとする型である。行動に出るのはおそいが、大勢が観光と決まればあえて拒みはせず、順応するだろう。

だが観光を主導するのは、この二つの性格ではあるまい。第三の性格がある。すすんで中央に迎合し、強い中央志向を示す型である。これもまた東北の歴史と風土が生み出した性格だが、観光の旗ふりが地方自治体をはなれて民間に移ったときに問題があるだろう。この性格は、行きすぎると観光に名をかりて東北を中央のコピーに仕立てかねないのである。

新幹線の始発駅が上野か東京に定着すれば、仙台までは二時間の距離である。ということは仙台が、距離的には首都圏に組みこまれることを意味しよう。東北の中央化である。観光はこの流れに拍車をかけるだろうが、再度言うようだがそれははたして東北をしあわせにするだろうか。

矛盾するようだが、私が東北の中央並みと言うのは、中央への組みこみということではない。むしろ東北の自立のことである。出稼《でかせ》ぎか兼業でなければ中央並みの生活を維持出来ない現実の改正のことであり、必要なら東北に中央を取りこむということである。その逆ではない。

新幹線はその答で、観光は東北の救世主なのだろうか。私にはどうもそうは思えず、観光は、へたすると東北を悪く変質させかねないモロ刃の剣ではないかと疑うのだが、そうかといって、東北が中央からむかしの貸しを取り立てながら自立する、などということが、そう簡単に出来るわけでもない。東北は、そのあたりは百も承知で、さしあたって観光を取るしかないということかも知れない。ともかく当分は、東北がなだれを打って観光にむかうという状況が現われるだろう。

もっとも東北には、京都とはまた違う粘りづよく状況と折れ合う気質がある。私の危惧はまったくの杞憂《きゆう》に終るかも知れないのだが、緑の山河とそこに住む人びとを愛するがゆえに、私は観光であれ何であれ、東北はあくまでも東北であってほしいとねがわずにいられないのである。かりに人びとがその素朴な心を失ったりすれば、残されるのは東北の荒廃だけになるだろうから。

(「週刊朝日」増刊昭和57年7月1日)

自己主張と寛容さと

まだタバコを喫《す》っていたころのことだから、もう十年以上も前のことになるだろうか。鶴《つる》岡《おか》に帰っていた私は、ある日ぶらぶらとむかしの一日市町(この町はひといちと呼ばれた。現在は本町二丁目)の通りを歩いているうちに、ふと思いついて途中でタバコを買った。

そこが何の店だったかは忘れたけれども、店先の一角におきまりの小さなガラス窓が開いているタバコ売場があって、私はその窓口で二十本入りのいこいか何かを一箱買ったのだと思う。するとタバコと釣銭《つりせん》をさし出した店の人が、ありがとうございますと丁寧な挨拶《あいさつ》をした。その声で、私は思わず振りむいて窓口の奥にいる人を見た。面長《おもなが》の品のいい顔をした老人がそこにいた。

私を振りむかせたのは、その声にふくまれている、たった一箱のタバコを買った客に対する疑いようのない感謝の念だったろう。そして商いに徹したその低い物腰こそ、私が若いころにたびたび目撃し、かつ感じ入った鶴岡商人のものだったのである。

私はいま東京に住み、また時代も変って、物を買えばありがとうございますという声は聞こえても、それはただの商売の符丁のようなもので、言葉そのものが本来持っている客に対する感謝の気持が伝わって来ることは、百にひとつもない。会釈《えしやく》を残してその店をはなれながら、私はひさしぶりに古き良き鶴岡に出会った懐《なつ》かしい気分に包まれていた。私をいい気分にしたのが、鶴岡という都市が持つ秩序だということもわかっていた。

鶴岡のそばにある村の子供だった私にとって、映画館があり、本屋があり、公園や沢山の店がある鶴岡はあこがれの町だった。時には猥雑《わいざつ》にさえ見えたにぎやかなその町の底のところに、商人は商人らしく、勤め人は勤め人らしく振舞い、言論、行動で突出することを戒める秩序の感覚が存在することを理解したのはずっと後のことである。観光客などが、たいていはもの静かな城下町という鶴岡の印象を語ることが多いのも、いまもこの町に残るその種の秩序感覚に触れるせいに違いない。だがそれで万全とも言えないところに、今日の都市のむずかしさがあるように思う。

ところで市内を流れる内川べりに、鶴岡出身の女流作家田沢稲舟《いなぶね》の胸像がある。文学碑があまり好きでない私は、雨の日に稲舟の胸像が頭から濡《ぬ》れているのを見たりすると、つい、かわいそうだなと思ったりするのだが、しかしいまとはくらべようもないほどに堅苦しかったはずの当時の鶴岡から出て、作家を志したこの人の勇気には心を打たれることがある。それはほとんど、郷党に対する反逆にひとしい生き方だったのではなかろうか。

秩序が支配する場所は快いが、秩序には人が自分を殺さないと成り立たない一面があるだろう。しかし現代においては行きすぎた自己抑制は必ずしも美徳とは言えず、村であれ都市であれ、混沌《こんとん》をおそれずに従来の秩序に新しい考え方を取りこむ勇気と寛容さを持たないと、共同体は沈滞しかねない時代となった。時には田沢稲舟の強烈な自己主張が必要とされる時代が来たと言えようか。

（「いま、山形から……」平成3年6月VOL13）

郷里の昨今

理由があって昨年から郷里山形の新聞二紙が送られて来ているので、私は最近の郷里のことを比較的くわしく知ることが出来るようになった。

たとえばごく最近の新聞には、Y市のバイオ科学研究所、発生・生殖生物学研究所と中国が、四項目の共同研究を行うことに合意したなどという記事がある。

なぜ中国の政府派遣団が一地方都市であるY市に来て、こういう取り決めを行なったかというと、Y市のバイオ科研、発生研は受精促進物質「ZPIO」の発見とこれの応用で、世界的に高い評価を得ているのだという。

そして、いま農産物自由化という時代の波に洗われている郷里では、生き残るためにそういうバイオ技術も農業に導入しなければなるまいという空気があるらしく、私はバイオテクノロジーそのものには若干の懸念を持つものの、そういう時代の流れを示す記事には大いに眼《め》をひかれるわけである。

そうかと思うと、今年は雪が少なくて、そのことが人びとの生活にさまざまな波紋を投げかけているらしい。たとえば除雪費が前年の三分の一ぐらいで済んで、自治体は喜んでいるが除雪作業員は冬仕事をうばわれ、早早に出稼ぎに行かざるを得なくなった。また雪まつり、雪上三輪バギー大会、雪おろしツアー、スノーウインドサーフィン大会といった観光がらみの催し物も、軒なみ中止、あるいは実施を危ぶまれているといったことである。

これらの記事は雪の経済学といった知識をあたえてくれるけれども、それだけではない。むかしは厄介《やっかい》なものでしかなかった大雪とか吹雪とかいうものを、昨今の郷里は逆に利用して、地域に活気と収入を呼びこむ材料にしていることがわかり、私はその根性と価値観の変化に感嘆するほかはない。

さて、こういう記事にまじって、またつぎのような匿名《とくめい》コラム記事があるのも、職業柄《がら》見のがすわけにはいかない。

結城《ゆうき》哀草果《あいそうか》はアララギの歌人として、また斎藤茂吉の弟子としていっそう高名な歌人だったが、その人の歌碑のまわりがいまごみ捨て場になっているとコラムは嘆き、哀草果の歌のおもいをうけて歌碑を建立《こんりゅう》した人たちは、そのおもいを訪《おとな》う人に伝える責めを全《まっと》うしなければならないと論じているのだった。するとほどなくして、同じコラム欄にべつの意見がのった。

その執筆者〈由〉氏は、さきのコラムに同意を示しながら、しかしと筆を改めてつぎのように書いていた。近年は文学碑が急増して県内でゆうに八百をこえ、いまやせっかくの景観をそこなって文学碑公害の一歩手前にあること、そして文学者にとっては作品がすべてで、文学碑は第二義的なものであると言い、たとえごみの山に覆《おお》われようと何ほどのことでもないと〈由〉氏は述べているのだった。

このコラム記事を読んで、私はあることを思い出していた。何年か前に、帰郷したついでに郷土資料館をたずねたことがある。資料館は市の公園の中にあるので、私はまわりの景色を眺《なが》めながら建物まで歩いて行ったのだが、途中比較的新しい文学碑が建っているのをみた。それが一つや二つではない数である。

むかしの城跡を利用したその公園にある文学碑といえば、以前は高山樗牛《ちょぎゅう》の碑ぐらいではなかったろうか。その樗牛の碑も、りっぱな石碑ではあったが公園の隅《すみ》におかれてあまり目立たなかったように思う。

そして公園は桜の季節とか、大きな祭のときとかには屋台店が出て人がごった返し、またサーカスや地獄、極楽などの小屋が三つも四つもかかるものの、その催しが終ればがらんとして何もない場所だった。人があつまり人が散るだけの場所として開放されていたのである。

沢山の文学碑は、公園が持つそういう雰囲気《ふんいき》を少し変えてしまったように見えた。そのことに私は、軽いショックを受けていた。文学碑というものについて、私は何の知識も持っていないけれども、句碑といい、歌碑といい、あるいは詩碑というものは、やはりそこにあるだけで何ごとかを主張しているものなのではあるまいか。

その感じが少しわずらわしく、私には公園がむかしの大らかな開放性を失って、いくらか教訓的に変ったように思われたのである。こういうことが文化的だと思われると困るなと、そのとき考えたこともおぼえている。

結城哀草果の歌碑の話は、私が文学碑についてかねて抱いている危惧を言いあて、また〈由〉氏のコラムは私が郷里の公園で感じた、一種異様な違和感の正体を説きあかしてくれているように思われた。県内に文学碑八百以上という数字は、とても正気の沙汰《さた》とは思われないが、これもまた昨今の郷里の一面の変化なのかも知れないのである。

ところで私は、このコラムを読んで大筋のところでは〈由〉氏のいさぎよい意見を支持したのだが、また若干べつのことも考えていた。

本人が、自己顕示欲から文学碑を建てたりするのは論外である。また、地方自治体のような行政機関が、文化事業の一環として文学碑をつくるのも、あまり感心は出来ない。碑には心、さきのコラムが言う「おもい」が必要で、事業とはちがうことだからである。

しかし友人知己があつまり、あるいはその土地の村人があつまり、ひとつの文学碑をつくろうとするのは、誰もとめられないし、またとめてはいけないことのような気がする。文学碑とは、多分そういう人びとの「おもい」を実現するためのものなのである。

そして建ててもらう人は、自分にそそがれる人びとの志をありがたく受け、ついでに心ある人にまた文学碑かと嘲笑《ちょうしょう》されたり、いずれは忘れられて哀草果の歌碑の運命をたどることも甘受しようと、心に決めるべきものなのではなかろうか。そう覚悟すれば、それはそれで〈由〉氏とはべつの意味で、碑がごみの山に覆われようと、何ほどのことでもないのだと思う。

（「民主文学」昭和62年4月号）

似て非なるもの

私の意識の中では、都市はどんどん変貌《へんぼう》するもので、農村は変らないものだった。私は農村の生まれなので、郷里は母なる大地である。母なる大地にそうくるくる変られては困るという思い入れもあったが、事実農村はあまり変らなかった。戦後の農地改革でさえも、農村の本質を変えるには至らなかった。

むろん農村だって多少の変化はあるのだが、変るには長い時間がかかり、その変化は目立たなかった。変化があっても、じきに周囲の風景に呑《の》みこまれてしまうように見えた。

その農村に目立つほどの変化が現れるのは昭和三十年代以降である。機械と農薬とテレビが農村を変えた。機械化と農薬は村の農作業と生活を変え、テレビは意識を変えたと言ってよいかも知れない。

農作業の機械化は昭和三十年代になって突然現れたわけではなくて、戦前も少しずつ農村に入りこんで来ていた。私は子供のころ、ある家の庭先で行なわれた脱穀機の試運転を見物しに行ったことがある。それは胸がわくわくするような光景だった。またウスプルン（記憶が古くてこの名前はたしかではない）というそら色の泡《あわ》が立つ農薬があって、時期になると村の人びとが大きなスプレーの器具を背負って苗代《なわしろ》の苗を消毒して回った。イモチ病予防の農薬だったと思う。それは村の共同作業で、人びとが非常に慎重にこの農薬を扱っていたのが記憶に残っている。

それでもウスプルンを使ったから用水路の泥鰌《どじょう》や鮒《ふな》がひっくり返るということはなく、蛍《ほたる》もとんぼも変りなく飛んだ。脱穀機も収穫期になると村の中で活気のある機械音をひびかせるだけのことで、それはむしろ季節のいろどりになった。ウスプルンも脱穀機もやがて村の風景の中に吸収されて、その一部になったのである。

だが昭和三十年代後半以降に、農業近代化の名前で国が後押しした農村改革はそんなに生やさしいものではなかった。そのすすみぐあいはひたすらにせわしなくて、やがておなじみになった新しい農村風景が出現する。馬も牛も姿を消して、かわりにトラクターが田圃《たんぼ》を這《は》い回った。村のそばを流れる川は生活排水と農薬で濁り、背骨の曲った魚が泳いだ。機械化はその後もすすんで、いまは田植え機とコンバインが田圃の主役である。

昭和五十年代のはじめごろだろうか、あるとき稲の消毒作業を目にしたことがある。若夫婦ふうの二人が消毒機器と農薬を積んだ軽トラックでさっと田圃に乗りつけたかと思うと、間をおかずにモーターの音がひびいて作業がはじまった。二人が両端をもつビニールか金属かの筒から農薬が噴き出し、かなり広いひと区画の田圃が能率よく消毒されて行くのが見えた。終ると二人はまたさっとトラックで引き揚げて行った。それは百姓仕事というよりも、何かの工場の作業に似ていた。

あとには農薬の霧が白くただよい、そして農薬を撒《ま》く二人はマスクで深く顔を包んでいた。作業のせわしなくて荒っぽい印象が気になったが、しかし私はそのころ、村もがんばっているなと思った程度だった。容量の大きい村の胃袋をまだ信用していたのである。

しかし私は近年になって、農村は急激な近代化をついに消化し切れずに解毒不能の毒が回ったのではないかと疑っている。陳腐な言いぐさだがむかしの農村には自然と共存するよろこびがあった。しかしいまはどうか。農薬まみれの自然、バイオテクノロジーがらみの自然とは、共存は可能でもそこによろこびがあるとは思えない。草は緑、小流れの水は澄んで、一見してむかしと変らない農村風景に、私は近ごろふと似て非なるものを見てしまうといった感想を、郷愁ではなく漠然《ばくぜん》とした懼《おそ》れから記しておこう。

農業後継者は減りつつあるが、大規模経営化をすすめるにはその方が好都合だという声もあって、農村はいま都市も真青の変革、農業近代化を完成しようとしているところのようである。

（「日本近代文学館」平成2年11月15日）

農業の未来

だいぶ前のことだが、「米の輸入自由化反対」の意見広告に顔を出せという要請が来たことがある。少し迷った末に私はことわった。

私はむろん、米の輸入自由化大反対である。米は主食である。あるときのテレビで、評論家と称する人が主食である米も工業製品も一緒くたに論じているのを聞いたが、あきれて物も言えなかった。

かりに日本が車を外国からの輸入に頼っているとして、あるとき車の輸入がぱったりととまったところで、多少暮らしに不自由はしても命に別条はないだろう。しかしそれが主食の場合は、何かの理由で米の輸入がとまったら飯の喰《く》い上げ、命にかかわる。命綱を外国に預けるのは、私なら願い下げにしたい。

しかし日本はこれまで、自由貿易をタテに世界の国国の経済が混乱を来すほどに、自動車、電気製品、ハイテク製品その他の工業製品を売りまくって来たので、米だけはべつだという理屈は通らないかも知れない。その交渉には負けるかも知れないが、しかし私たちは、徹底して米と工業製品はべつだということを言い立てて、自由化に反対するしかない。

そして少しでも有利な条件を勝ち取るか、それが出来なくとも、せめて徹底して反対したという事実を各国に印象づけるべきで、決して迎合的なことを言うべきではない。

といったようなことを、ふだん私は考えているわけであるけれども、私は広告に顔をのせなかった。それというのも私は、米の輸入自由化に関連して一点どうもわからないところがあって、自由化反対の大合唱に乗り切れないものがあるのである。

何が不明かと言えば、農業の未来ということである。輸入自由化反対は正論である。だが反対は、首尾よく自由化を阻止し得たあかつきには、日本の農業はこのように繁栄するぞという、今後についての青写真を持っていなければならないだろうと私は思う。それは輸入自由化反対の表と裏であるべきである。

だが実際には、青写真どころか後継者難の問題ひとつとっても、日本の農業の前途が明るいとはとうてい思えないのである。一部の意欲的な人びとをのぞけば、農村の若い人たちは、いまやなだれを打って農業から逃げ出しつつあるのが現状ではなかろうか。理由は農業自体の将来の展望のなさにあるとしか思えない。

もしそれが偽りのない現実で、繁栄の青写真などはないのだとすれば、かりに輸入自由化を阻止し得たとしても五十歩百歩、農業の衰弱に歯止めをかけることにはならないのではないかという、まことに暗い疑問を私は捨て切れないのである。

むろん、経営を大規模化して経済性を高め、地域間競争のみならず国際競争にも堪え得る強い体質をそなえた農家を育てるのが青写真だという見解があるだろう。何だかだと言われながら、国の施策がその方向で一貫して来たことは確かである。

しかし私はここでもわからないことがある。言葉は大げさかもしれないが、ひとにぎりの大規模経営農家（地域営農集団は認めたいが）が繁栄して、大部分の中小規模農家を切り捨てることが日本の農業の繁栄だというのだろうか。広くなった田圃にアメリカ風にヘリコプターで種モミや薬剤を播《ま》いたりするのが、あるべき未来の日本の農業と農村の姿なのだろうか。それはただの農村の圧殺ということではないだろうか。

自由化推進論者の中には、自由化は大規模経営化を促進して結構だとか、兼業農家が日本の農業近代化を阻《はば》んでいるなどという人がいるが、私の見方はこれとも違う。

経済性というものはつねに可変的なものだから、大規模ということが経営成功の絶対の決め手とも言えず、その点は地域営農集団といえども例外ではないと考える。そしてまた、日本の農業を最後まで持ちこたえる者がいるとすれば、それは兼業農家の方方ではないかと考えることだって可能だ。この人たちは、土地を経済効率だけではからず、土地に対する愛着を土台にして物を考えることが出来るだろうと思うからである。

（「家の光」平成2年12月号）

変貌《へんぼう》する村

白い土手

もう二十年ほどもむかしの話になるけれども、そのころ私はある文学賞をもらったために、郷里の鶴岡《つるおか》に帰って、その賞に関連する雑誌のグラビア写真をとることになった。写真をとる場所は私が生まれた村、鶴ヶ岡城址《じょうし》、私が二十代はじめに教師をしていた中学校などで、出版社からは担当の編集者N氏とカメラマンのY氏が同行した。

そして最初に生まれた村にむかったのだが、私の生家は没落してしまったので、村はずれの風景だけをとることにした。そこで私が子供のころに泳いだ川を近景に、そのはるか東にそびえる月山を遠景にのぞむ場所で一枚写そうということで、車を降りて川が見えるところに行ったとき、異様なものが見えてきた。

私の記憶にある村の川は、まず両岸が石垣《いしがき》で固められている。その上部の土手はといえば、そこにはありとあらゆる丈高い雑草がはびこり、その中にテリハノイバラやヒルガオの花が咲き、砂地にはバッタや斑猫《はんみょう》がいて、小暗い草の葉かげには蛇《へび》がひそみ蜂《はち》がとび回っているといった場所だったのに、私の目の前にあるのはいやに直線が目立つ白いコンクリートブロックの構築物だった。その間を汚れた水が勢いよく流れていた。

言ってみれば川が本来持っている情緒とか付随的なはたらきとかをきっぱりと切り捨てた、機能一点ばりの水路が目の前にあるというだけのことだったのだが、思えばその川が私に村の変容を気づかせる最初の光景になったように思う。

むろん石垣を壊してコンクリートの護岸工事をやるからには、それ相当の理由があったはずだが、その川を見て私の頭にうかんだのは、これでは水に流されたら助からないのではないかという、やや間の抜けた素朴《そぼく》な疑問だった。それというのも子供のころの私にとって、川は泳ぐ快感と流される危険が同居する場所で、石垣も、土手から垂れさがる葛《くず》の蔓《つる》も、流れにさらわれたときにつかまるものとして、大いにあてにされていたからである。コンクリートでは無理だろうと思ったのだ。

また、子供のころの愉快な思い出に川干しがあった。河川工事のために秋に上流の水門を閉じるのが川干しで、その期間私たちはわずかな水流を残すだけの干上がった川底に降りて、石垣の間に手をつっこみ、中に隠れている魚を素手でつかまえたものだった。ハヤ、ナマズ、カニなどが常連で、隠れている魚はつかまるまいとして穴の奥ではげしく抵抗した。カニに指をはさまれることもあった。その魚はどうなっているのだろうか。

とっさに頭にうかんだのはそんなことだったが、考えてみればいまの子供は川では泳がないし、汚れた水に魚が棲《す》んでいるのかどうかもわからなかった。わかっているのは川が下水《げすい》溝《こう》のようになったということだった。

去年、農林省が川に石垣をもどそうと言い出した。これを形だけの風景復活などと揶揄《やゆ》したくはない。形が出来れば、農薬と生活排水に汚れた川がいつか甦《よみがえ》ると思いたい。

やわらかな山

この間、郷里の若い友人と電話で話しているうちに、最近村の山で小規模だが地すべりが起きたことを知った。それを聞いて私はショックを受けたが、それは以前から私の胸の中にその種の心配が隠されていたせいだったろう。

先に書いたように郷里に写真をとりに帰ったあと、私は何かと用が出来て時どき生まれた土地に帰るようになった。写真をとりに行ってから二、三年後のそのときも、私は生まれた村に帰省していて、ある晴れた朝にふと思い立って村の背後にある山にのぼってみることにしたのである。

山といっても、朝日山地の支脈のひとつである山塊は、五百メートル足らずの山を主峰にするなだらかな丘の連なりでしかない。

姉から借りたゴム長靴《ながぐつ》をはいて、村はずれの山道にさしかかると、たちまち四十年もむかしの記憶がもどって来た。子供のころは山菜採りや栗《くり》拾いにひんぱんにのぼった山だが大人になってからはあまり用がなくなり、多分一度ものぼったことがなかったろう。それなのに、山に入ると私は少しも迷うことなくむかしの山道をたどることが出来た。季節は田植えがすぎた直後で、歩いていると木木の新葉の香が息苦しいほどに匂《にお》った。

雑木林を抜け、杉林を抜けさらにその先の雑木林を抜けると、道はひろびろとしたかなり急勾配《こうばい》の斜面に出た。その斜面は、麓《ふもと》の村から見える主峰の頂上の真下になるあたりである。私はひさしぶりの山登りにはずむ呼吸をしずめながら、ふりむいて下界を見おろした。庄内《しょうない》平野と鶴岡の町が見えた。もう少しのぼると、平野の先に青い帯のように横たわる日本海が見えるはずだったが、いま立っているところまでが私にのぼれる限界だった。

私は子供のころに見た景色を眺《なが》めることが出来たことに満足して引き返すことにした。そのとき斜面に踏みこんだ長靴の足が、ずぶずぶと地面に埋まった。私は急いで足を引き上げながらまわりを見回した。するとそれまで見えなかった山の荒廃が目に入って来た。枯死し倒伏した芒《すすき》や下草が、いちめんに私が立っている斜面を覆《おお》っていたのである。そしてその下には、もっと以前の芒や下草の残骸《ざんがい》が腐蝕してつもっていることが容易に想像された。だから足がくるぶしの上まで埋まったのである。そこに人の手が加わった気配は見えなかった。

山は春なら山菜、秋なら栗、栃《とち》などの木の実や草がとれる場所で、ほかにも木材や薪《まき》を村に供給し、下草を馬や牛の餌《えさ》にあたえてくれる場所だった。だが村では薪がいらなくなり、牛も馬もいなくなったので下草を刈る必要もなくなったのだろう。

むかしはしじゅう人が入りこむので、山は道も斜面も踏みつけられて固かった。いまの山はぶよぶよとやわらかくなっている。大雨が降ったらどうなるだろうと、そのとき私は考えたのだった。地すべりが起きた場所は、十分に削り取らないと危険だという。

消えた音

私が生まれた村は、以前は静かな村だった。初夏には裏の丘で閑古鳥が鳴き、雨期には姿の見えないアカショウビンが鳴いた。また、いまはなくなったが以前は川のそばに葦《あし》がしげる湿地があり、夏になるとそこで行行子《よしきり》が鳴き、巣をつくり卵を生んだ。

冬になると、雪はたったひと晩でおどろくほど厚く村の上に降りつもる。そういう日の朝は、まだ布団《ふとん》にもぐっている子供たちの耳に、村のあちこちで打つ藁打《わらう》ちの音が聞こえてくる。一定のリズムでカーン、カーンとひびく澄んだ打撃音は、その日の藁仕事のために使う藁をやわらかくする音である。

私が子供だったころは、どこの家にも稲から玄米を精製する作業のためのコンクリートか粘土質の土で固めた作業場があって、藁を打つときに使う大きくて扁平《へんぺい》な石がその中に埋めこまれていた。私も成年近くなったころにこの藁打ちをやったことがあるけれども、藁打ちの杵《きね》は大きくて重い。足先で藁束をまんべんなくころがしながら打ちつづけなければならないのだが、この藁束もかなり大きいので、束ひとつを打ち終るころには、身体は汗ばむほど熱くなるものだった。

そして鶏の声、犬の声。鶏の声も犬の声も聞けば大体あれはどこそこの家の犬とか鶏とかがわかった。また牛も馬も村の一員だったが馬がほとんど声を出さないのにくらべて、牛は無遠慮に鳴いた。冬といえば、藁打ちの音のほかに思い出すのが村の青年たちが習う謡の声、菩提寺の若い僧たちの寒行の声などである。静かな村で聞こえてくるのはそんなものだったろう。静かだったからよく聞こえる音だったとも言える。そして馬車の重い車輪の音、荷車の音。

　だがその大部分は、いまは消えてしまった音である。閑古鳥やアカショウビンはいまも裏の丘の雑木林で鳴くだろうけれども、葦原を失った行行子が、コンクリート護岸の川べりにくるとは思えない。ちなみに言えば、葦原がなくなったのは、村の家家が茅葺《かやぶ》きから瓦葺《かわらぶ》き一色に変って葦の需要がなくなったからである。

　牛も馬もいなくなり、冬の間の藁仕事もなくなった。それで稲は刈り取られるとその場で籾《もみ》にされ、藁は細分されて田圃《たんぼ》の中で燃やされる。物の運搬に必要だった馬車や荷車は消えて、軽トラックが農道まで入りこみ、田圃の農作業のほとんどはトラクターやコンバインなどの機械がやるようになった。

　私のようにむかしを知る者にとってはすべて目をみはるような変化だが、しかしそれはたまに外から帰るからそう感じるので、私が村をはなれてから四十年たつという年月の経過を考えれば、村の人びとにとってはむしろ遅遅とした変化だったかも知れない。そしてこういう変化は、中身こそ違え、私が生まれる前にもあったはずである。

　ともあれ、これが私の村が至りついた近代化の姿である。だが近代化が村に幸福感をもたらした時期はみじかく、近年、農業はいま存亡の岐路に立たされているという声がするのを、私は納得しがたく聞くのである。

自動車道

村の胃ぶくろは大きくて丈夫で、たいていの変化は時間をかけさえすればゆっくりと消化して自分のものにしてしまう。十年ほど前から取沙汰《とりざた》されてきた高速自動車道計画の場合も、そんな経過をたどったようにみえた。

近年になってやっと計画の全貌がはっきりしてきたその自動車道は、宮城県から山形県内陸部を横断して私の故郷である日本海側の平野に抜ける路線で、新幹線時代に取りのこされて、時には以前よりもいっそう裏日本的な陰翳《いんえい》を濃くしかねなかった故郷に、時代の風を通す役目をするものでもあった。そして村の家家は、軽トラックだけでなく自家用車も持つ車時代の生活者なので、高速自動車道ができれば、いずれは直接にその恩恵をうけることにもなるのである。

もちろん問題が何もないわけではなく、高架式の異様に大きな建築物である自動車道が村の北端を横切ることに対する違和感とか、騒音についての懸念《けねん》とかは一部にあったようだが、目立った反対の声は聞かれなかった。また自動車道が完成すると、村の前面にある北に鳥海山、真東に月山をのぞむ雄大な眺望《ちょうぼう》がそこなわれるのではないかと、私などはやきもきするわけだが、そういう心配は村で直接の反対論に結びつくことはない。

しかしこの高速自動車道に付属して出てきたバイパス道路の計画は、あまり物に動じない村の人びとをおどろかしたようである。バイパス道路は高速自動車道と交差する形で東西に走る自動車道だが、地上との段差が一米《メートル》しかないので、ここを通って村から鶴岡市に出る道が一本閉鎖されることになったのである。そのために鶴岡に出たり、道の先にある田畑に行ったりするためには、べつの道を使って遠回りしなければならない。

その道のそばには、本村と少しはなれて数軒の家があり、村の田畑があり、母が畑仕事をしている間に小さな私が遊んでいた庚申塔《こうしんとう》などもあるはずである。そして道ばたの夏草や小流れ、そのあたりを飛ぶバッタ。

　ふるさとの
　かの路傍《みちばた》のすて石よ
　今年も草に埋《うづ》もれしらん

啄木のこの歌を思い出させる村はずれの道は、やがて廃道になる運命をむかえるわけだが、道は鶴岡への通勤道路でもあるので、村では無視できずに寄合いをひらいているという。しかし相談の中身は、反対ではなく地下道化などの妥協案さがしになる模様である。

それというのも村はいま後継者難とか、長男に嫁がこない、減反といった現在の米どころの農村が直面しているありとあらゆる問題をかかえこんでいて、米の輸入より先に内部から村が崩壊しはしないかと危惧《きぐ》されるほどの状況をむかえているからである。友人の話によると、村では専業農家のほとんどが兼業に変り、また依託田をひきうけて農作業の一切を機械でやるオペレーター役をいやがる若者も多くなったという。こういう時代には、村道一本が消滅するぐらいはなにほどのことでもないのかも知れないのである。

（「狩」平成4年5月号～8月号）

高速道路がくる

お国自慢というものは、もともと特殊であるところに自慢の根拠をもっているので、聞く人、読む人をすべて感心させる普遍性とは本来相容《あいい》れないものであろう。だから親バカの子供自慢に似て、大概はあまり力説するとフンなどとそっぽをむかれるのがオチである。

しかしそうわかっていてもつい口から出てしまうのがお国自慢というもので、かくいう私も十年一日のごとく、生まれた田舎の風景がいいことをエッセイばかりか、こっそりと小説の中にまで書き散らして、目の肥えた人にはすぐにそれと見破られて顰蹙《ひんしゆく》を買っているのだが、ここで取り上げたいのは、私のお国自慢の持ちゴマのひとつである鳥海山、月山のことである。

鳥海山はコニーデ型、月山はアスピーテ型と山型も対照的で、私の村から見ると月山は東の正面に、鳥海山はやや遠い北の空にそびえている。そして、鳥海山が単純を良しとして北方につんと澄ましているのにくらべ、月山は季節によってじつに複雑な山相を見せる山だった。

たとえば冬の月山だが、雪が少なくなった最近のことはわからないけれども、私がまだ田舎にいたころの月山は、冬は終日中腹まで垂れさがる雪雲にかくれて、全容を現わすのはきわめて稀《まれ》、ひと冬に数日もあるかどうかというぐらいのものだった。

しかし数日吹き荒れた吹雪が去ったあとに、神の恩寵《おんちょう》というしかないような晴天の一日が訪れ、そういう日は、月山は全山白雪に覆《おお》われた姿を現わした。空を区切る稜線《りょうせん》から走り落ちる峰峰は刃物の刃のように日にかがやき、隣り合う深い谷に落とす影は暗くて、月山はまさに死の山、神秘的な山に見えたものだ。

しかし月山は神秘的な印象をあたえるだけでなく、人懐《なつ》かしい気分を誘う山でもあった。子供のころ、秋になると月山の中腹に終日ほそい煙が立ちのぼるのが見えた。炭を焼く煙だと教えられた。また夜になると、やはり月山の中腹とおぼしいあたりに、ちかちかと灯火がまたたいて見えた。あんな山の中に人が住むのかと不思議に思ったものだが、そこはゆるやかに傾斜する月山の山麓《さんろく》地帯で、私の村からみればはるかに高い位置になるそこにも、人びとが住む村落があるのだった。

ところで話は急に現実的になるけれども、その見馴《みな》れた風景の中に、ごく近い将来高速自動車道が割りこんでくることになったようである。東北横断自動車道というのがそれで、宮城県に起点を持ち、県境を西に越えると山形の内陸部を横切って庄内に入り、鶴岡《つるおか》市西部を迂回《うかい》して庄内空港、酒田市まで行く路線である。

もちろん私も現代を呼吸して生きている者なので、高速道路の有効性に文句を言うつもりも資格もないけれども、問題はこの自動車道が、私の村からあまりに近い場所を通ることである。近いどころか、村の北部では自動車道は村を二つに割って走り抜けることになった。高架式の自動車道の高さと、村からの距離にもよるわけだが、いずれにしろ村の前面を駆け抜ける自動車道が、私のお国自慢の有力な種である月山、鳥海山の眺望を、かなり損なうことになるのは間違いないようである。

しかし村はいま、加速度を加えつつある変革のまっただ中にあって、たとえば近年（平成二年）の調査によると、米どころ庄内の米作専業農家は七・七％、農業収入の方が主である一種兼業、兼業収入の方が主である二種兼業を合わせた兼業農家は九二・三％、その兼業者のうち恒常的勤務、つまり隣接する都市などに勤め先を持っている者は、全体の七〇％近くに達しているのである。

また自家農業と農作業の受託で生活する自営農業者、これとほかの産業にも従事しているが従事日数は自営農業の方が多い者、この両者を足した農業就業人口というものを年齢別に見た統計（平成二年）では、十六歳〜二十九歳が三・五％、五十歳以上が七一・一％（うち六十歳以上は四四％）という数字が出ている。

若い人の農業離れが著しいわけだが、むかしは農家の子供が田植え、取り入れを手伝うのは常識だったのに、いまは農村といえども、子供が田圃に入るなどということは稀で、その機会もないということだから、当然といえば当然の話である。私はこういう状況を農村の空《くう》洞《どう》化、都市化現象の進行とみている。

戦後一貫して農業の規模拡大を指導してきた農林水産省は、さきに発表した新農政プランで五～二〇ヘクタールの中核農家十五万戸、組織経営体（三人経営で三五～五〇ヘクタール）二万戸を二〇〇〇年にむけて育成すると明示したが、庄内に一〇ヘクタールの稲作をやる人がふえれば、地域の文化は崩壊すると言う人もいる。つまり農業だけでなく祭り、風習、共同作業など、これまで農村を支えてきた文化も消滅してしまうだろうというのだ。これでは誰のための規模拡大かということになるだろう。

変貌《へんぼう》がここまでくると、村はとても月山や鳥海山にかまっている余裕はないわりで、またその月山も、観光化がすすんで八合目まで車が行く昨今は、神秘性もややうすれたように思われるのが残念でならない。


（「小説新潮」平成4年9月号）

2

「美徳」の敬遠

私が書く武家物の小説の主人公たちは、大ていは浪人者、勤め持ちの中でも薄禄《はくろく》の下級武士、あるいは家の中の待遇が、長男とは格段の差がある次、三男などである。つまり武家社会の中では主流とは言えない、組織からの脱落者、あるいは武家社会の中で呼吸してはいるものの、どちらかといえば傍流にいる人びとなどを、主として取り上げているということである。

そういう傾向は、私の書くものが物語というものであることにも関係があるだろう。私の小説は、一部をのぞけばある年代のある場所で、しかじかのことがあったという、特定の歴史上の事柄《ことがら》を述べたり、事柄の意味を追求したりするものではない。小説の中に勝手に設定した人びとをぶつけ合って、そこから派生する、ごく人間的な、人生の哀歓とでもいったものを記述すれば足りる。そのつくられた小説世界の中で、作者も読者もいっときの虚構のたのしみを共有出来ればいいので、物語をつくる私の意図は、それ以上でもそれ以下でもない。

もっとも、それだけの小説にすぎません、といっても私は自分の小説がそういうものであることを、肩身狭く思っているわけではない。時代物の小説には、事実の追求をたのしむ小説（こちらを歴史小説と呼ぶこともあるが）と、虚構の面白味をたのしむ小説との二種類があっても、どちらが高級だとか低級だとかいうものではなかろうと思うからである。

何かの差がつくとすれば、それが小説としてどの程度にいい小説になっているかということだけだろうと思うし、私はじつを言うと、小説は物語こそ本筋ではないかとも思っているのだが、ここではそのことは述べない。私が肩身狭いのは、いまだに読者の胸をふるわせるような物語を書いていないということだけである。

とにかく、書く小説がそういうものであるので、たとえば武家物の小説でも、主人公を武家の格式にしばられない人物に設定することが、物語をすすめる上でつごうがいいことはたしかである。人間的な感情や行動をつとめて抑制するのが建前である主流の武家が主人公では、たとえつくり話にしてもなかなか書きにくいという面がある。これが私の小説に、浪人者、下級武士、武家の次、三男などが多数登場して来るひとつの理由である。

だが私は、そういう創作上の便宜だけでそうしているわけでもない。ほかにも武家小説に対する半ば意識的、半ば無意識にといった感じの、あるこだわりがあって、むしろその理由の方が、より根本的に、さきに述べたような私の小説のスタイルを決めていると言っていいかも知れない。

私は武家社会の主流を書かない。書けば武家の格式、日常的には武家の作法と呼ばれたもの、また背景にある武士道というものにも触れざるを得ないだろう。この場合は、儒教的モラルが武家の規範として確立された徳川政権下の時代を言っているわけだが、江戸時代が、そういうモラルを日常の細部まで形式化したことで成り立っていた封建社会だったことを考えれば、そのことを抜きにして時代の主流にいた人びとを書くことは出来ないだろう。そこが苦手である。

むろん建前と本音というか、武家のモラルにも裏と表はあったと思う。武家も賄賂《わいろ》を取ったし、殉死にさえ商い腹というものがあった。また米沢藩は貧しかったので、家中がしきりに内職にはげんだが、その内職も慢性化すると、「表に士を飾れども内はまさしく商売なり」という状況になり、大勢がそうなると、その風潮に加わらずに孤高の貧を守る者は、時勢を知らない偏屈者と逆にあざけられたという。明和年間あたりのことらしい。

時代がそのへんまで下ると、武家も家を守り暮らしを守るのに精いっぱいだったわけで、武士は喰わねど高楊枝《たかようじ》と、武家が表も裏もなく武家らしい規矩《きく》を守るのに厳格だったのは、せいぜい元禄以前までという見方が出来るかも知れない。しかし、にもかかわらず全体としての武家の作法は幕末まで生きつづけ、時おり封建社会を維持するための安全装置のように働いて、そのたびに人が腹を切ったり、切らされたりすることで、封建社会を自壊から救う役割をはたしたようにみえる。

一方このような武家の作法、その背景にある武士道といった観念的なモラルを生み出した儒教道徳は、徳川政権下二百数十年の国教的な扱いとその後につづく明治の教育を通じて国民の倫理観の背骨をなすに至った。そしてその中から、無数の、儒教的人格ともいうべき見事な成熟を示す人びとを輩出させもしたのである。そういうことの、どこが苦手か。

　ひとつは武士道ということである。私は昭和二年十二月生まれで、そういえば同時代のひとならすぐにもわかるように、来年は徴兵検査という年に敗戦を迎えた年代である。近眼ではねられたが、予科練の試験をうけたこともある末期戦中派というわけである。ああいう形の敗戦があるなどとは夢にも思わず、敗《ま》けるときは一億玉砕しかないと思っていた。完全な軍国主義者で、そういう自分を疑うすべを知らなかった。

　戦争中、こっそりと『葉隠《はがくれ》』に読みふけった自分や、武士道という言葉をふりかざして、居丈高にふるまっていた軍人たちの姿などが、ネガが突如としてポジに変るように、はっきりと見えて来たのは戦後のことである。それは奇怪で、おぞましい光景だった。

　おぞましいというのは、自分の運命が他者によっていとも簡単に左右されようとしたことである。私は民主主義という言葉を知らなかった。誰にも教えられなかったし、読まなかった。あるいは知っていても、私はやはり予科練の試験を受けに行ったかも知れないが、それはそれで、国のために死ぬと自分で選択した結果だから悔いることはないのだ。

　そうではなく、私は当時の一方的な教育と情報、あるいは時代の低音部で鳴りひびいていた武士道といった言葉などに押し流されて、試験を受けたのである。そのことが戦後、私のプライドにひっかかった。汚い言葉を使えば、ひとをバカにしやがって、という気持である。しかも私はその時、級友をアジって一緒に予科練の試験を受けさせたりしたのだから、ことはプライドの問題では済まない。幸いに、予科練に行った級友は塹壕《ざんごう》掘りをやらされただけで帰って来たが、私も加害者だったのである。

その悔いは、三十数年たったいまも、私の胸から消えることがない。以来私は、右であれ左であれ、ひとをアジることだけは、二度とすまいと心に決めた。近ごろまた、私などにはぴんと来る、聞きおぼえのある声がひびきはじめたようだが、年寄りが若いひとをアジるのはよくないと思う。私自身はといえばもう予科練を志望した十七の少年ではなく、棺桶《かんおけ》に片足を突っこんだ初老の人間である。いざというそのときに、自衛隊から借りた銃を持って辺地に行くか、それとも家の中で降服のための白旗を縫うかは、今度こそ自分で判断するつもりである。

話は変るが、昭和二十四年ごろ、私はビルマ戦線から復員した会田さんという元陸軍中将の方にお逢《あ》いして、時どき話を聞いていた時期がある。会田さんはもの静かな軍人だった。二人で外国の詩の話などをした。

そういう経験があるので、当時の軍人は居丈高だったと一概には言えないのだが、武士道という言葉でうかんで来るのは、なぜかヒステリックにいばっていた軍人とか、葉隠の、武士道は死ぬことと見つけたり、という一章などである。その言葉は、内容空疎《くうそ》で声ばかり大きかった悪い時代を思い出させる。こだわらずにはいられない。

昭和のあの年代に喧伝《けんでん》された武士道は、本来の武士道にてらせば似て非なるものだったという指摘がある。それなら本来の武士道なら容認していいかというと、私はそこにもまだこだわりがある。

儒教を奨励し、その中に含まれる徳目を治世の用に役立てることに先鞭《せんべん》をつけたのは、徳川家康である。武家の作法も、そこを境い目に変化する。

その先の戦国の世には、君、君たらざれば、臣、臣たらずと、家臣が主人を見限ることがあった。越前《えちぜん》藩主松平忠直《ただなお》の理不尽な要求をしりぞけて屋敷に立てこもった永見右衛門佐《うえもんのすけ》は、忠直にむけて大筒を撃ちこませるし、また主君加藤明成と衝突した家老堀主水《ほりもんど》は、一族三百人をひきつれて武装して会津を出奔するとき、城にむけて鉄砲を放ち、橋を焼いてしりぞいた。

いずれも戦国の余風が残る徳川初期のことだが、それが元来の武家の意気地であり、古い作法だったわけである。主の命令よりも、自分の名と意地を惜しんだのである。

だが徳川の治世が行きわたり、儒教的な倫理観が武家の日常までしばるようになると、主君と家臣の関係は、君、君たらずとも、臣、臣たりといった中身に変り、はては『葉隠』の武士道は死ぬことと見つけたりという、一種嗜虐《しぎゃく》的な覚悟に到達する。いわゆる武士道がそこに成立し、その新しい武家の作法の下で、武家はいさぎよく腹を切ったり、また切らされたりしたわけである。

そういう武家の実態を描いたりすると、とかく武士道残酷という言い方をされるが、私は残酷というレッテルを貼《は》るだけでは、当時の武家社会の仕組みを批判したことにはならないと思う。それは今日からみればただの残酷かも知れないが、ひと時代の美徳とされたものなのである。弁明せずに腹を切ることは美徳であり、弁解したり、生きるためにあがいたりすることは、武家の作法にはずれることだった。さればこそ武家は、その覚悟を日常のものとするために、どのような変事にも対処して動じない人格を錬磨《れんま》することにつとめたのである。だがその美徳は、つまるところ公《おおや》けのために私を殺す、主持《しゅうも》ちの思想だったと言わざるを得ない。滅私奉公である。そこでは、私的で人間的なもろもろの感情は、めめしいこととしてしりぞけられる。

卓抜な政治家であった家康は、儒教の教えるところの中に、支配の論理にかなう文脈がふくまれていることを必ず見抜いたに違いない。家康のその狙《ねら》いは的を射て、武家の作法は、二百数十年の封建社会をささえる骨となったが、個の解放はそれだけ遅れた。そのタテの倫理の背骨は、いまなお日本の社会に根強く残っていて、ヨコの倫理によって導き出されるべき真の個の解放、市民社会の成熟をさまたげ、遅らせているように思われる。

封建社会の主流にいた男たちについて、私がちらちらと考えるのはそういうことである。その男たちを主人公にする小説を書くなら、ごく大ざっぱに述べて来たような点を、もっときちんと整理した上でないと書けないだろうという気がする。

だがそう思うだけで、そのひまも頭もないので、私はとりあえずはその「美徳」の部分を敬遠し、その周辺にいて、ちょっぴり武家の作法に抵触した程度ならお目こぼしにあずかれるような人物を、目下の小説の主人公に取りあげているのだとも言えるようだ。

むろん小説を書くたびに、そういうことを念頭において書くわけでなく、さきに述べたようにそのこだわりというものは、半ば無意識のことに過ぎない。だが小説は、作者自身を語る運命からのがれ得ないものだろうから、私の小説はどうしてもそういう形をとるのである。

（藤沢周平短篇傑作選巻一『臍曲《へそま》がり新左』昭和56年9月文藝春秋刊）

市井《しせい》の人びと

一

『おふく』という短篇については、ちょっとした思い出がある。

この小説を書いたとき、私は駒田信二《こまだ》さんとご一緒に山形に行っていた。ここまで書いて、話が最初から横道にそれるようだが、私は駒田さんのことを文章に書くとき、いつも軽いとまどいをおぼえる。

というのは、ふだん私は駒田さんとお話ししたり、ハガキを書いたりするときに、ただ駒田さんと言うこともあるが、駒田先生とお呼びすることもあるからである。駒田さんは、私がオール讀物の新人賞をもらったときの選考委員であり、また現に早稲田《わせだ》の先生でもある。また私は、ふだんのおつき合いの中で、駒田さんの懐《ふところ》の深いお人柄と学識をひそかに尊敬もしているので、先生とお呼びしても何の不都合もないのだが、しかしそうだからといって文章の中で先生という言葉を使うと、おつき合いの中身と少し違ってくる、という気もするのである。

駒田さんとのおつきあいの中身は、非常にはっきりしていることだが、山形という土地を媒介にしている。新人賞のときに好意的な批評をいただいたということはあるが、そういうことは常識的にはふだんのおつきあいにはつながらないのが普通である。比重は、共通してかかわり合いがある山形、なかでも山形市という土地の方にある。

それだけの、いわば君子のまじわり（折りおりの話の中身は必ずしも君子の清談というわけでもないが）といった淡泊なもので、文章の中で仰仰しく先生などと記すのは、そのあっさりしたおつきあいにふさわしくなく、余分の夾雑物《きょうざつぶつ》が入って来る感じになる。

それと、いったいに私は、文章の中で先生という言葉を使うことを、極端に抑制しているということがひとつある。いまは世の中に先生と呼ばれるひとが氾濫《はんらん》しているので、使いはじめるときりがなくなるだろう。私自身にしても、むかしの教え子には先生と呼ばれて当然という顔をしているものの、仕事の上で先生などと呼ばれるといささかくすぐったい。常チャンと呼ばれたいというほどでもないが、ねがわくば藤沢さんと呼ばれたいと思っている。むろん文章の中なら呼び捨てでけっこうである。

私が文章の中で、どうしても先生と書かないと落ちつかないのは、学校で教えをうけた諸先生がたと、ほかには長州萩《はぎ》の吉田松陰という方だけである。それは私の親戚《しんせき》筋のひとで高山正雄さんという漢学を能《よ》くするひとが、まだ子供だった私をそのようにしつけてしまったので、いまさら吉田松陰と呼び捨てにしろ、と言われても困るのである。松陰先生と書かないと落ちつかない。

そういう事情もあって、私は冒頭のように駒田さんと書かせてもらうのだが、そう書いたから私が駒田さんを尊敬していないということにならないことはもちろんである。

さて、そのときの山形行きはべつに講演などもなく、そのころまだお元気で山形新聞の論説委員長をしておられた近藤侃一《かんいち》さんのお誘いで、ぶらりと遊びに行ったというようなものだった。近藤さんは駒田さんの古い友人で、私の方が近藤さんとは初対面だった。年譜をみるとそれは昭和四十九年五月のことのようで、そうだとすれば私がまだ会社勤めをしていたときのことである。いそがしい会社がよくそんな休みをくれたものだと思うが、そういう時期だったので、そのとき私は、山形の人びとにお会いするほかに、つぎに小説に書く予定があった雲井龍雄《たつお》の取材を兼ねて行ったのである。

遊びといっても、私も駒田さんも、山形に行っただけで心がくつろぐというところがあるので、格別の遊びの趣向があったわけではない。山形市郊外の千歳《ちとせ》山のふもとにあるお寺に、近藤さん、山大教授の新関岳雄さんなど、駒田さんのお友だちがあつまって、酒をのんだだけだから、清遊といった趣きのものだった。

私はさきに書いたように、取材の仕事があるので、山形の一夜が終ればあとはほうり出してもらってけっこうというつもりでいた。しかし私の予定を聞いた近藤さんは、すぐに取材先である米沢の支局に連絡して、取材の手配をしてくれたので、私の取材は大へんに助かることになったのである。

私は翌朝は雲井龍雄が若いころ、警備隊の一人として勤務していた高畠《たかはた》に行った。高畠は米沢市の東北にある町で、江戸時代は天領になったり、米沢藩が支城を置いたりしたところである。龍雄のもっとも早い時期の詩稿「白田孤吟」の白田は、高畠の畠から取っていて、その中にある「巡警村衢《そんく》を歩む」という詩句は、龍雄自身の暮らしをうたったものである。

その日の夜、私は駒田さんと小野川温泉の宿で落ち合った。

三日目は、支局のひとが私の取材のために段取りをつけてくれていて、私はいまは亡《な》くなられた稽照殿《けいしょうでん》（上杉神社宝物殿）学芸員の尾崎周道さんに紹介してもらい、尾崎さんのご案内で市内を取材して歩いた。

私がなぜ長長と駒田さんのことを書くかというと、この文章を書き出したときから、その日の取材に駒田さんが一緒について回ってくれたことを思い出しているからである。駒田さんは、その日帰京される予定だったのだから、私をほうり出して早い汽車で帰られてもよかったろうし、または私などにかまわずに、時刻まで休んでおられてもよかったわけである。だがそうはせずに、駒田さんは汽車の時刻まで私の取材につき合ってくれた。たしか五月だったはずなのに、その日が大そう暑い日だったことも思い出す。

尾崎さんの漢学のたしなみはひととおりのものでなく、駒田さんはまたその方面がご専門である。そのために、気むずかしそうにみえた尾崎さんが、話の間にすっかり打ちとけ、おかげで私の取材は大いにはかどったのである。私一人だったら、そううまくいったかどうか疑わしい。なにしろ小説の取材というものは、私にとってそのときがはじめての経験だったのだから。

しかしこういうことは、そのときにはわからず、あとになってだんだんにわかって来るのである。親の意見や冷や酒と一緒で、あとになって利《き》いて来る。駒田さんは、新人にあたたかいひとである。私がいまも小説を書いていられるのは、方角もわからない新人のころに、駒田さんや近藤さんのような人びとにめぐりあえた幸運が、多分に働いている、と思わざるを得ない。私が、駒田さんなどと書いていいのか、と思うのは、そういうことを考えるときである。

それはともかく、その日の何時ごろだったか、午後の汽車に乗る駒田さんを駅に見送って、私は米沢に残った。まだ取材していない場所があって、翌日の夕方までにその仕事を片づけるためである。

しかし私はそのとき、駒田さんにも言わなかったが、もうひとつ別の仕事をかかえていた。六十枚ほどの小説の締切りが迫っていて、取材旅行の間にその小説に手をつけ、少なくとも十枚かそこらは書かないと間にあわないところにきていた。さきに書いたように、私はまだ勤めを持っていて、小説を書く時間は限られていた。取材旅行のような時間が得られたのは望外のことで、私はあたえられたその貴重な時間を、目いっぱいに使うつもりでいたのである。

駒田さんを見送って宿にもどると、私は食卓の上に原稿用紙をひろげた。私は旅先で原稿を書くことは好きでないのだが、そのときはせっぱつまっていたので、とにかく原稿用紙だけは鞄《かばん》の底に入れて行ったのである。

だが、そうして食卓にむかっても、何の構想もうかんで来なかった。明日は残る取材をすませて東京にもどらなければならない。そうすれば会社の仕事も待っている。そういうあせりが、よけいに気持の集中をさまたげるようでもあった。題名も思いうかばないまま、夜の食事が出て来た。私は食事をする間も考えつづけ、終るとすぐにまた原稿用紙にむかったが、依然として何の考えもうかんで来なかった。

だがそうしているうちに、私の記憶の中に、突然に一人の少女の姿がうかんで来た。その少女に出会ったのは、会社の仕事で外を出歩いていて渋谷から浅草に行く地下鉄に乗ったときである。車内はすいていて、人の姿はまばらだった。その少女が乗って来て私のまん前の席に坐《すわ》ったのは赤坂見附か虎《とら》ノ門《もん》の駅からだったと思う。小学校の四年生か五年生といった齢《とし》ごろで、髪をおさげにし地味な服を着ていた。少女はきちんと足をそろえて坐り、膝《ひざ》の上に手製らしい布の手提げをのせていた。行儀のいい子だった。

私は少女を見た。少女も私を見ていた。ほっそりした無口そうな顔立ちで、少し笑いをふくんだような眼《め》に特徴があった。私は次の新橋の駅で地下鉄をおりたので、そんなに長く少女を眺《なが》めていたわけではない。だが、うす暗い地下鉄の照明の下で、ひっそりと行儀がよかった少女の姿が記憶に残った。

私は頭にうかんで来たその少女におふくという名前をつけた。帰京してから書きついだ小説は、一人の女の運命を書くという最初の意図に反して、一人の男の運命を書くことになったのだが、とにかく私はうかんで来た少女のおもかげをたどって小説を書き出すことが出来、筆は案外にはかどって、その夜のうちに十五枚ほど書けてひと息ついたのである。

二

市井《しせい》もの、または世話もの、人情ものと呼ばれる、主として時代を江戸に設定した小説を書くとき、私はむかしの随筆などから材料を仰ぐことは稀《まれ》で、たいてい現代日常の間に見聞きしたり、また現代を生きている私自身が、日ごろ考えたり感じたりすることをヒントにして、小説を書き出すことが多い。

それは意識的な方法としてそうしているわけではなく、私が書く時代小説はそういうふうになるということなので、これについて何か書こうとすれば、なぜそうなるかということを述べなければならないだろう。

実際には、江戸時代の人間のものの考え方、感じ方と、現代の人間のそれとは違うところがあるだろう。江戸時代そのものにしても、厳密には士農工商の身分制度が、厳格な形をととのえる江戸初期と、町人が台頭して来る元禄《げんろく》ごろの時代とは違うだろうし、さらに武家支配の仕組みが活力を失い、分限者でも何でもない名もない農民の集団などが歴史の表面にうかび上がって来る幕末になると、人間の考え、ものの感じ方といったものは、またひと味違って来るだろう。

そういう変化は、江戸時代に限ったことではなく、明治、大正年代と昭和年代との間にも存在するし、昭和の年代だけでも、戦前、戦後さらに高度経済成長以後の変化というものがある。中年男たちが、いまの若者のことを、宇宙人と考えなきゃつき合っていけないなどというのも、そういう時代と人間の変化を言うわけである。

もっとも、まさか宇宙人とは言わないけれども、いまの若い者はという言い方は、むかしの大人も繰り返し好んで使って来た言葉である。田代陳基《つらもと》が山本常朝《つねとも》の談話を『葉隠』にまとめたのは、宝永七年から享保《きようほう》元年に至る七年間のことであるが、その『葉隠』にも「昔の人は刀を落しさしに仕《つかまつ》り候《そうろう》。今時刀のさし様吟味する人これなく候」とか、「皆男仕事血ぐさき事なり。それは今時はたわけのように言いなし、口のさきの上手にて物をすまし、少しも骨々とある事はよけて通り候。若き衆心得有りたき事なり」とか、今時に対する批判がのべられている。

ただむかしは、ことに江戸時代などというころは、こういう変化というものはゆるやかにあらわれたかも知れない。だから、われわれが若いころは、とむかしをなつかしみ、今時の世のありよう、若者の変りように文句を言ってたのしむのは、年取ってからでも間に合った。だが最近は変化のテンポがはげしくて、年齢が十歳違えばもう話が通じないということになり、中年が宇宙人と言えば若者は若者で、三十過ぎたばかりの人間をオジン呼ばわりすることになったように思われる。

ともあれ人間には、疑いもなく時代に順応して変化する一面がある。その面から言えば、江戸時代の人間と現代の人間を一緒にするのはおかしいではないかと言われそうだし、事実その変化に視点をおいて、江戸時代の人間を描き出す時代小説があってもいいわけである。だが人間には、人間が人間であることにおいて、時代を超越して抱えこんで来た不変の部分もまたあるだろう。

大人たちに宇宙人呼ばわりされる若者は恋をしないだろうか。むろん否《いな》である。たとえば江戸時代の娘は恋わずらいで寝こんだが、いまの娘にはバレンタイン・デーというものがあって、好意を持つ男性にチョコレートを贈ることが出来るという程度の状況の変化はあるものの、それで恋愛の中身が変ったわけではあるまい。いまの若者も、繊細に臆病《おくびょう》に恋をする、と私は思う。むしろ私がみるかぎりでは、自分の若かったころにひきくらべて、その変らなさにおどろくほどである。若者は宇宙人ではなく、ただの人間である。

若いひとに限ったことではないが、いったい男女の交際が開放的になったとか、割り切ったつき合いが多くなったとかいうことが、恋愛の本質を何ほどか変えたと言えるだろうか。ひと皮むけば、そう言われるようになった現代の男女のつき合いにも悩みと悲しみがつきまとい、またその逆の喜びもあるだろう。恋愛に附属するそういうもろもろの人間的な感情は、むかしもいまも変りないのが真実だと思われる。悩みもなく、失恋の悲しみもなくあっさりと割り切れるようなものは、もともと恋愛でもないのである。

親子の間のことも断絶ということが言われる。だが親子の断絶ということが、そんなに事新しいことだろうか。

江戸時代は、一応家父長の権威ということが、道徳的にも法的にも認められていて、どうにもならない息子には勘当を着せるなどの法的措置が用意されていた。だがそういう法制度があったこと自体、当時もめずらしくない程度に親泣かせの子がいた証拠だろうし、そのころの親も、言葉が通じない子の前で、たびたび絶句したであろうことは想像に難くない。

それがあらためて親子の断絶などという言われ方をするのは、さきにものべたように、近年の世の中の変化のテンポがはやすぎ、かつ広範囲におよんでいるために、子供自身がその変化にふり回され、子供の変化について行けない親たちがあちこちで立ち往生する状況が、一種の社会現象化して来たためだろうと思われる。

だがそれは、やはり現象面に眼をうばわれた言い方で、単に子供の親離れが低年齢化して来たのだというのは楽観的にすぎるにしろ、人間の本質はさほど変ったわけではあるまいとも思うのである。

誹風柳多留《はいふうやなぎだる》に、〝ちつとづつ母手伝つてどらにする〟、〝母親はむす子のうそをたしてやり〟などという句がある。どらはドラ息子のことで、母親の甘やかしが子供をだめにする事情は、むかしもいまもさほど変りがないようである。だがまた、そういうだめな子供ほど不愍《ふびん》がってかばうのも、不変の親の情であろう。

挙げたのは一、二の例にすぎないが、嫁姑《しゅうとめ》の問題とか、幸福な隣人に対する嫉妬《しっと》とか、無理解な上役に対する憎しみなどということは、いまも昔も変りなく存在する人間感情である。この不変の人間性に視点をおけば、現代の人間も容易に江戸時代の人間につながるだろう。ここから書きおこす時代小説もあっていいわけで、私が書く市井小説、人情小説というものは、概《おおむ》ねこの形をとるのである。

ただ、人情小説については若干のことわりが必要かも知れない。人情とは何かということである。

過ぎたことだが、東京の下町である少年が連続して少女を傷つけた通り魔的犯行があった。その犯人をなかなか割り出せなかったために、そのあたりの地区では親が子供の外出を禁じたりして、一種の恐慌《きょうこう》状態を来たしたことが、新聞やテレビで報じられた。

やがて少年がつかまって犯行をみとめたというテレビニュースがあったとき、記者の質問に答えて、一人の主婦が次のように答えていたのが印象に残った。「犯人がわかってほっとしたことはしましたけど、しかしその子の親のことを考えるとね。つかまってよかった、とはちょっとね、うちにも子供がいますし、他人《ひと》ごととは思えませんし……」

正確ではないが、ほぼそういう答えだったと思う。そのニュースを見ていて、私はなんとなく、下町の人情は健在だな、という気がした。人情という言葉は、翻訳すれば――べつに翻訳の必要もないのだけれども、いまどき人情かと笑うひともいるだろうから、べつの言葉に置き換えてみれば、それは他者に対する理解ということだろうと思う。

本来の人情は、そこからさらに一歩踏みこんで、他者に対する思いやりのある行動まで行くのが本筋であろう。捨て子を見つければ、拾って家に連れ帰るか、交番にとどけるかするのは、人間の自然の情である。だがこの種の、捨て子の例は適切ではないが、この種の善意の行動は、現代の万事割り切った、乾いた風潮の中では偽善視されかねないだろう。

そして善意の行動というものは、行きすぎるとただちに偽善のいろを帯びかねないものでもある。そこで最低、他者への理解というにとどめるわけだが、一方世の中にはひとのことなど知ったことではない、という悪意もまた満ち満ちているだろう。人情という言葉には相反するようだが、私はこの人間の悪意も人情に含めるのである。

人間は決して一面的な存在ではあるまい。一人の人間の中に、隣人の不幸に同情を惜しまない気持と、べつの幸福な隣人に対する嫉妬が同居しているだろう。小説が人間を描くものであれば、人間の善意だけを書いて、悪意を書かないのは片手落ちというものである。

市井小説、人情小説というものを、私はそういう普遍的な人間性をテーマにした小説と考えているのである。そして普遍的な人間感情を扱うからには、現代にヒントを得て江戸時代の小説を書いても、格別不都合なこともあるまいとも思うのである。

さらに言えば、時代小説といえども、作者も読者も現代を呼吸している以上は、今日という時代を見る眼を欠いては小説として成り立たないという一面があるだろう。たとえば、戦前の時代小説では好個のテーマであったかも知れない、主従の間の義理、愛情といったようなものは、今日の時代小説の主たるテーマとはなり得ない。企業に対する、上司に対する忠誠心といったような形で残滓《ざんし》が残っているにしても。

現代の人間によって書かれ、読まれるためには、時代小説もまた現代ただいまの中で呼吸するしかないのである。少なくとも、私にはそのように思われる。

そう言っても、むろん時代小説は現代の人間状況のひきうつしではない。現代の人間の物語に、江戸時代の風俗をかぶせた借景小説でもない。ヒントを現代にとるといっても、それは小説の入り口の話である。作者はそこから入って行って、江戸市井の人びとと一体化する。あたりまえのことだが、そういう意味では時代小説を書くことは、現代小説を書くことと格別異なるわけでもないのである。

（藤沢周平短篇傑作選巻二『父《ちゃん》と呼べ』、巻三『冬の潮』昭和56年10月11月文藝春秋刊）

試行のたのしみ

時代小説という言葉には、何の疑問符もくっついていない。時代小説は時代小説で、言葉はそのままに中身を言いあらわしている。

だが歴史小説という場合、ことはそう簡単ではないように思われる。まず実作者の立場から言うと、歴史小説というものにむかうとき、どこからともなく、このテの小説は、ふだんお前が書きなぐっている時代小説のように、軽軽しくかつ騒騒しく、ご都合主義で書いてもらっては困るのだぞ、ことにお前さんは、書きながら途中ではしゃいだりすることがあるが、じつに見苦しい、ああいうことはもってのほかであるぞ、という荘重な声が聞こえて来るといったあんばいである。作者は原稿用紙を前に、ふだんのあぐらを正坐《せいざ》にあらため、なおその上に衿《えり》を正してペンをとらざるを得ない感じになる。

その声は多分、歴史というものが発する声なのだろう。歴史というものは、よほど権威があるものらしく、間違って記されたり、いい加減に書かれたりするとたちまち激怒するのである。どういうわけかかなりいばり屋で、誰か間違ったことを書きはしないかと、いつもあたりをにらみ回している。

では歴史小説は、あがめたてまつって歴史をのべるものだろうか。むろんそうではなく、歴史小説は歴史小説という小説であろう。しかし歴史がそういばるところをみると、この小説の主人は歴史で、小説という部分は家来なのだろうか。

そう考えるとき、歴史小説という文字の字づらは、頭の大きい仮分数型になる。大きな歴史を頭の上にのせて、小さな小説がよろめいている恰好《かっこう》である。

しかしまた、歴史小説といっても、歴史に材料をとっただけで、つまりはただの小説にすぎないのだという見方もあるだろう。この場合は、歴史的事実よりも、その事実をもとに人間を描く小説の部分に重点があるわけで、歴史小説はそのときは分母が分子より大きい真分数の形になる。頭でっかちの仮分数型よりは、こちらの方が安定して坐《すわ》りがいいことはむろんだろう。

しかしよく考えてみると、人間を書くだけなら何も面倒でいばり屋の歴史を引っぱり出すことはないのである。時代小説でだって人間は書ける。

歴史を引っぱり出す以上は、小説がその歴史にかかわり合うことによって、たとえば予期せぬ余剰価値のようなものが生まれることが期待出来るからではないだろうか。そう考えると、歴史小説は、今度は帯分数のような恰好にも見えて来る。

歴史小説という小説の一分野には、そういういろいろなことを考えさせる厄介《やっかい》なところがある、というのはじつは半分は冗談まじりの感想で、事実は歴史小説も小説にすぎないのだと私は思っている。

ただし、小説だから歴史的事実の方も適当にあんばいしていいことにはならず、歴史小説であるからには、従来動かしがたい歴史的事実とされて来た事柄《ことがら》は尊重しなければならないだろう。また歴史小説は、そういう歴史的事実に作者の想像力が働きかけて成立するわけだろうが、その想像も野放図でいいということにはならないだろう。想像は小説家の領分といっても、ここにもおのずから許容範囲というものがあり、大きく逸脱しないのは歴史に対するエチケットというものである。

と、こと歴史に関して何か言おうとすると、私のような人間の言うことまで、何やら権威主義的な口吻《こうふん》を帯びて来るのは困りものだが、要するに史料の選択、史料と史料の谷間を読みとる想像力ということでも、歴史小説では最低のルールというものがあると言いたいわけで、それも面倒なら歴史小説を書かなければいいのである。

そういうことで思い出したことがある。今年の夏ごろまで、私は直江《なおえ》兼続《かねつぐ》と石田三成が出て来る長い小説を書いていた。その小説は、構成のつごう上、わざと虚構の部分をいれたものので歴史小説というわけではないが、当時の史的事実については可能なかぎりの正確さを心がけたつもりである。

たとえば兼続と三成のことでは、例の秀吉、景勝《かげかつ》越水の会というのがあって、大へんに興味をそそられるのだが、私は結局この小説ではその説を採らなかった。

佐々成政《さっさなりまさ》を降した秀吉が、その直後わずかな供回りを連れて、突如として上杉の武将須田《すだ》修理《しゆり》が守る越水城下（現・新潟県西頸城郡《くびきぐん》青海町《おうみちょう》）にあらわれ、上杉景勝に面会をもとめた。修理はいそいで糸魚川《いといがわ》にいた景勝に知らせたが、このとき景勝の武将たちは、秀吉は籠《かご》の鳥同然、この機をのがさず討ち果たすべきだとさわいだのである。しかし景勝はその進言をしりぞけ、和睦《わぼく》か弓矢で勝負するかは対面した上の事と言って、こちらもやはり少数の供回りを連れただけで越水に急行し、秀吉に会った。これが越水の会である。

このときの二刻にわたる二人の会談に陪席したのが、上杉方は直江兼続、秀吉方は石田三成この二人だけだったという。後年の兼続と三成の固い結びつきを考えると、小説の側から言えば、この場面はかなり食指が動く部分である。つまり越水の会というのは天正十三年のことで、兼続、三成ともに二十六歳。二人が会ったことが史料で確かめられる時期よりほぼ一年も早く、しかも出会いの状況が劇的であり、後年の交際の深まりを予想させて暗示的でもある。

この話は『上杉三代日記（上杉軍記）』や『改正三河後風土記』などにのっている、かなり有名な事件なのだが、この話について、上杉のことでは責任ある記事をのせている『米沢市史』は、「この際、景勝、秀吉対面の事実なし」とそっけなく切り捨てている。

越水の会というのはよく出来ていて、意表をついてひとの腹中にとびこむのが得意な秀吉のやり方、義理固く筋を通す景勝の性格などがうまく出ているのだが、対面の事実なしと言われると、その出来すぎた話がかえって信憑性《しんぴょう》のうすいものに思われて来るのである。

歴史を前にしたとき、私は時にひどく懐疑的な気分に襲われることがある。歴史は、過去にただ一回生起した事実として厳然と存在するものだが、それを記録した文書ということになると、かなり不十分なものではないかという気がするからである。

それは新しい史料が出て来て、歴史の一部が書き換えられるのをみるときとか、史料を渉猟していて、小説に必要な事実がなかなかさがしあてられず、『三河後風土記』を添削して改正三河後風土記とした成瀬司直が原書凡例中で、「一人を二人とし、二人を一人とし、一事を両事とし、両事を一事とせし類多し」と書いたような、雑然とした史料の選択にあきたときなどにうかんで来る感想である。物を書き残す場合、文章にしたとたんに記述者の主観がまじるのをふせげない、という人もいる。

動かしがたい史的事実というが、歴史には推定ととりあえずの通説、定説があるだけで、確定して動かない史的事実の量というものは、歴史の総量からみて微微たるものではないのだろうか。歴史にはわからないところが多すぎると、このあたりで懐疑論者はほとんど不可知論者になりかねない気分に落ちこんだりするのだが、むろん歴史上の通説、定説は尊重しなければならない。それは先人が切りひらいた歴史への通路で、そこを疑っては歴史理解の手がかりを失うことになる。このあたりは、やはり歴史小説の原則として重く見たい。

話が横道にそれたが、さきの秀吉、景勝越水の会の一件は、なぜそう断定したか不明だったが、『米沢市史』の対面の事実なし、に重みがあった。本来は、その断定の根拠まで史料に確かめるところだろうが、その時間がなかった私は、史料的に疑義がある『上杉三代日記』や『改正三河後風土記』よりも、昭和の編纂《へんさん》物である市史の「対面の事実なし」を採って、結局小説的には魅力のあるその逸話を捨てたわけである。

歴史小説は、土台のところでそういう面倒な手続きを要求されるし、史料の選択にしろ、その史料の肉づけ、想像力の関与ということにしろ、作者は絶えず自分の責任で判断を下さざるを得ない。そういう点が最低のルールとして要求される小説と解釈していいだろうと思う。

しかしその最低条件さえ満たせば、歴史小説はどのような形で書こうとかまわないものだろうと思う。歴史的事実に重みを置き、想像ということでも禁欲的なまでに厳格だった鷗外《おうがい》の歴史小説のような作品もあれば、歴史によって喚起される想像力を重視し、史的事実などというものをすべて内側にたくしこんで人間のドラマとも言うべきものを構築した井伏鱒《ます》二さんの『さざなみ軍記』、野呂邦暢《のろくにのぶ》さんの『諫早菖蒲日記《いさはやしょうぶにっき》』のような作品もある。

面倒な手続きをあえてして、時どき歴史小説にかかわり合うのは、私にもいつか自分なりの歴史小説が書けるかも知れないというたのしみがあるからだとも言える。歴史小説というものを手さぐりしている間に出来た、試行錯誤の産物が私の歴史小説だと言えるかも知れない。

時には事実に執し、時には人間に偏して、私はまだ試行錯誤の段階を抜け切れない状態にいるのだが、私は小説というものに対してはごく楽天的な考えを持っているので、いつかは自分でも納得出来る歴史小説が書けるのでないかと思いながら、現在の試行をたのしんでいるのである。

（藤沢周平短篇傑作選巻四『又蔵の火』昭和56年12月文藝春秋刊）

信長ぎらい

信長ブームだというが、もちろん私はそのことにケチをつける気持などこれっぽちもない。文芸の世界というものはどこかにはなやぎがあるべきで、信長ブームでこの世界がなんとなくにぎやかな感じがするのはうれしいことである。

しかし、である。ブームの背景にはいまの時代が世界的に既成の体制とか権威が崩壊したり弱体化したりして、先の見通しを得ることがきわめてむずかしくなったので、たとえば信長が持っていたすぐれた先見性、果敢な行動力といったものをもとめる空気があるのだという説を聞くと、さもあらんという気がする一方で、まてよという気分にならざるを得ない。

それというのも私は問われれば信長はきらいだと答える方なので、いくら世の中が閉塞《へいそく》状況だからといって、信長のような人がいまの世の指導者として乗り出してこられては、人いに困惑するのだ。

以下に信長ぎらいの理由を記してみよう。

戦中戦後の乱読時代の中で、和辻《わつじ》哲郎の『風土』と『鎖国』は私に強い印象を残した本だった。『風土』のことはひとまず措《お》いて、この稿に関係がある『鎖国』のことを言うと、読み終ったときの感想は、織田《おだ》信長がもっと長生きしていたら鎖国はなかったかも知れず、そうなれば太平洋戦争もあんな形の無残な負け方をせずに済んだのではなかったかというようなものだった。

少少飛躍した物の言い方のようだが、太平洋戦争と敗戦をもたらしたあの時代に支配的だった空気というものは、あとで考えれば近代国家としての後進性の産物としか思えない国の独善、世界に対する認識不足が主たる特色をなしていたとしか思えず、それはせんじつめれば徳川政権下二百三十年におよぶ鎖国国家（オランダ、中国との貿易を窓口にして情報はとっていたとしても）としての在り方に原因を持つ欠陥ではなかったかと思われたのである。

ところで『鎖国』に登場する信長は、ヤソ教宣教師を媒介して接近してきた異文化、異国の存在に何の偏見も持たず、正確な理解を示して余裕があった。そのことは、信長を指導者とする当時の日本が、知性でも力でも西欧諸国とさほど遜色《そんしょく》なく肩をならべていたことを示すようでもあった。

　見えてきたその風景は、敗戦でともすれば西欧に対する劣等感に取りつかれがちだった私を、大いに興奮させたものである。信長が長生きしていたらというのは、信長には世界と対等の国交をむすぶだけの器量もチャンスもあったと思われたことからうかんできた感想だった。そうなれば、鎖国による対外的な遅れは免《まぬが》れることが出来たろう。

　そう思ったのだが、その単純な思い入れのまま二十年ほどが経《た》って、やがて小説を書くようになった私は、あるとき創作の下調べで信長関係の資料を漁《あさ》っていた。ところがその結果、私の信長観は百八十度転回して、一人の信長ぎらいが誕生することになったのである。

　嫌《きら》いになった理由はたくさんあるけれども、それをいちいち書く必要はなく、信長が行なった殺戮《さつりく》ひとつをあげれば足りるように思う。

　それはいかにも受けいれがたいものだったのだ。ここで言う殺戮は、もちろん正規の軍団同士の戦闘のことではない。僧俗三、四千人を殺したという叡山《えいざん》の焼討ち、投降した一向一《いっ》揆《き》の男女二万を城に押しこめて柵《さく》で囲み、外に逃げ出せないようにした上で焼き殺した長島の虐殺《ぎゃくさつ》、有岡城の人質だった荒木一族の処分、とりわけ郎党、侍女など五百人余の奉公人を四軒の家に押しこめて焼き殺した虐殺などを指す。

　虐殺されたのは、戦力的には無力な者たちだった。これをあえて殺した信長の側にも理屈はあっただろうが、私は根本のところに、もっと直接に殺戮に対する彼の好みが働いていたように思えてならない。たとえば後の越前《えちぜん》一向一揆との戦いで、信長は京都にいる所司代村井貞勝《さだかつ》に戦勝を知らせて、府中の町は死骸《しがい》ばかりで空きどころがない、見せたいほどだと書き送った。嗜虐《しぎやく》的な性向が窺《うかが》える文章で、このへんでも私は、信長のえらさをかなり割引きたくなるのだ。

こうした殺戮を、戦国という時代のせいにすることは出来ないだろう。ナチス・ドイツによるユダヤ人大虐殺、カンボジアにおける自国民大虐殺。殺す者は、時代を問わずにいつでも殺すのである。しかも信長にしろ、ヒットラーにしろ、あるいはポル・ポトの政府にしろ、無力な者を殺す行為をささえる思想、あるいは使命感といったものを持っていたと思われるところが厄介なところである。権力者にこういう出方をされては、庶民はたまったものではない。

冒頭にもどると、たとえ先行き不透明だろうと、人物払底だろうと、われわれは、民意を汲《く》むことにつとめ、無力な者を虐《しいた》げたりしない、われわれよりは少し賢い政府、指導者の舵《かじ》取《と》りで暮らしたいものである。安易にこわもての英雄をもとめたりすると、とんでもないババを引きあてる可能性がある。

（「文藝春秋」平成4年9月号）

やわらのこと

今年の大相撲秋場所は小錦《こにしき》関に話題をさらわれてしまいましたが、あれは相撲におけるヘーシンク現象のように思われました。柔道のみならず相撲でも、大きくて力の強い者が勝つというあたりまえのことが幅をきかせ、小よく大に勝ち、柔よく剛を制すといった勝負の美学などは、いとも簡単に粉砕されてしまったというのが真相のようです。

すると小さい者が技で大きい者を投げとばすというのは、姿三四郎の映画の見過ぎがもたらした幻想かという気もしますが、むかしの柔術に関係した話などを読むと、どうもそうとも思えないところがあります。

宝暦のころの荘内《しょうない》藩に、明石《あかし》治右衛門という坂巻流と渋川流をおさめた柔術の達人がいました。その明石が六十歳を過ぎたころ、血気さかんで武術も達者な若い藩士三人が申しあわせ、話の途中で不意に明石に組みつきましたが、明石はぬらりくらりと手の下をのがれて、ついに六十年寄りを組み伏せることが出来なかったそうです。これは関口弥六左衛門氏心《うじむね》の『新心流柔之序《やわらのじょ》』にいう、「十たび抑ふれば十たびもぬけ、百たびあたれば百たびはづる」という言葉を思わせます。

また明石は門人に受身ということを聞かれて実地にやってみせました。柱を背にして坐り前首に樫《かし》の棒をあて、柱のところと前から門人二人にその棒を力いっぱいしめつけさせたのです。明石ののどはひらべったく薄くなりましたが、明石がよいかと声をかけ、前の門人の帯をつかんだ手に力をいれると、のどは棒を押し返してもとの太さを取りもどし、何度やっても同じだったそうです。

こういう話は、むかしの柔術が力ではなくていわゆるやわらだったことを示すようです。『起倒流修行弁解』も、体術というものはひとを投げることだとばかり思い、相手にむかえばすぐに手足が力むということを固く戒めています。松平定信は、門弟三千人と言われた起倒流の鈴木清兵衛にまなんで奥儀《おうぎ》を得ましたが、『退閑雑記』に鈴木の父のことを書き「起倒流こそいとやわらかにして」と記しています。柔術はやわらかいものだったようです。

しかし、たとえば起倒流で無拍子というものは、これを体得すれば「敵に応じて速やかなること石火の如《ごと》く、勝ちをとること素手で強蛇をつかまえるに同じ」というものだったそうです。柔よく剛を制すは夢とも思えません。

ところで『愛憎の檻《おり》』の立花登が使う技はいい加減なものですが、それでも今度は主人公にどんな技を使わせようかと考えるのは楽しみでした。あるとき蟹《かに》ばさみという技を見つけ、こんな古い技を使うひとはいまはいないだろうと思ったら、たしか全日本柔道選手権戦で山下泰裕《やすひろ》に好敵手遠藤純男《すみお》選手がこれを仕かけ、山下選手が足を骨折したのにはおどろきました。

（「IN★POCKET」昭和59年11月号）

自作再見——隠し剣シリーズ

小説は想像力の産物である。たとえば歴史小説にしても、いくら事実を積み重ねてもそれだけで小説が出来るわけではない。そこによき想像力が働きかけて、はじめて小説が生まれる。まして時代小説は、ひとことで言えば想像力が命だろうと思う。

こういう考え方からすると、時代小説を書く場合には、想像力の自由な飛翔《ひしょう》をさまたげる制約は、少ないに越したことはない。一例をあげれば、裏長屋に住む素姓も知れない浪人者などというのは恰好《かっこう》の素材で、私がむかしから夢みている物語の主人公と言ってよい。

しかし実際にはそういう小説はなかなか書きにくくて、私は謎《なぞ》の素浪人を書くかわりに、大ていは日日の城勤めに追われる微禄《びろく》の藩士の話などを書く。なぜそうなるのかといえば、ひとえに物語に真実らしさを付与したいからにほかならない。嘘《うそ》が見え透くような小説を書いても、人は読んではくれないだろう。

といっても、真実らしさ、つまり現実感を取り入れることが物語の虚構性をうすめるなどと言っているわけではない。話はむしろ逆で、現実もまた虚構の巨大な集積なので、現実に似ている虚構が、描こうとしている真の虚構により近いと言っているにすぎない。

そんな次第で、私はやむを得ず主人公の剣士に藩という枠《わく》をはめ、身分や役、家といった制約をあたえる。制約のない人生などどこにもなく、人は社会や家、肉親のしがらみに縛られている。それがすなわち現実を生きるということの中身だとすれば、私の小説の主人公たちも、あたえられた制約によって、虚構の中の現実を生きるわけである。

少し前の週刊朝日の読書欄で、私の新刊を取り上げてくれた向井敏さんが、私には過分と思える懇切な解説をほどこされた文章の中で、そういう日常的な制約に縛られる私の小説の主人公に、「生活者型」という命名をされていた。ではその主人公たちが、「生活者型」のスタイルを身につけるのはいつごろからかというと、それはどうも隠し剣シリーズと呼ばれる連載短篇を書いた時分かららしい。

『隠し剣孤影抄』『隠し剣秋風抄』の最初の短篇「邪剣竜尾《りゅうび》返し」は、昭和五十一年のオール読物十月号に載った小説である。しかし読み返してみると、この第一作は秘剣を主題にしてはいるものの、従来の武芸者小説の色あいが濃厚で、主人公にも藩士、あるいは生活者の匂《にお》いはうすい。主人公が明瞭《めいりょう》に、藩士にして剣客を兼ねるようになるのは、第二作の「臆病《おくびょう》剣松風」からである。

以下この隠し剣シリーズは、三カ月に一篇という悠長《ゆうちょう》なペースで、昭和五十五年五月発行のオール読物七月号まで書きつがれた。丸四年近くかかって書いたシリーズは、別冊文藝春秋掲載の一篇を加えても十七篇に過ぎず、私が決して器用な作家でないことを証明している。ひとつひとつの秘剣の型を考えるのは、概して言えばたのしい作業だったが、締切り近くなっても何の工夫もうかばないときは、地獄のくるしみを味わった。毎月連載だったら、とてもつづかなかったろう。最後の一篇は「盲目剣谺《こだま》返し」だった。

いま読み返してみると、赤面するような考証の間違いがあったりして、多分に幼稚なところもある短篇集だが、ここには私のこのあとの武家小説に共通する微禄の藩士、秘剣、お家騒動といった要素がすべて顔を出し、私の剣客小説の原型をなしているという意味で、愛着が深い短篇集になっている。

（「朝日新聞」平成元年5月28日）

『橋ものがたり』について

すべての創造がそうであるように、小説を書く仕事も苦痛からはじまる。書きたいことがたくさんあって、書く意欲も体力も十分にあって喜んで仕事にかかるなどということは、百にひとつもないのではなかろうか。たいていは無から有を生み出す苦痛とともに、とりあえずあまりはっきりしない目的地にむかって歩き出すわけで、『橋ものがたり』という連作小説を書いたときも、気分は大体そんなものだったとおぼえている。

『橋ものがたり』は、昭和五十一年から翌五十二年にかけて、週刊S誌に連載した小説で、書く約束をした日のことを比較的よく記憶している。

それは五十一年の春先、多分二月ごろのことで、私はその日、当時住んでいた西武池袋線東久留米《ひがしくるめ》の駅前にある喫茶店で、週刊S誌のNさんという若い編集者に会っていた。たいへんに天気のいい日で、話している間、二階にある喫茶店に冬の日差しがまぶしく入りこんでいたことまで、記憶に残っている。

私はかなり前から、Nさんに週刊S誌に連作の小説を書くようにすすめられていた。その雑誌には、短篇小説は何篇か書いているが、まだ連載形式の小説を書いたことはなかった。Nさんは、今度はぜひ連作をと言うのだが、私はなかなかふん切りがつかず、なんだかだと理屈をこねて書くという返事を保留していた。

それというのも、単独の短篇小説なら何かテーマになるものをひとつ思いつけば、それだけで書けるが、連作となると短篇全部に共通するテーマを考えなければならない上に、引きうけてしまえばNさんの雑誌に、ある期間拘束されてしまう。どっちみちあまりいいことはない、と私は考えていたのである。

しかしNさんは若い人なのにじつに辛抱づよい編集者で、ピラニアのように喰《く》い下がって、書くというまでは私から離れそうになかった。それで私はその日、ついに根負けして「では、橋の話でも書きましょうか」と言った。

橋というものを連作のテーマに据《す》えるという考えは、あらかじめ頭の中で練ったというわけではなく、Nさんと話しているその場でうかんで来た即興の思いつきだった。人と人が出会う橋、反対に人と人が別れる橋といったようなものが漠然《ばくぜん》と頭にうかんで来て、そういうゆるやかなテーマで何篇かの話をつくることなら出来そうに思えたのである。

こうして出来あがったのが、『橋ものがたり』という連作短篇集に収録されている十篇の物語である。私は本格的に小説を書きはじめてからまだ三年ほどにしかならず、それまで書いた小説の多くは武家ものと捕物帳だった。いわゆる市井《しせい》ものと呼ばれる小説も書きはしたけれども、それはせいぜい四、五篇にすぎなかったように思う。

それが『橋ものがたり』の連作を引きうけたことで、はじめて集中的に市井小説を書く結果になり、書きおわったときには、どうにか自分のスタイルの市井小説を確立出来た感じがしたのであった。そういう意味では、十篇の小説は、出来、不出来を越えて、いずれも愛着のある作品になったと言っていいかと思う。

今度劇化された「橋ものがたり」は、連作の中では比較的劇的な起伏に富んだ「小ぬか雨」が中心になっている。これは連作の中で「小さな橋で」という小説とならんでうまく書けた方ではないかと思っている作品である。劇化されれば、当然小説とはまた異なる味わいが出ると思われるので、たのしみに拝見したいと思っている。

（劇団文化座公演「橋ものがたり」パンフレット平成3年1月）

面白い舞台を期待

明治座では、何年か前に石井ふく子さんの演出で、『橋ものがたり』という私の原作が芝居になったことがある。

『橋ものがたり』という連作短篇集の中の「小ぬか雨」という小説を劇化したもので、芝居のときは「橋ものがたり」という題名になったように思うわけだが、記憶がうすれてじつのところははっきりしない。その芝居の主演は竹脇《たけわき》無我さんと長山藍子《あいこ》さんだった。

『橋ものがたり』は、橋というものが持つある種の情緒を小説の中に活《い》かしてみようと試みた短篇集だが、今回の芝居「北国の〝風〟物語」の原作となっている『三ノ丸広場下城どき』は、そういう意図的なものは何もなく、ある長篇小説の連載が終ったあとの、ほっとした気分の中で、散発的に書いた四篇の小説の中のひとつである。

つまりおもしろいところが取《と》り柄《え》といった小説だが、私は小説の中で、そのおもしろさをひねり出すためにいくつかの仕掛けをほどこした。中でも女主人公が怪力の持主であること、主人公の粒来重兵衛があばれ馬を追って疾走する場面は、仕掛けの中でも重要なものだったが、この二点は残念ながら芝居には出て来ない。

もちろん舞台で馬を走らせることは不可能で、また怪力の女主人公などという設定は、配役とか劇の進行とかの上でさしさわりがあるだろう。そういう脚色は舞台側の権利で、また芝居は原作を再現するものでもないので、それで原作者が不満だというわけではないけれども、小説と芝居の狙《ねら》いの違いというものに触れておきたい気がするので書きとめておく。

しかし脚色では、原作のもっとも主要な性格であるおもしろさを見逃さずに脚本に活かしているようで、舞台ではそのあたりが表面に出て来て、小説とはまた異なる興趣をかき立てるに違いないと期待している。

「北国の……」とあるように、原作の舞台は北国の某藩ということになるけれども、私の頭の中にあるのは、むかし私の故郷一帯を支配した山形県の荘内藩である。そして小説の中で三ノ丸広場というときは、私は、いまは市庁舎や裁判所などの行政機関、市立病院、高校の建物があるあたり、むかしの荘内藩鶴《つる》ヶ岡《おか》城の三ノ丸だった場所を思いうかべているのである。

荘内藩は戊《ぼ》辰《しん》戦争で負けて、城はわずかな石垣《いしがき》と濠《ほり》を残すだけになったけれども、本丸、二ノ丸、三ノ丸といった遺構は比較的きちんと残り、本丸、二ノ丸は公園になって、私が子供のころは、祭りがあると二ノ丸の広場にサーカスなどの小屋掛けが出来た。

サーカスを見に行ってから五十年が過ぎても、私の頭の中には二ノ丸広場のさらさらした土質とか、岸の木の枝がかぶさって水面がいつも暗かった濠などのイメージが残っていて、小説で城を書くときは、大抵この鶴ヶ岡城趾《じょうし》になってしまうようである。舞台にも、こういう北国の感じが出て来るのではなかろうか。

ところでこの間、高橋英樹《ひでき》さんと和泉雅子《いずみまさこ》さん主演の「エデンの海」がテレビで放映されていて懐《なつ》かしかったが、私は多分その映画のもっと前に、詰襟《つめえり》の高校生役で主演した高橋さんの映画を見ている。そして当時の高橋さんのシリアスな演技を記憶している私には、その後の山手樹一郎さん原作の、いわゆる明朗時代劇における高橋さんの演技は、少少意外な感じがするものだった。正直に言って、はじめはややなじめない感じを受けたものである。

しかし最近は、テレビを見ているときなどに、高橋さんのそういう演技の中に、もとめて得られない貴重な個性がひらめくのを発見することが多くなった。高橋さんは演技の幅が大きくて広い俳優さんではないかと思う。この舞台でも、その魅力を十分に拝見出来るに違いないと期待している。

池内淳子《じゅんこ》さんについてはあまり多くは語らない。私も家族もずっとこのひとのファンであり、武家の女を演じれば武家の女に、飲み屋のおかみを演じれば飲み屋のおかみにぴたりと嵌《はま》りこむ、柔軟にして秀逸な演技に敬服するばかりである。高橋さんとご一緒の舞台を拝見出来るのを、この上なく喜んでいるところである。

（明治座公演「北国の〝風〟物語」パンフレット平成元年11月）

新聞小説と私

　私がこれまで書いた新聞小説は六篇、発表順に記すと、『回天の門』『消えた女』（原題「呼びかける女」）『密謀』『海鳴り』『ささやく河』『蟬《せみ》しぐれ』の六篇ということになる。『回天の門』を書いたのが昭和五十二年で、『蟬しぐれ』の連載を終ったのが昭和六十二年であるから、ちょうど十年間に六篇の新聞小説を書いたことになるけれども、これは作家としては数が少ない方ではないだろうか。

　しかし数が少ないのは主として体力不足が原因で、新聞小説がきらいだったわけではない。はじめて書く新聞小説『回天の門』こそ、勝手がわからなくて少しまごついたものの、『密謀』あたりからは掲載一回分の原稿用紙三枚という分量が執筆の波長に合うのか、後半は大いにたのしんで書いた記憶がある。

　ただいかにせん体力が足りず、新聞小説二本かけ持ちなどという力わざはとうていだめ。一本書いてはひと休みし、一本書いてはひと休みするというあんばいだったのが、結果的に十年間に六篇という数字として残ったように思う。

　さてそれらの新聞小説の執筆当時をふりかえると、それぞれになにがしかの思い出のようなものが残っているのだが、たとえば三友社配稿の『海鳴り』は、いかにも地味な小説だった。

もちろん『海鳴り』の書き手である私には、江戸時代の中年男女の、いまふうに言えば不倫だが、むかしは命がけの行為だった密通をテーマに、人間の愛と人生の真相をさぐってみたいという意気ごみがあったわけだが、新聞小説としてはいささか所帯じみて花に欠ける作品であることは否《いな》めなかった。

これはあまり読者には喜んでもらえないだろうなと思いながら書き出したのだが、話が途中まですすんだころから、意外にも女性読者からたくさんのお便りをいただいた。こういうことは私としてはめずらしいことで、大いに力づけられたことを思い出す。

また『蟬しぐれ』は、一人の武家の少年が青年に成長して行く過程を、新聞小説らしく剣と友情、それに主人公の淡い恋愛感情をからめて書いてみたものだが、じつを言うとこれが苦痛で苦痛で仕方がなかった。何が苦痛かというと、書けども書けども小説がおもしろくならないのである。会心の一回分などというものがまったくない。

こういうときは無理な工夫なんかしても仕方ないので、私はつとめて主人公の動きにしたがい、丹念ということだけをこころがけて書きつづけた。早く終ってほっとしたいと念じているのに、こういうときに限って小説はなかなか終らず、予定をかなりオーバーしてようやく完結したのだった。

作者が退屈するほどだから、読者もさぞ退屈したことだろうと私は思った。連載中、もちろん一通のファン・レターも来なかった。

ところが、である。一冊の本になってみると『蟬しぐれ』は人がそう言い、私自身もそう思うような少しは読みごたえのある小説になっていたのである。これは大変意外なことだった。ばかばかしい手前味噌《てまえみそ》めいた言い方までしてあえてそう言うのは、新聞小説には書き終えてみなければわからないといった性格があることを言いたいためである。

新聞小説というのは、ふしぎなおもしろい発表舞台だなあという感想を、いまも私は持っている。

（「三友月報」平成3年8月15日）

宿題――山本周五郎

山本周五郎さんについて、何か書くようにと言われて、大変気軽に二つ返事で引きうけたのであるけれども、いざ書こうと思って原稿用紙にむかうと、これが案外に書く中身がないのに気づく。

考えてみると、山本周五郎さんの小説で、これは読んだとはっきりした記憶が残っているのは、短篇小説で『その木戸を通って』、『橋の下』、『こんち午《うま》の日』、長篇小説では『樅《もみ》ノ木は残った』ぐらいで、『虚空遍歴』も『ながい坂』も、雑誌や週刊誌に連載されているころに、時どき拾い読みをした程度、通して読んだことはないというのが実情である。

これではむろん作品論を書くわけにはいかないし、また周五郎さんご本人を存じ上げているわけでもないので、人物論や思い出話を書くわけにもいかない。つまり周五郎さんについて何か書くには、私は意外に不適任な人間なのだが、誰もそうは思わないので、時どきこの種の原稿を要求されるのである。

しかしそれをまた、私は不適任者ですと言わずに二つ返事で引きうけるからには、引きうけるについて多少の根拠というものはあるわけで、その根拠なるものを挙げると二つほどあるかと思われる。

ひとつは、私は自分の小説が、周五郎さんの書かれたものに似ていると、いまはどうか知らないがそう言われたことがあり、そう言われたことにやはり無関心ではいられなくて、いつかはそこのところに何らかの筋道をつけて納得したいという気持があった。しかし、そう思いながらじつは筋道をつける何の努力もしていないので、周五郎さんについて何か書けと言われると、まるでまだやっていない宿題を提出しろと言われたように、異様にあわてふためいて、とにかく何か書かなければと思ってしまう傾向がある。

その宿題についてはまたあとで述べるとして、根拠のもうひとつは、私の読書経験はさきに述べたように貧しいものであるけれども、それに加えてテレビなどで映像化された周五郎作品を見ているうちに、周五郎さんの作品世界というものが、大よそのところのみこめたような一種の錯覚に陥ってしまうようで、その、多分厳密さとは反対側にあるミーハー的錯覚のせいで、周五郎さんについて何か書けと言われると、感想のひとつぐらいはわけもなく書けそうな気がして来るのも事実なのである。

むろん、『その木戸を通って』、『橋の下』を読んだぐらいで周五郎作品を理解したなどというのは、たしかに浅薄きわまる話だろうが、しかし私がそれを読んだのは当時の発表誌上でのことであり、一読者として読んだのである。そのころ私は、ほかの沢山の小説も読んだに違いないのだが、ほかのものは大方忘れているのに、『その木戸を通って』が鮮明に記憶に残っているというのは、周五郎作品が何ものであるかを、いささか理解したということにならないだろうか。

だが、実際のところはただそれだけのこと、つまりよく知っているような気がするだけのことにすぎないので、原稿用紙にむかっても、書くほどのことは出て来ないのである。

そこでまた前にもどって、私の小説が周五郎さんの作品に似ているというところに、話をもどしてみよう。私は以前はそう言われると、何かしら面映《おもは》ゆい気持がする一方で、べつに周五郎さんの真似《まね》をしたつもりはないが、などといくらか肩ひじ張った気分になったりしたものだが、最近はそう言われてもべつに気にはならなくなり、またそう言われる理由も、いくらか理解出来る気がするようにもなった。

一般的に言って、格別真似をしなくとも、後代のわれわれは何らかの形で、先輩作家が切りひらいてくれた道の上に立って、自分の仕事をはじめているはずである。

私なども多分、自分でははっきり意識しないままに、周五郎さんはもちろん、大佛《おさらぎ》次郎さん、あるいは柴田錬三郎さん、五味康祐さんといったひとびとすべてに影響され、またメリメやシュトルムにも影響されて時代小説を書いているに違いないのである。メリメやシュトルムが出て来るのは、『マテオ・ファルコネ』はどう読んでも時代小説だろうし、シュトルムの『聖ユルゲンにて』は、北欧の片田舎の物語であるけれども、中身は江戸市井《しせい》ものに異ならないと思うからである。

後代の私は、たとえばチャンバラの場面を、「前の敵を真向唐竹割り、返す刀でうしろの敵を……」式に書くことはなく、そういう書き方をしないことを自明のこととした上で、自分の描写というものを工夫するわけであるけれども、真向唐竹割りを迫真の剣戟《けんげき》場面に変えたのはむろん私ではなく、多くの先輩作家である。私などはその種の、じつに多くの、先人が残した果実を創作の上で拾わせてもらっているに違いないと思うのである。

そして、周五郎作品に似ているなどと言われることも、やはり私などが自明のこととして描いていることが、じつは多分に周五郎さんが切りひらいてくれた世界だということなども、必ずあるだろうと思うわけである。

そういう点を論証するなどということになれば、これは一朝一夕の仕事ではないので、宿題はやはり宿題として残すしかないけれども、ただ近年になって、似ているかも知れないなと思う点をひとつだけ挙げると、周五郎さんというひとは、時代物という形の小説で、もっとも物を言いやすかったひとではなかったかという点である。

そのあたりは、心ならずも剣豪作家になった感じがある柴田さんや五味さんとは、違うところだと思う。周五郎さんは時代小説という表現の器をこの上なく愛し、せっせとみがき立てたひとのように思われる。こういう見方があたっているとすれば、周五郎さんは、私にとってやはり親戚《しんせき》のように身近かなひととなり、似ているなどと言われることも、光栄と思わねばなるまいと思ったりするのである。

さて、ここでつまらない打ち明け話をひとつすると、小説を書くようになってから、私は周五郎作品を、まったくと言ってよいほど読まなくなった。

小説を書き、似ているなどと言われるまでは、私は周五郎さんを特に意識したということはなかったのだが、そう言われては、意識しないわけにはいかなくなった。これは困ったことで、つまり小説家になったとたんに、周五郎作品を読めなくなったということである。

理由はもちろん、周五郎さんの小説の吸引力がすごいせいで、読んだら忘れられなくなるおそれがある。そして頭に残ったそれが、どこで自分の書く小説にまぎれこまないものでもないと、つまりはその用心のために、無邪気な読者であるたのしみを抛棄《ほうき》してしまったわけである。滑稽《こっけい》だとは思わない。周五郎さんの小説には、それだけの影響力があるといまも信じている。

もっとも、ほかのひとのことはよくわからないが、一般的に言って、小説家は同業の小説をあまり読まないのではなかろうか。読むとすれば、自分とはまったく傾向の違う方面の作家とか、作品を読むような気がする。多分その方が賢明なので、私も周五郎作品を読まなかったけれども、そのことがそれほど苦痛だというわけではなかった。

しかし、半ば無意識なものとはいえ、そういう枷《かせ》を設けることは不自然といえば不自然な話である。そして、もうそろそろその必要もなくなったのではないかと、最近の私は考えるようになっている。あけすけに言うと、ここまで来てしまえば、もう自分は自分で行くしかないというわけで、いまさら影響も何もあったものではない。

というわけで、いずれ私は、そばに周五郎作品を積み上げて、片っぱしから読みあさる日が来るのではないかという気がするのだが、そのときもやはり、それらの作品の中に、周五郎さんの残して行った果実の数数を見出《みいだ》すことになるのは、まず間違いのないことだろう。

（『山本周五郎全集　第二十巻』附録昭和58年8月新潮社刊）

たとえば人生派

私は時代小説について格別の知識も縁もないままに小説を書き出したけれども、おそらくその以前に、時代小説というものをおもしろく読んだから書けたのであろうし、その意味では先輩作家はすべてわが師と呼ぶべきかも知れない。しかし中で特に山本周五郎さんの小説に似ると言われたりするのは、つぎのようなことがあるからではなかろうか。

レッテル貼《は》りということは大体において粗雑な独断の産物で私は嫌《きら》うけれども、かりにこの方法を時代小説にあてはめると、たとえば伝奇派とか剣豪派、あるいは歴史派などという、ごく大雑把《おおざっぱ》な分類が可能かも知れない。そしてその場合、周五郎さんや私、あるいはほかの誰かは多分人生派とでもいったところに分類されそうな気がする。

ただし私の中には人生派のほかに遊び好きな野次馬派も住みついているらしく、私は剣豪小説も書けば歴史小説も書き、この道ひとすじといった感じの周五郎さんの文学姿勢にはとてもとてもおよばない。野次馬が高じて『闇《やみ》の傀儡師《かいらいし》』という伝奇小説まで書いたことがあるが、これはさすがに一度で懲《こ》りた。肌《はだ》が合わなかった。

そしてそういうときにもどる場所はやはり人生派のように思うし、また少し改まって物を書こうというときにも、私の中にはそういう気分があるように思う。といってもこれが人生だという説教を私は好かないので、うしろにぼんやりとそれらしきものが見える小説が書ければいいとねがうだけである。

（「神奈川近代文学館」平成3年4月15日）

芳醇《ほうじゅん》な美酒——直木三十五

直木三十五の『南国太平記』を読んだのはいつごろだったろう。その時期ははっきりしないが、一読して私は魅了され、読後の興奮は長くつづいたことを記憶している。

私がはじめて読んだ時代小説は、おとぎ話の類《たぐ》いをのぞけば吉川英治の『神州天馬俠《てんまきょう》』や高垣眸《たかがきひとみ》の『快傑黒頭《くろず》巾《きん》』、『まぼろし城』などだったろう。しかしこうした小説を、私は山中峯太郎《みねたろう》、海野十三《うんのじゅうざ》、佐藤紅緑《こうろく》、江戸川乱歩らが書いた少年小説と一緒に読んだので、とくに時代小説と意識することはなかった。

しかし多分その少しあとに読んだと思われる『南国太平記』の読後感は、少年小説の『快傑黒頭巾』や『神州天馬俠』を読んだときとはまったく違っていたことをおぼえている。たとえて言えば少年小説は爽快《そうかい》なキャンディだったが、『南国太平記』は芳醇な美酒だった。

そう言っても、もちろん後者が大人の小説だったというだけの話ではない。おそらく私はそのとき、ずっしりした重味を持つこの小説によって、時代小説というものの意味と独特の魅力を理解したのだろうと思う。

『南国太平記』は幕末島津家のお家騒動に取材した小説で、斉彬《なりあきら》派の仙波《せんば》小太郎たちが、ついに兵道家牧仲太郎の山中の修法所をさがしあてる場面、そのわずか前に、牧の最後の調伏が成功する場面の描写などは、いまもはっきりと記憶に残っている。

私はこの『南国太平記』一冊を読んだだけで、あとはずっと後年になってこの作家にちなむ賞をいただくまで、直木三十五とは縁がなくて過ぎたのだが、それにもかかわらず長いその間も『南国太平記』の記憶が消えずに残ったというのは、やはりこの小説のなみなみならぬ魅力のせいだったろうと思う。

ところで今度、示人社から直木三十五全集が復刊されることになった。先駆的な手法と大家の風格を兼ねそなえる直木三十五の幅ひろい遺業を通観出来る機会が得られることを喜ぶとともに、同好の人びとにひろく読まれることを期待したいものである。

（『直木三十五全集』パンフレット平成4年3月）

池波さんの新しさ

ほかの人のことはよくわからないが、私は有力な新人作家の時代小説にはつとめて目を通すようにしている。同世代あるいは先輩時代小説作家のものは、あまり読まないほうである。時代小説を読む時間があったら内外の推理小説を読みたい、あるいは外国映画を見たり、音楽を聞いたり、テレビのスポーツ番組を見たいと思ったりする。

それは多分、故色川武大《たけひろ》さんふうの無意識のバランス回復策ということなのかも知れない。そういう形でバランスを取りもどして活力を養い、締切に追われてふたたび時代小説という異次元世界にもどって行くというもののようにも思われる。

しかし毛色の変ったものを読んだり見たりして、あまり時代小説を読まないというのは、ほかにも理由があって、たとえば書く世界が似ていたり、方法が似ていたり、気質に似通うところがある同業作家のものは、それだけでなかなか読みにくいところがある。

小説を書きはじめたころに編集者に教えられた言葉に、鷗外《おうがい》の毒、周五郎の毒というのがあって、これはこわい言葉だと思った。むろん解説するまでもなく、その意味は歴史小説を書くとどうしても森鷗外ふうになりがちで、また時代小説を書くと山本周五郎ふうになりやすいということで、それだけこの二人の先輩作家の作品の影響力は強いということだったろう。

もちろん書く主体が違うわけだから、いくら影響されたといっても、そっくり似るということはあり得ないけれども無気味な話ではあった。先輩作家をふくめて、同業作家の作品をあまり読まないことの裏には、この種の警戒感もまったくないとは言えない。

そういう中で、私は池波さんの作品はかなり読んだほうだと思う。先輩作家、同時代作家の中にも、描く世界、表現の方法がまったく異る安心して読める作家も当然いて、池波さんはそういう作家の一人だったのである。そして私がようやく小説で世に出たころには、池波さんはもう『鬼平犯科帳』、『剣客商売《けんかく》』、『仕掛人・藤枝梅安』の三大シリーズを抱える人気作家だったので、私が読んでたのしんだのも、この三大シリーズの作品だった。

ことに堪能《たんのう》したのは『鬼平犯科帳』で、主人公の鬼平もさることながら、闇に現われては消える無数の盗賊に、何とも言えない魅力があった。盗まれて難儀するところからは盗まない、殺さない、女を犯さないという三カ条の掟《おきて》を守る盗賊には池波さんの美学が託されていてはなはだ粋《いき》だし、畜生ばたらき、急ぎばたらきを働く許しがたい悪党には、池波さんの現実感覚が投影されている。

そしてこの盗賊のむれに密偵《みってい》がからみ、火盗改メの与力、同心が絡《から》んで、ひとつひとつの短篇をなしながら、それは全体として、さながら盗賊交響楽とでもいうべき味わいの世界をつくり上げていたと思う。指揮者の役どころが鬼平こと、長谷川《はせがわ》平蔵といったところだろうか。私はこのシリーズ作品に、池波さんはそれまで書いて来た忍者もの、世話もの、武家ものの、白浪《しらなみ》ものの要素をすべて投げ入れたように感じている。

シリーズものという方法は制約の多い書きもので、その制約の中で鬼平だけで百六、七十篇もの短篇を書いたというのは大変な力わざで、脱帽のほかないが、特に私は鬼平シリーズの短篇のタイトル、盗賊のネーミングに感服することが多かった。

老盗の夢、暗剣白梅香、座頭と猿、お雪の乳房。シリーズ初期のタイトルを拾っても、ざっとこういうぐあいである。また盗賊の名前にしても、初期の短篇にいきなり出て来る野槌《のづち》の弥平《やへい》、血頭《ちがしら》の丹兵衛《たんべえ》、簑火《みのひ》の喜之助《きのすけ》などという名前を見ただけで、それがどういう盗賊なのか、早速に読みたくなるのである。私はこういうタイトルにも、盗賊の名前にも、しばしば詩を感じることがあった。若いころの池波さんは、よほどの文学青年であったに違いない。

三大シリーズのひとつの見識は、ヒーローとなるべき主人公に、年齢や嗜好《しこう》などで作者と等身大の人物を用意したことだったと思う。池波さんは主人公に、銭形平次、鞍馬天狗《くらまてんぐ》、眠狂四郎といった若くて恰好《かっこう》のいい男たちをえらばなかった。自分によく似た年恰好の男を主人公に据《す》え、時には風邪をひかせたり、時にはうまい物を喰《た》べさせたり、実人生の自分も重ねながら物語をすすめて行った。鬼平や秋山小兵衛のリアリティは、多分そういったところから生まれたはずである。

といっても、主人公が初老の人間、あるいは老人では、物語に華がないということもあるだろう。そのためには秋山小兵衛には若い妻や息子の大治郎を配し、鬼平には妻の久栄《ひさえ》や魅力あふれる盗賊、同心を配置するという工夫をしている。小兵衛の若い妻おはるなどは、リアリティに対する夢といった存在に思われる。いずれにしても、鬼平も剣客秋山小兵衛も池波さん自身の姿が色濃く投影されている主人公と言えるだろう。

だが仕掛人梅安が作者の分身だとは思えない。というのは、このシリーズのテーマは江戸の暗黒街といった、フランス映画に出て来るような非常に新しい世界を描きながら、とても書きにくそうに見えることがあったからである。たびたび殺しの哲学といったものを吐露するにもかかわらず、殺しのあとの梅安は鬱鬱《うつうつ》と酒におぼれて苦渋をあらわにする。が、酒に逃げ、旅に出ても殺しのにがさが消えるわけではない。

私は『仕掛人・藤枝梅安』の「おんなごろし」を読んだときのショックをいまもおぼえている。自分の小説を棚《たな》に上げて、小説がこんなに暗くていいのだろうかと思ったぐらいで、この小説がシリーズになってからも、それが作者のどのような情念から生まれ出るものなのかは、ついにわからなかった。「梅安」は私にはいまも謎《なぞ》である。

テレビの仕掛人シリーズの中村主水《もんど》は、テレビの創作ではないかと思うけれども、あれはいいキャラクターだと思う。もちろん藤田まことという俳優を得て、あのキャラクターは光るわけだけれども、奉行所では無能もの呼ばわりされ、家にもどれば「ムコどの」とコキ使われる。そういう日常の鬱屈があるから、主水の陰の稼業《かぎょう》にリアリティが生じるわけで、シリーズのキャラクターの中で、主水がもっとも生彩を放つのはこの日常性のゆえである。くり返すようだが、鬱屈する日常こそ殺しの隣人である。梅安の暗さは、彼の日常が仮のものであることから来るのではなかろうか。

ところでこの『仕掛人・藤枝梅安』ものを、フランス映画にみるような新しい世界と言ったが、池波さんの小説がおもしろかったのは、見えない内側にそういう新しさを隠していたからだと思う。

時代小説には、微妙なところで現代とつながる新しさが必要なように私は思うけれども、その新しさというものは、むろんこれ見よがしの新しがりの表現などではなく、言いかえればそれは人間や人生を理解したり、複雑な現代とも対等にわたり合えるだけの作者の教養とか、幅ひろい常識とかのことである。しかしそれは地下水のように作品の底を流れていなければならない。微妙というのは、そのへんの味わいのことである。

池波さんの映画好きは有名だが、私はあるときの直木賞の選考会で、池波さんがジャズについてなみなみでない知識を持っているのを感じた。そしてそのことを私は少しも不思議に思わず、ごく当然のことのように思った。池波さんの背後にあった大正デモクラシイといった時代のことを考えるからである。

池波さんと私は四つ違いである。もっとも私は昭和二年十二月二十六日の生まれなので、厳密には五つ違いに近いほうだが、四つ五つ違いという年齢は同時代人というべきだろう。ところがその間に大正と昭和という時代の区切りがあって、これがなかなかに意味深長な区切りのようである。

私は山形の田舎生まれだが、それでも子供のころには、のちの硬直した昭和には見かけなくなったものを目撃している。

たとえば、七つ上の私の兄はただの村の若い衆なのに、そのころにとった写真に背広を着てネクタイをしめたのがある。また私の従兄《いとこ》は鶴岡《つるおか》のタクシー会社に勤めていて、あるときダットサンを運転して私の家に客をはこんで来た。そしてまた村の青年にカメラを趣味にしている人がいて、しかも写すだけでなく自分の家に暗室をつくり、現像も自分でやっていた形跡があった。この人の蛇腹《じゃばら》のカメラでとってもらった小学校時代の私の写真が、いまも残っている。

また私は小さくてゲームに入れなかったが、私の家の庭には連日村の子供が集まって野球をしていた。バッター・アウトとか、ツーダン・フルベースとかの野球英語を得意になって叫び、ベーブ・ルースが大変な人気だった。そして村からほど近い鶴岡の町には、カフェー・クロネコがあり、また私は見たわけではないけれども、人口わずか三万ちょっとの昭和初年代の鶴岡には、十誌以上の同人雑誌、詩誌が興亡を繰り返していたという。そして中には「協同村落」を標榜《ひょうぼう》する文学運動まであったのである。

しかし私が世の中というものをやや正確に認識出来るようになった昭和十年代半ばには、背広を着て写真をとった兄も、タクシー会社の運転手だった従兄もみな戦争に行き、私の家の庭で野球をする子供はいなくなった。しかし私が子供のころに目撃したそういったものが、野球はどうか知らないが、大正デモクラシイのしっぽだったのは、まず間違いないことだろうと思う。

田舎そだちの私にしても、その程度のものは見ている。東京人であり、私より四歳年長の池波さんは、昭和に入ってなお醱酵《はっこう》をつづける大正文化の粋ともいうべき部分を、十分に吸収出来たのではなかろうか。ある談話の中で池波さんは、仕事をしながらベニー・グッドマンのレコードを聞き、またアイデアにつまったときに、ムソルグスキーの組曲「展覧会の絵」を聞いたりすると語っていたが、私は少しもおどろかない。池波さんはとてもハイカラな教養が身についていた人だったと思う。

近年、ある小さな会合に、野坂昭如《あきゆき》さんが鼻下に形よくひげをたくわえ、帽子をかぶって出て来た。大変粋だった。私は「あ、ダンディだねえ」と讃辞を呈した。帽子が似合う世代は池波さんやせいぜい山口瞳《ひとみ》さん（もっとも山口さんの場合は、帽子を愛用されるのはウスイおつむとも関係がありそう）あたりまでで、昭和ヒトケタ世代には絶対に似合うはずがないと思っていたので、野坂さんの粋な恰好には大いに刺激されるところがあった。

それで、そのあと池袋のデパートに行ったときに早速帽子を買ってみたのだが、売場ではどうにか見られたように思ったのに、家に帰ってかぶってみるとまるで似合わない。とても外にかぶって出る度胸はなく、高い金を払ったのに洋服ダンスの奥に入れたままになってしまった。家内が時どき、あの帽子はどうしたかと不思議そうに聞くが、答える気にもなれない。むっとしている。

以上は余談だが、私はさりげなく襟《えり》にマフラーなどを巻いて帽子をかぶっている池波さんの写真を見ると、そこでもああこれだなと思うことがあった。昭和ヒトケタにはないダンディな雰囲気《ふんいき》のことで、作品にもそういう瀟洒《しょうしゃ》な感覚が生きていたと思う。

ところで三大人気シリーズについてはもうひとつ言っておきたいことがある。娯楽小説あるいは人情小説で出発しながら、のち次第に堅実な歴史小説、史伝といったものに転じるというパターンは、出発点に安住することにあきたりないごく自然な成行きとみることも出来よう。

大佛次郎、吉川英治という名前を挙げるまでもなく、池波さんがはじめに師事した長谷川伸にしても、そのパターンをたどって、昭和十年代に入ると初期の『瞼《まぶた》の母』、『一本刀土俵入』といった戯曲とは似ても似つかない歴史小説の傑作、名作、『相楽《さがら》総三とその同志』、『日本捕虜志』、『日本敵討《かたきう》ち異相』といった作品を生み出した。

しかし池波さんは「錯乱」で直木賞を受賞し、その系譜を追究して『真田《さなだ》太平記』という大作の歴史小説にまとめるものの、それとはべつに、書き盛りから晩年にかけて、どっしりと虚構の、ひと口に言えば人情ものの創作世界に腰を据えた。その理由を私なりに推測してみると、池波さんは虚構、すなわち想像力こそ作家の生命と思っていたのではなかったろうか。そしてその想像力の駆使に、自信があったのではなかろうか。

もちろん史実を中心に据える歴史小説にも、想像力が必要である。歴史におよぼす想像力なくして、歴史小説は成立しない。だがそれは虚構の小説で要求される想像力とは少し違うものだと私は思う。虚構の時代小説では、無から有を生じることを要求されるのである。池波さんはよく、書き出したけれども、あとがどうなるかはわからないと言った。池波さんは、無から有を生み出す名人だった。

さて、私は池波さんが虚構の人情小説の世界に、どっかと腰を据えたと書いた。だが、最近はどうだったろうか。私は池波さんの内部に、むかしの文学青年気分が時どき疼《うず》いたように思われてならない。三大シリーズものだけでなく、いろいろなものに手を出そうとしたように見えた。

私にも、老熟は老熟として、時にはわずかに残る文学青年の残り火を搔《か》き立てて、創作の上の冒険をしてみようかという気持が動くことがある。池波さんにも似たような衝動があったのではないかと思うわけである。

池波さんと最後にお会いしたのは一昨年の暮で、私は十二月一日に駿河台《するがだい》にある人学病院で、ある検査をすることになっていた。その検査が朝早い時間だったので、私は前日の十一月三十日に近くの山の上ホテルに泊った。

家内が同行して夕方にホテルに着き、しばらくして食事をしに一階の店に降りて行くと、カウンターに池波さんがおられた。私を見ると、いつものようにようようと言った。私は池波さんに家内を紹介し、食事を注文したあと、カウンターの池波さんのそばに立って話をした。

そのあたりで池波さんは菊池寛賞を受賞されたのだが、検査のために出席出来ない詫《わ》びを言ったあとで、直木賞関係の話をした。池波さんはもう選考委員をやめていたので、前期の結果とか、年明けの選考会に出る候補作の下馬評、ついでに最近の時代物の新作の話などもした。

そのうちに食事がはこばれて来て、私も席に着き、その食事が終る前に、池波さんは「お先に失敬」と言い、私が立って見送るうちに店を出て行かれた。

冒頭に私は、書く世界も方法も池波さんと異ると書いたが、私が書くような世界を、私のような方法で書く作家は、このあとも出て来ると思うが、池波さんが描いた世界、そして同じ方法で書ける作家はもう現われないだろうと思う。時代小説に、ぽっかりと穴があいた空虚感は埋めようがないのを感じる。

（「オール読物」臨時増刊「池波正太郎の世界」平成2年6月）

時代小説の状況

時代物ブームという声が聞こえて来る。具体的な中身としては、津本陽さんの『下天は夢か』の大ベストセラー化や亡《な》くなった隆慶一郎さんの活躍、名作時代小説ふうにまとめた出版社のアンソロジーの売れ行き好調、テレビの時代劇番組の活況、さらには森村誠一さん、北方謙三さんら、すでに専門の現代小説で一家を成している作家が時代小説を書き出したなどの現象を指しているようである。

そしてこれらの現象に先行し、あるいは一部はブームが重なり合う形で、江戸時代を積極的に再評価したり、分析的に取り上げたりする活発な評論の出現、神坂《こうさか》次郎さんの『元禄《げんろく》御畳奉行の日記』のほほえましいヒット、ＮＨＫの大河ドラマ「春日局《かすがのつぼね》」の波及効果などがあって、時代物ブームの背景をなしたとみてさしつかえないだろう。

その中で、はっきり言ってテレビ時代劇は玉石混交だと思うけれども、ほかは時代小説作家である私としても、当然喜ばずにはいられない現象である。

しかしそうはいうものの、私は自分の気持のどこかに、一点いまのブームに酔い切れないものがあることを、ここで白状するのがいいように思う。気持にひっかかるものが何かと言えば、答えは簡単で時代小説の現実ということである。ひと口に言えば、私をふくむ現役の時代小説作家がかなり高齢化して来たのに、将来を担《にな》うべき二十代、三十代の若い作家（予備軍である志望者をふくめて）は寥寥《りょうりょう》として見当たらないという現実のことである。

高齢化そのものは、あるいはさほど問題ではないかも知れない。六十を過ぎて突然開花した隆さんや、今期の直木賞受賞作家星川清司さんの例があり、この領域にはまだまだおもしろいものがありそうである。ついでに言えば、星川さんの練達の文章をぜひお目にとめられたいものだ。

しかし現実の後半部分には問題があるだろう。四十代、五十代のいま働きざかりの作家も決して多いとは言えないのに加えて、四十歳以下に目を転じると、視野に入って来るのは杉本章子さんぐらいというのは、時代小説の行方を占う上で決して楽しい風景とは言えない。ことに年齢的に杉本さんの前後、あるいは周囲にいるべき、若い作家の姿が見えないことに、私はいささかの危機感を持たずにはいられないのである。

こういう心配をするについては、むろん理由がある。私をふくむかなり幅広い年代の作家は、子供のころに『神州天馬俠《てんまきょう》』や『まぼろし城』を読み、「丹下左膳《さぜん》」や「鞍馬天狗《くらまてんぐ》」といった映画を見たのではなかろうか。それらは時代物の記憶というものになって残った。しかし子供の前からその種の読み物が消え、かわりにアニメ全盛のテレビが出現してから久しい。

時代小説は勉強して書くものではないだろう。おそらくは、本であれ映画であれ、かつてそれで胸をおどらせた日日の記憶が、時代小説を書く衝動を呼びおこすのである。もしそうだとすると、今後新しい時代小説の書き手が生まれることは望み薄なのだろうか。

その答えは是でもあり、否でもあるように思う。私がいま書いているような形の時代小説に限って言えば、私がいくらじたばたしたところで、いずれ後継者を得るのは至難になるだろう。しかし代わりにまったく新しい形式の時代小説が生まれ、世に迎えられる可能性がないとは言えない。

(「東京新聞」夕刊 平成2年2月26日)

豊年満作――時代・歴史小説の展望

ベテランという言葉を使い、その中に自分をふくめるのは不見識もはなはだしい話だが、文章の性質上おゆるしねがわなくてはならない。と、ことわりを入れた上で書くと、時代小説、歴史小説の領域では、体力不足で思うように筆がすすまない私をのぞけば、概《おおむ》ねベテラン健在と言ってよいのではなかろうか。

長老格の村上元三さんは、数こそ少なくなったものの、時おり発表される短篇には紫電一閃《いっせん》の冴《さ》えがある。南條範夫《なんじょうのりお》さん、杉本苑子《そのこ》さん、永井路子《みちこ》さんといった方方が依然健筆をふるっておられることは、すぐれた近業にあきらかである。司馬遼太郎《りょうたろう》さんは、小説こそもう書かないと宣言されたらしいけれども、近年は小説よりさらに奥深く、興趣つきない論考の数数を精力的に発表しているし、伊藤桂一《けいいち》さん、早乙女貢《さおとめみつぐ》さん、山田風太郎さん、安西篤子《あつこ》さんらの作品には、時代・歴史小説の分野をささえてびくりともさせない重厚な味わいがある。また黒岩重吾《じゅうご》さんにいたっては、ベテランの域に達されてからさらに一生面《いちせいめん》を開拓し、これまで誰もそのようには描き得なかった、古代史に材をとる豊潤な小説世界を書きつづけている。

ところで平岩弓枝さんと井上ひさしさんをベテラン扱いするのは、お二人の年齢からいってどうかとも思うのだが、作家歴からいえばともに十分ベテラン（古つわもの）であることは間違いない。平岩さんは近年の一時期、時代小説の分野が非常に手薄になりかけたとき、その世界を一人で背負ってカバーしたという印象をあたえたことがあった。現代物と演劇方面の仕事にかかわりながらである。まさにベテランのお仕事ぶりだった。その時期の平岩さんの筆力と体力を顧みて、私は時代小説作家の一人としていまもってひそかに感謝するところがある。井上ひさしさんは、『手鎖心中』から『四千万歩の男』（不公平の感じをあたえないために書名は出来るだけ挙げないつもりだが、そうもいかない場合があるかも知れない）までの作品歴をみれば、この分野でのれっきとしたベテランであり、またこの人の戯曲の一方の系譜に、時代・歴史小説と同根の世界がわかちがたくむすびついていることも忘れてはならない。

田辺聖子さんは、現代物作家の印象が強いのに軽快な王朝物の短篇、あるいは近作の『ひねくれ一茶』にみられるように、この分野でも古典への造詣《ぞうけい》を生かしたいい仕事をされている。私はこういう作品に、杉本さんや永井さんに共通する根っからの古典好きを感じるのだが、事実古典関係の著作も多い。

また長部《おさべ》日出雄さんは私と直木賞の同期生だが、齢《とし》は私よりずっと若く、私と一緒にベテランに分類するのは申しわけない気もするが、初期の歴史小説から近作の『まだ見ぬ故郷』といった作品の系譜をたどれば、長部さんが時代・歴史小説でもベテランの域に達していることは明白である。ついでにここに良質の時代小説を書く半村良、作品に西鶴《さいかく》、近松の色彩を感じさせる藤本義一といった年齢の相似た両氏を加えれば、長部さんも不服をとなえないかも知れない。

ここで歴史小説畑の作家を一望してみると、まず遠藤周作、吉村昭、綱淵謙錠《けんじよう》、三好徹、陳舜臣《しゆんしん》、辻邦生《つじくにお》、津本陽の各氏の名前が挙げられる。遠藤さんが『沈黙』のような純文学とはべつに、人間の深い謎《なぞ》に迫りながら明快な表現で読ませる歴史小説を書かれてから久しいが、近業の戦国三部作はその見事な結実に思われた。吉村さんの作品は、歴史的事実に対する快い禁欲的な配慮が、内容の把握《はあく》にも表現にも行きわたっているために、もっとも理想に近い歴史小説たり得ている感があるが、最近は幕末水戸藩について、目がはなせない作品を書きついでいる。陳舜臣さんは長い間中国に材をとった歴史・時代小説を発表して来られたが、『諸葛孔明《しよかつこうめい》』はその延長線上に出現した不思議な味わいを持つ傑作だった。綱淵謙錠さんは小説のほかに、主として幕末を中心にした歴史論考、人物論がいよいよ深みを加えてきた。三好徹さんの歴史小説は、とくに明治初期に材をとったものに秀作が多い。辻さんの近業についてはくわしく存じ上げないが『安土《あづち》往還記』、『嵯峨野《さがの》明月記』は忘れ得ない作品である。また津本陽さんは『下天は夢か』で大きな鉱脈を掘りあてて以来、周知のごとくもっとも脂《あぶら》ののった仕事をされており、さらに近年『化城《けじよう》の昭和史』をまとめられた寺内大吉さんを、ここに加えておきたい。

白石一郎、古川薫《かおる》の両氏は受賞歴は若いが、作家歴は多分私より古いベテランである。ただしこの両氏には、さらに新しい世界を切りひらくに足る旺盛《おうせい》なエネルギーが感じられる。

また近年『天地紙筒之説』『袖《そで》の下捕物帳』を発表した胡桃沢《くるみざわ》耕史さんは、間違いなく大べテランなのに新鋭でもあるような不思議な人である。さらに衰えない筆力を示す笹沢《ささざわ》左保さん、多岐川恭さん、ひと風格ある作風の神坂次郎、戸部新十郎、都筑《つづき》道夫、童門冬二、赤木駿介《しゅんすけ》（近作『天下を汝に』は見事な佳作）、梅本育子、太田経子の各氏。頑固《がんこ》に時代小説の娯楽性を追求する八剣浩太郎《やつるぎこうたろう》さんも、貴重な存在である。

さて、目を中堅に転じたいのだが、ここからは敬称略とさせてもらいたい。まず重厚な文章で硬派の物語をつくる森田誠吾《せいご》、また艶冶《えんや》な江戸小説に鋭い才能を示す星川清司はいま、少し固い作品に挑戦《ちょうせん》中。そしていよいよ個性的な作風を顕著にしながら、作品の領域をひろげつつある皆川博子に、才能ゆたかな有明夏夫と書き出すと、おのずと中堅の充実ぶりがうかび上がってくる。

南原幹雄の力わざはほとんど感動的だし、叙情的な短篇から出発した澤田《さわだ》ふじ子は、意欲的に作品世界をひろげつつある。また維新期の作品を書きながら、一方丹念な筆で消えゆく江戸市井《しせい》小説を書きつぐ北原亞以子《あいこ》、一作ごとに作品の質を高め、全面開花は目前という感じになってきた堀《ほり》和久、篠田《しのだ》達明、特異なユーモア感覚がおもしろい小松重男、それぞれに歴史の中の男、歴史の中の女を硬質の文章で書く仁田義男《にったよしお》、阿井《あい》景子。そして『海鳴りの城』でひさびさに本来の持てる力をみせた新宮正春、個性的な作風の長尾宇迦《ながおうか》と、中堅も実力派がそろう。

さて、いよいよ新鋭だが、私はこの項をいま余裕をもって書けるのがうれしい。三、四年ほど前に、ある新聞にのせる時代小説雑感といった随筆を書きながら、その分野の作家の一人として暗然としたことがある。将来を託すに足る新鋭作家と呼べるのは、ついこの間直木賞を受賞した杉本章子ただ一人だった。無名だが、どこかに時代・歴史小説を発表している有望な新人がいるという情報はなく、私は時代・歴史小説はこのまま消えるのだろうかと、本気でそう疑った。

だが平成五年（一九九三）の現在はどういう状況か。まず何も言わずに新鋭諸氏の名前を挙げよう。杉本章子、宮城谷昌光《まさみつ》、高橋義夫、酒見賢一《さけみ》、宮本徳蔵、池宮彰一郎、安部龍太郎《りゆうたろう》、東郷隆、竹田真砂子、高橋克彦《かつひこ》、中村彰彦《あきひこ》、佐藤雅美《まさみ》、中村隆資《りゆうすけ》、鳥越碧《みどり》、羽太雄平、吉村正一郎、羽山信樹《のぶき》、古川智映子《ちえこ》、高橋直樹、そして佐江衆一、北方謙三、森村誠一、逢坂《おうさか》剛、宮部みゆき、これに泡坂《あわさか》妻夫が加わる。

二、三注釈をいれれば『四十七人の刺客』を書いた池宮は七十歳とかで話題になったが、小説に年齢は関係がないと思う。傑出した一作をひっさげて登場すれば、その人が八十、九十だろうと私は新鋭作家と呼ぶのに躊躇《ちゆうちよ》しない。また推理作家の森村誠一、ハードボイルドの北方謙三が時代・歴史小説を書くのを、私は外からの助っ人などとはまったく考えない。作家は書きたいものを書けばいいので、そこで大変な傑作が生まれる可能性が大いにあるのだ。実例が沢山ある。

さて以上の名前を見るだけで気持が豊かになるのに、この新鋭諸氏が逸材ぞろいときている。これを喜ばずにはいられない。健在といっても、ベテランにはやがて筆を置く口がくるだろう。そして中堅、新鋭がつぎの時代を担わなくてはならない。その形が、私の心配をよそににわかにととのったのである。しかもおどろくべきことに、ここ二年ほどの間に。ふと、豊年満作と思うことがある。そのとき私の胸は平らかな幸福感に包まれている。

（好き勝手に書かせてもらった。丹念に調べた原稿ではないので、あるいはお名前を落とした方がいるかも知れないが、齢に免じてゆるしていただく）


（「小説現代」平成5年3月号）

大衆文学偶感

以前に複数の純文学作家と話す機会があって、そのときの話題がたまたま純文学と大衆文学の区別は必要かという、古くて新しい命題に及びました。

おもしろかったのは私が一応の区別はあった方がいいんじゃないかと言ったのに対し、純文学の人が小説のよしあしが問題なので、区別はいらないんじゃないかと、一見それぞれが逆の立場を主張した形になったことでした。ご承知のとおり、区別にこだわってきたのは純文学の側のように思われるからです。

しかしそのとき私が、区別はあった方がいいと言ったのには理由がありました。私などは小説は元来読んで直截《ちょくせつ》におもしろいものであるべきだと考えており、当然小説のたのしさ、おもしろさを重視する立場に立ちます。しかし純文学にはその小説のたのしみを犠牲にしても追求しなければならないテーマの選択というもの、あるいは表現の厳密な探索、言葉を換えて言えば、論理に拠《よ》るにしろ感覚に拠るにしろ、もっとも新しい方法を駆使して時代の先にあるものを読みとろうとする本能のごとき働きといったものがあるだろうということを、一応あきらかにしたかったからです。

私たちは日ごろ、いい小説を書こうと思うだけで、純文学、大衆文学の区別などということはあまり意識しません。しかし突きつめてそのことを議論する場合、境い目がまったくないという、何かしらのっぺりした状態が純文学、大衆文学の両方からみて、はたして歓迎すべき幸福な状態なのかどうかは、少し疑問があるように私には思われたのでした。小説はおもしろくあるべきだといっても、小説のすべてが大衆文学のようになっては退屈ではないでしょうか。むずかしくて考えさせる小説も必要だと思うのです。

そういう考え方の根底にあるのは、すでにのべたように純文学と大衆文学はテーマへの関心のあり方や表現の方法が違う、二つの異質の文学形態のように思われるからです。大衆文学の作家は簡単には純文学を書けませんし、純文学の作家もたやすくは波瀾《はらん》万丈の物語を書けないでしょう。というよりは相互に相手方の領域に対する関心はうすく、さほど創作意欲もそそられないというのが真実ではないでしょうか。故色川武大《たけひろ》さんのように、やすやすと両方をこなした作家はむしろ稀《まれ》な例のように思われます。

そんなわけで私は、大まかな形での純文学、大衆文学という区わけはあるべきで、むしろ両分野共存の形が、お互いになにかしらいい影響をもたらし合うのではないかと思っているのです。

ところで近年来時どき気になるのは、純文学、大衆文学という呼称のことです。純文学の方はひとまず措《お》くとして、大衆文学は従来の文学に対抗して大衆文学が提唱されたころとは、当然ながら世の中の状況は大きく変ってしまいました。たとえば教育の実情ひとつにしても、近来の普及率は目ざましく、現在は知識人の中に大衆がおり、大衆の中に知識人がいるという状況になっているのではないでしょうか。

純文学、大衆文学にかわる呼称が必要だというのではありませんが、実作者として安易に従来の呼称に寄りかかることなく、現在の複雑多様な大衆像を視野にいれた、質のいい小説を書かなければなるまいと自戒しているところです。

大衆文学研究会三十周年。会に何ひとつ貢献せず、また大衆文学の歴史にもくらい私が、なにかしら僭越《せんえつ》なことを申したようにも思い、恐縮しますが、最近の感想を申しのべ、あわせて尾崎さんはじめ先輩諸氏の会運営のごくろうの積み重ねに感謝申し上げる次第です。

（「大衆文学研究」平成4年1月号）

私の「深川絵図」

私の小説に市井物という分野があって、よく深川を舞台にした物語を書く。もちろん、深川だけでなく、神田《かんだ》、下谷《したや》、浅草、本所《ほんじょ》といった、現在の中央区、さらに台東区、墨田区に相当するあたりもよく書くけれども、小説に登場する頻度《ひんど》から言うと、やはり深川、現在の江東区が圧倒的に多いだろうと思う。

では現在の江東区に関していくらかくわしいのかと言うと、そんなことはなく、私の知識は微微たるものである。

たとえば、むかし小さな新聞社に勤めていたころに、取材仕事で門前仲町《もんぜんなかちょう》や小名木《おなぎ》川にかかる高橋《たかばし》の南側の商店街に行ったことがある。そのときの印象はいまも頭の中に残っていて、門前仲町の商店街は人通りが多くてにぎやかな反面、かなりせまくるしい感じがしたとか、高橋の南にある商店街は、聞きしにまさる活発な商店街だったとかいう記憶が残っているけれども、その程度が私の江東区についての知識の大部分で、これに「入墨」という短篇小説を書くときに、どうしても洲崎《すざき》にある波除碑《なみよけひ》を見たくて取材に行ったことを加えると、私の江東区に関する実際的な知識はそれぐらいで全部という形になる。

しかもそのむかしの記憶も、つい最近富岡八幡宮《とみおかはちまんぐう》のあたりに行ってみた感じでは、ほとんど役に立たず、無きにひとしい知識だと思わせられるようなものだった。それというのも江戸時代は馬場通りといった八幡宮前の通りは、ひろびろと拡張されて、車が数珠《じゅず》つなぎに走り、左右の商店街は趣きを一新して、きれいにかつ現代的に変って、その上町全体が高層ビル化している有様は、山ノ手よりももっと近代都市ふうにさえ見えたのである。

現在の江東区は、このように私にとってはほとんど未知の都市にひとしい場所なのだが、しかし、私の頭の中には、これとは異なるむかしの江東区、深川の地図が一枚おさまっていて、こちらの方なら、私はいささか地理にくわしいかも知れないという感じを持っている。

たとえばどの道がどこに通じ、掘割はどう走り、その寺は何町にあるかというようなこと、また深川の町のここここには、むかしは岡場所と呼ばれる歓楽街があって、また何々橋はどの掘割にかかっているというような要するにむかしの地理のことであるが、私が書く時代小説は、大体はこういうむかしの地理にしたがって物語をすすめるものなので、現在の江東区に不案内でも、小説を書くのにあまり不自由はしないのである。

そしてまた、旧深川の町町は現代にいたって面目を一新したといっても、江戸切絵図の世界と現在をむすぶ、いわゆる旧跡はあちこちに残っていて、江戸時代の町が、何もかも消えてなくなったということではむろんない。歴史は簡単に消滅するようなやわなものではなく、ところどころにさりげなく痕跡《こんせき》を残して、後世に在りし姿を伝えるもののようでもある。

もっともこんなふうに書いたところで、私が小説の中で深川を多く取り上げる理由を説明することには、少しもならない。また江戸時代の切絵図にしても、私の頭の中には深川と同じ程度に鮮明に、日本橋の周辺一帯の町々とか、下谷、浅草、本所などの絵図がおさまっているわけで、とくに深川の地理だけにくわしいというわけではない。

そこでこの稿では、それではなぜ、小説を書くときに、ほかの場所よりも深川に心を惹《ひ》かれるのかといった設問を中心に、それに答える形で「私の深川絵図」といったようなものを描き出してみたいと思う。

初めに海ありき

私を深川に惹きつけるひとつの風景は、その土地を縦横に走る掘割である。と言っても、たとえば現在の江東区の任意の場所に立っても、すぐに掘割が見えて来るとは限らない。ことに近年になって、くわしいことはわからないけれども、掘割の大半は埋立てられて道路に変ってしまった形跡があるようだし、それに加えてまわりの建物の背が高くなったりして、よけいに目に入らなくなっていることが考えられる。

もっともそういうことがなくとも、地上にいるわれわれが目にすることが出来るのは、つねに全体の一部でしかない。南米ペルーのナスカの地上絵が、そばに立つだけでは意味のある図形の一部とは思えないように、掘割の全体の布置というものは、飛行機かヘリコプターにでも乗らない限り、地上では見ることが出来ない。

そういう基本的な状況は、むかしもいまもそう大きく変ったわけではないだろうが、それでもむかしの深川の人びと、あるいは深川を訪れる人びとは、現在よりはもっとひんぱんに、歩いて行く先先で水路にぶつかり、またそこにかかっている橋を渡ったはずである。

そういう想像を搔《か》き立てるのはむかしの深川の切絵図で、その図面にはちょうど、はるかな上空からナスカの地上を見おろすと、そこに忽然《こつぜん》と、長さ数キロにもおよぶ巨大なハチドリや蜘蛛《くも》の図形がうかび上がるように、深川の町町の間を東西に走り、南北に走る水路の全体が記されている。

これらの、河川と呼ぶにはやや狭い水路が小名木川であり、仙台堀《せんだいぼり》であり、油堀であり、平野川、大島川、中の堀、亥《い》の堀川、黒江川などである。ほかにも仙台堀、油堀のつづきの水路の俗称である二十間川、十五間川、さらにはこういう水路をつなぐ無名の枝川などが、縦横に流れていたのが深川という土地であり、深川の人びとにとっては、これらの掘割は、ごく日常的な親しい風景として存在したに違いない。

河川と呼ぶにはやや狭いと書いたが、小名木川や元禄《げんろく》十二年（一六九九）に拡幅された仙台堀は川幅が二十間もあった。そうかと思うと、門前仲町とその南の蛤町《はまぐりちょう》の間にある水路は、幅三尺（約九十一センチ）の下水なのに蜆川《しじみがわ》という名前を持ち、その水路は潮が入って来て蜆がとれたのでそう呼ばれたという。

こうして眺《なが》めて来ると、深川にはほとんど水市の面影《おもかげ》があり、これにやや似ている土地と言えば地つづきの本所と対岸の日本橋周辺、築地《つきじ》ぐらいで、あとは江戸のどこをさがしても、深川のように水路が四通八達している場所は見出《みいだ》しがたい。水路を、ぜひとも深川の特色のひとつに数えたくなる理由である。

しかし深川は、はじめからそういう形で存在した土地ではなく、よく知られているように江戸時代になってから埋立てられて出来た新開地である。その以前は海岸の低湿地だった。大まかに言えば、利根川と荒川が大昔から吐き出しつづけて来た土砂の堆積《たいせき》、沖積層《ちゅうせきそう》の最南端がこの低湿地にあたり、葦《あし》が茂るこの低湿地帯は、潮が満ちれば隠れ、潮が退けば現われる干潟《ひがた》につながっていて、潮は時には葦原まで入りこんで来たことだろう。そしてさらにその先の海中には、永代島、新田島などがあったとされている。

これが深川誕生以前の海岸線の風景であり、日に照らされるのどかな遠浅の海の先に、さほど大きくはない島が点点と見える風景は、どことなく古事記の一節、「故《かれ》二柱の神天浮橋《あまのうきはし》に立たして、其《そ》の沼矛《ぬぼこ》を指し下《おろ》して畫《か》きたまへば、鹽《しほ》こをろこをろに畫《か》き鳴《な》して、引き上げたまふ時に、その矛の末《さき》より垂落《したた》る鹽、累積《つも》りて嶋《しま》と成《な》る、是《これ》淤《お》能《の》碁《ご》呂《ろ》嶋《しま》なり」といった文章を思い出させるようでもある。

また、うろおぼえの話だが、プロ野球の草創期のころに洲崎に球場があって、選手が外野を守っていると、海から上がって来た潮が球場に入りこみ、外野手の足もとが水びたしになったなどということがあったらしい。この逸話から、深川誕生以前の海岸線の葦原に、満潮の潮が上がって来る様子を想像することは容易で、深川は水路の町であると同時に、東京湾の海と接する土地でもある。埋立て以前のこの海岸線には、小魚が遊び、水鳥が棲《す》みつき、空には雁《かり》がわたっただろう。

いずれにしろ、徳川家康が天正十八年(一五九〇)に入国したころの深川は、まだ以上のような有様だったはずだが、この時代にもう低湿地帯の開発を目ざして、他国から移住して来た人びとがいた。すなわち摂津国から来た深川八郎右衛門《えもん》ほか六名で、諸書はその有様を『新編武蔵《むさし》風土記稿』の、「当所往古ハ海浜ノ萱原《かやはら》ニシテ人家モナカリシガ、深川八郎右衛門ト云《いふ》モノ、摂津国ヨリ東国ニ下リ、此地《このち》ニ埴生《はにふ》ノ小屋ヲ営ミ居《を》レリ」という文章をひいて説明している。

その場所は、現在の小名木川の北、竪川《たてかわ》の南で、深川八郎右衛門が本拠としたところは、深川元町だという説と、現在の森下町の附近だという説があるようである。その場所はどこにしても家康入国のころの墨田川東方の土地は、知行地として認められるほどの耕地があるのは寺島、小梅あたりまでで、その南の石原、本所はまだ未開の荒れ地だったらしい。深川八郎右衛門はさらにその先の、海が見える葦原に、粗末な家を立てて住んでいたわけである。

深川という地名は、そのころ鷹狩《たかがり》か何かでそのあたりに来た家康が、八郎右衛門を呼んで地名をたずねたところ、八郎右衛門がまだこのとおりの土地で、地名もありませんと答えたので、家康はそれでは八郎右衛門の姓を取って村の名前にしたらよかろうと言った。そこで開発されたそのあたりの土地を深川村と称《とな》えるようになったというのが通説だが、『岡場遊《ゆう》廓《かく》考』が伝えるように、「元和《げんな》寛永の比《ころ》は海原にして、少しの洲に漁師住居して、鯚(あるいは鱶《ふか》の誤記か）といふ鮫《さめ》をとりて産業とす、故《ゆゑ》に地名をふか川と云よし」などという愉快な説もある。

しかしこのふか川説は、やはり深川と海の関連の密接さを物語るものだろうし、また北部深川、小名木川南の海辺《うみべ》新田《しんでん》に次いで、墨田川沿いの比較的海抜が高く、かつ細長い干潟に住みついたのが八人の漁夫で、そのためにのちに佐賀町一、二丁目、黒江町、相川町、熊井《くまい》町《ちょう》、諸町、清住町、富吉町《とみよしちょう》、大島町となる町町は、はじめは猟師町と呼ばれた。

漁夫たちは、町の造成を許された代りに、キス、フッコ、セイゴなどの魚を月に三度、また随時に蜆や蛤を江戸城に上納し、また将軍が川筋に御成《おなり》の時には役船を勤めたという。

江東区史は、深川の開発を三期にわけ、第一期は慶長から元和まで、第二期は寛永から承応まで、第三期は明暦から幕末までとしている。この第一期の開発に相当するのが、小名木川以北の深川村、以南の海辺新田であり、猟師町の開発は第二期に属する。そして注目すべきなのは、同じ時期に永代島の周辺が埋立てられたことであろう。

永代島を埋立てたのは、永代寺の開祖長盛上人《ちょうせいしょうにん》で、長盛上人は自力で六万五百八坪を埋立て幕府に寄進し、その代りに新開地に富岡八幡宮と永代寺を建立《こんりゅう》する許可を得た。その結果、八幡宮と別当の永代寺、富岡門前仲町、富岡門前山本町、富岡門前町、富岡門前東仲町の門前町四町が出来たとされている。

以上が初期深川の姿であるが、ことわるまでもなくこれは半円弧状の造成地で、のちの深川の大部分は、まだこの半円弧が抱える海面下に沈んでいたわけである。つまり深川の開発というものは、本所と接する北部から順序よく南の方に埋立てられて来たわけではなく、島や干潟、浅瀬などの埋立てやすい場所から先に、築立てられ、波を防ぐ堤防工事を施されて農地化、あるいは宅地化されたものだった。

さきに猟師町の造成を許された漁夫たちが、冥加《みようが》として魚を献上し、役船を受け持ったことを記したが、ほかにこの漁夫たちの勤めとして、幕府の鳥見方役人の便宜をはかる役目も課されていた。ところどころに干潟が露出し、葦が茂る海岸線は水鳥の絶好の棲《す》み処《か》であったに違いなく、将軍の遊猟地巡視を役目とする御鳥見組頭支配の役人は、しじゅうそのあたりを見回って、水鳥の滞留状況を調べたものらしい。猟師町の漁夫たちは、例年八月から翌年三月までの間、毎日舟二艘《そう》を出して、鳥見方役人が永代島の浦浦から中川方面まで見回る便宜をはからったという。

くり返すようだが、そのころの深川はまだ大部分が海で、舟はこの土地と切りはなすことが出来ない交通手段だった。

ところで、時代が明暦になると、江戸の町町に注目すべき動きが現われた。町町が出すごみを永代浦に捨てさせる触れが出されたのである。「町中の者、川筋へはきだめのごみ捨て申すまじく候《そうろう》、舟にて遣わし、えいたい島へ捨て申すべく候、但《ただ》し夜は御法度《ごはっと》にて候間、昼ばかり捨て申すべく候事」という触れ書が出たのは明暦元年（一六五五）十一月で、夜捨てではいけないというのは、勝手に手近かな河川に捨てて川を汚す者がいたからだろう。

この触れ書の登場によって、永代島周辺の海に江戸府内のごみを持って行って捨てることが法律化され、のちにはごみ捨請負人が町町から船賃を取って、町の突き抜けと呼ばれる、荷揚場の河岸《かし》に出すごみを、塵芥舟《ごみぶね》で永代浦に捨てるようになった。

しかしこのような深川の海にごみを投棄するやり方は、はじめから埋立てを意図したものとは思われず、多分に膨張する江戸が吐き出すごみの処理に困った末の処置だったようである。ところが江戸が大都市化するにしたがって、墨田川東岸の本所、深川地区の開発は次第に重視されるようになり、ことに明暦三年の大火の後には、武家屋敷、寺院、町家の深川移転が積極的にすすめられるに至った。こうした事情は、大火はべつとして今日の東京湾埋立てとほとんど変りがないように思われる。

大火後の万治二年（一六五九）に、旗本の徳山《とくのやま》五兵衛、山崎四郎左衛門が本所奉行に任ぜられ、少しあとの寛文二年（一六六二）には、徳山らの肩書きは本所築地奉行に変っている。奉行の職務の中身は、宅地造成にともなう掘割の開削、石垣《いしがき》の築造、架橋、上水の疎通《そつう》などで、本所から小名木川以北の深川のあたりは、本格的な市街化がはかられることになったということだろう。

こうした状況の中で、深川の埋立ては次第に本格化して、元禄時代に入ると塵芥をもとに埋立てられた土地に、たくさんの町が開かれるに至った。木場の一帯からその西の冬木町、西永町、万年町など、この時代に開かれた町は十八町を数える。深川はようやく今日の江東区の原型ともいうべき町の形をととのえることになったわけである。

小名木《おなぎ》川のほとり

ここでもう一度深川の水路に目をもどして見ることにしよう。

小名木川は深川の掘割を代表する水路といってもよい存在だが、その掘削の時期は早くて、天正十八年に入国した家康が、日ならずして行徳《ぎょうとく》への舟道を掘削するように命じたのがそもその始まりだと言われている。墨田川河口にあたる江戸浦は浜の土が泥土《でいど》で、製塩ということが出来ないので、行徳の塩をはこぶ水路の確保をいそいだということらしい。

小名木川の掘削は、こういう事情から家康入国後間もなくして手がけた道三堀《どうさんぼり》の開削工事と同時期に行なわれたものという推定が一般的だが、そこからやや時代が下って、天正末年から慶長年間にかけて開削された水路という説もある。

またそれとはべつに、小名木川はその以前からそのあたりにあった渚《なぎさ》沿いの狭い水路を、拡張し掘り下げたものではないかという見方があって、この説では永正六年（一五〇九）にこのあたりを通って浦安の近くまで行った連歌師宗長の『東路の土産』の中の一文、「隅田《すみだ》川の河舟に乗じて下総《しもふさ》葛西《さい》の庄の河内を、半日ばかり蘆荻《ろてき》を分けつつ云々《うんぬん》」という文章を引いて水路があったことを主張している。この古い水路が小名木川の前身だったというのは、あり得ることだろう。

掘削にまつわるこの種の歴史的な事情は事情として、完成をみた小名木川が、その後行徳の塩のみならず、ひろく奥州《おうしゆう》、関東の物資を江戸城下にはこびこむ重要な水路になったこと、そしてこの掘削によって掻き上げられた土砂は、沿岸の深川村か海辺新田かの埋立てにさっそく使用されたに違いないということは、深川の水路というものを考える上で重要なことのように思われる。

ところで話は余談に亙《わた》るようだが、冒頭にも書いたように過日私は深川をたずね、その折にこの小名木川を航行する水上バスという船に乗った。

と言っても種を明かせば、この稿を書くにあたってなんということなく小名木川あたりを船で散策してみるのもいいのではなかろうか、それにはもってこいの水上バスがあるということになり、新潮社のS氏、K氏に同道してもらって出かけたのである。私はかねて隅田川を上下する水上バスに興味を持ち、一度は乗ってみたいものだなどと思っていたが、はからずもそれより先に、江東区を中心に周辺臨海部を航行する船に乗ることになったのだった。

過日と書いたが、メモをみるとそれは平成元年十月の下旬のことで、季節にしてはやや暑すぎるほどの上天気の日だった。時間のつごうもあって、出発点は亀戸《かめいど》乗船場にしてあった。JR総武線の錦糸町《きんしちよう》駅で電車を降り、駅の北口から錦糸公園のそばに出て公園ぞいにしばらく歩くと、やがて横十間川に突きあたる。川に架かっている錦糸橋を東にわたったところ、橋の南袂《たもと》が目ざす水上バスの乗船場で、その場所はきれいな小公園になっていた。そこに私たちと同じ時間の予約客らしい人びとが集まっているのも、橋の上から見えた。

乗船場を兼ねる小公園は、道路よりかなり低いところにある。私とK氏が坂道を降りて公園に入って行くと、そこで待ち合わせることにしていたS氏が立って来て、私たちを迎えた。間もなく私たちは到着した船に乗りこみ、小名木川がある南の方角にむかって出発したのだが、そのときの船が、いま手もとの案内にある二隻《せき》の水上バス、「こうとうりばー」、「かわなみ」のどちらだったのかはおぼえていない。どちらも紺色の塗りが基調の船体で、総トン数十九トン、速力十ノット、旅客定員七十名と変りないが、船の色彩と船型の一部が異っているようだ。

午前の早い時間だったせいか、そのときの乗客は十名ちょっとで、私たちをのぞくと、あとは小団体と思われる三十前後の女性客だけだった。小人数の乗客にもかかわらず、船の係員はきちょうめんに船の特色やら航路やら、川筋の歴史やらをアナウンスして、サービスしてくれた。

言い忘れそうになったが、この水上バスの船型は、文禄の朝鮮侵攻のときに、名将李舜臣《イスンシン》が用いて日本の水軍を撃破したと言われている亀船という戦闘艦を思わせるような堅牢《けんろう》かつ平べったいつくりで、といってもいわゆる亀型とは違うスマートで近代的な姿をしている。上部が平滑な屋根で、姿勢の低い特異な船型は、横十間川と小名木川に架かる沢山の橋の下をくぐる必要から生まれたものだろう。

低い橋の下をくぐって、船はやがて小名木川に出た。川幅はここで倍にひろがり、ひろびろとした眺望《ちょうぼう》が目に入って来る。川水は雨後のように黄濁していたが、ひところのような黒っぽい汚れは見あたらず、その水に昼近い時刻の秋の日射《ひざ》しがきらめき映っていた。

さきに述べたように、この川には関東は言うにおよばず、遠く奥州の一部からも江戸向けの物資を乗せた船が殺到した。奥州から船で江戸に物資をはこぶ場合は、太平洋岸を南下して直接江戸湾に入る航路を利用するのが一般的だったが、浦賀水道の難所を避けて常陸《ひたち》の那珂湊《かみなと》や下総の銚子《ちょうし》に荷をおろす船もかなりあった。それらの荷は着いた港でべつの船に積みかえられ、利根川を関宿まで遡《さかのぼ》ってそこから江戸川に入り、今度は逆に中野台、流山、松戸、市川、行徳と各河岸を南下して新川を通り、中川を横断して小名木川に入ったものだという。

こうして利根川から小名木川に回って来る奥州、関東諸国の船は総称して奥川筋の船と呼ばれたが、高梨輝憲《たかなしてるのり》著『江東区の歴史』には、奥州から銚子経由で小名木川に入って来る奥川筋の船は、弘化《こうか》年間（一八四四〜四八）には四百十四艘をかぞえたという記述がある。

明治になると小名木川沿岸の武家屋敷は民間に払い下げられて、そのあとに東京紡績、日本製粉、東京製氷、東京瓦斯《ガス》精製所、鈴木セメントといった大工場がぞくぞくと建ち、小名木川は、今度はこれら工場の材料、製品を搬入搬出する水路として、旧幕時代にも増して活発に利用されるようになった。細田隆善《りゅうぜん》著『江東区史跡散歩』は、大正十年三月六日の一日だけの小名木川航行船舶数二百十一隻、昭和三十一年に至っても、なお年間航行船舶数は千五百三隻だったという数字を挙げている。

おどろくべきことに、やはり大正ごろのことかと思われるが、小名木川には外輪式の蒸気客船まで通航していたという。両国を起点とする通運丸、日本橋蠣殻町《かきがらちょう》を起点とする銚子丸の二隻で、この二隻の蒸気船は旅客を乗せて関東各県まではこんだのである。

もともと小名木川には、成田参りの客を乗せて日本橋小網町から行徳河岸まで行く、通称行徳船があって明治の初期まで往復していたが、同じ客船でも外輪式の蒸気船となるとても行徳船の直系の子孫とは思えず、規模はともかく、アメリカのミュージカル映画「ショー・ボート」を思わせるハイカラな光景が見えて来るようである。

小名木川の掘削を命じた時の為政者が、後世のこのような航路の殷賑《いんしん》ぶりを見通していたかどうかはわからないが、少なくとも二十間（十八間ともいう）という川幅は、単に行徳の塩をはこぶ船を通すだけでなく、将来の関東各地の物資の輸送ぐらいはにらんでいたようにも思われる。そのあたりの構えの大きさが、すぐれた為政者の施策というものであろう。

そしてまた比較的短期間に、この川筋が通貫したらしいことは、小名木川以前にもともとそこにあった古い川筋を拡《ひろ》げ、かつ掘り下げたという説に信憑《しんぴょう》性をつけ加えるもののようでもある。幅二十間の川を、新規に隅田川から中川まで掘り下げるとしたら、これはやはり大工事だろうから。

しかし横十間川から小名木川に出て来た私たちが見ているのは、もちろん船舶輻湊《ふくそう》する光景ではない。目に入るのはいわばむかしの夢の跡で、水上には私たちが乗る船のほかには一隻の船影も見あたらなかった。かつて岸辺にならんだ大工場群は姿を消し、住宅団地とおぼしい近代的な建物が、日にかがやいて見えるばかりである。

工場群は移転し、陸上交通（車と道路）の急速な発達は、小名木川から物資輸送という役割を奪ってしまった。小名木川は使命を終え、同時にかつての栄光も失ったいささかさびしげな顔を、私たちの目にさらしているのだった。

私たちの水上バスは右折して扇橋閘門《こうもん》に入ると、そこでパナマ運河式に水位を調節され、今度は西側の閘門から出てふたたび動き出した。あふれるばかりの水を湛《たた》える水面がひろがり、両側の岸が低く見えた。これはむかしの船頭さんの目よりもずっと低い、積荷の位置、あるいは船の乗客の目の位置から見える景色だな、と思っているうちに、私はふと、むかし小名木川に若い娘の死体がうかぶ捕物小説を書いたことを思い出して、その小説にまつわることをK氏とS氏に話した。

私が話したのは、その死体は小名木川の万年橋と高橋《たかばし》の間、海辺大工町の対岸のあたりにただよっているのだが、書いているうちに小名木川の水がどちらに流れるのかがはっきりしなくて困ったというようなことだった。

私自身は中川口が入り口で万年橋口が小名木川の出口、水は隅田川にそそぐと考えているのだが、資料によっては逆のように書いている本もあり、また肝心の小名木川の水が、ちょっと見たぐらいではよたよたとたゆたうばかりで、一体どちらに流れているのかさっぱりわからないのである。

結局その小説では、高橋あたりから投げこまれた死体が、いったんは万年橋ぎわの川口近くまで流されるが、隅田川から潮が上がって来てふたたび上流に押しもどされ、人に発見されるという形をとった。

そんな話をしているうちにも、船の窓から見える水面の浮遊物は、私がむかし竪川あたりで取材したときと同じく、やはりよたよたとただよい、水がいったいどっちをむいて流れているのかは、いっこうにわからないのだった。

船が高橋乗船場に着いたところで、私たちはその日のみじかい船の旅を切り上げた。水上バスは、そのまま乗っていれば隅田川に出て東京港まで南下し、最終的には夢の島乗船場まで行くのだが、私たちはそこから白河一丁目の深川江戸資料館をたずねるので、いつまでも船に乗ってはいられない。

上陸するとたちまち、頭上から照りつける強い日射しにさらされたが、船の係員がはっきりした大きな声で乗船の礼を言うのが気持よかった。

高橋乗船場から資料館まではいくらの距離でもなくて、私たちは清澄《きよすみ》通りをしばらく南に歩いたあと、左折して旧区役所通りに入った。資料館はその先にあるのだが、歩いているうちに霊巌寺《れいがんじ》の前に出た。

霊巌寺は、深川切絵図をひろげるとひときわ大きく目につく寺院で、明暦の大火のあとに、隅田川対岸の霊巌島から引越して来た。寺地三万千五百余坪、学寮二十七、子院三十という深川一の大寺院だったが、いまはその面影《おもかげ》はない。境内に松平定信の墓、六地蔵の一体があるので、寄り道して拝観した。

深川江戸資料館は、同じ通りのそこからほんのひと足先のところにあった。展示室の内部は地下一階から地上二階、つごう三階分のゆったりとした吹き抜け空間になっていて、そこに江戸時代の深川の町町の商い店、裏長屋、白壁の土蔵、船宿などのたたずまいが再現され、さらに高い火の見櫓《やぐら》、掘割にうかぶ猪牙舟《ちょきぶね》まで配置されている綿密さで、江戸の町の一角をそのまま見る思いがする構成になっている。

商いと暮らしに使われた日用の道具類がキメ細かに収集、配置されていて、見て回っているると物売りの声が聞こえて来た。照明にも周到な工夫がみられ、その空間には江戸情緒がたっぷりと詰めこまれているのだった。

見ていて飽きない場所だったが、私たちはその階にある関連展示物を見てからやがて一階に上がり、そこでも展示物を見て外に出た。資料館は、区の出張所や小劇場が同居しているスマートなつくりの建物でもあった。私たちは来た道をふたたび清澄通りにもどり、その日の最終目的地である富岡八幡宮《とみおかはちまんぐう》にむかった。

縦横に走る水路

さて明暦元年にはじまった永代浦へのごみ投棄は、さきにも述べたように寛文二年ごろには、大体公儀指定のごみ捨て請負人の仕事と決まり、指定の業者が町町から賃銀を取ってごみを捨てることになった。

業者のごみ引き取りは、はじめのころは月に三度と定められたが、やがて出るごみの量は、月に三度の引き取りでは間にあわないほどに多くなったらしい。町の要望で、ごみは定日に限らず、溜《た》まり次第に塵芥舟《ごみぶね》が着く河岸、いわゆる町の突き抜けに出し、塵芥舟は随時これを永代浦に捨てに行くことになったのである。

おそらく公儀指定のごみ捨て請負人となった業者は、多くの塵芥舟を持っていたに違いない。その舟が町町のごみを積んで墨田川を横切り、永代浦周辺に捨てる仕事は、今日の東京都のゴミ収集車のように、やがてごく日常的な風景となり、ある場所は干潟《ひがた》であり、ある場所は遠浅の海である深川の海は、急速に埋立てられて行ったものと思われる。

江東区史によれば、永代浦のいわゆる入海干潟の地は十五万坪で、この場所は元禄十二年には本格的な埋立てに着手し、ごみ舟を通すためにまず熊井町《くまいちょう》から八幡前までに溝《みぞ》を掘った。そしてここからさらに幅六間（約十メートル）、長さ八百間ほどの新川を掘り、その先に小川、枝川二千間余を開削してごみ捨ての塵芥舟を通したことになっている。このときに開削された掘割の浚渫土《しゅんせつど》は、言うまでもなく埋立てに利用されたはずである。

明暦元年に永代浦へのごみ投棄がはじまってから、この場所の本格的な埋立てが行なわれる元禄十二年まで、四十数年の年月が経過しているわけで、猟師町が出来上がったころにはまだ遠浅の海面だった深川の海は、そのころには埋立てがさほど難工事ではない程度に、低湿地化がすすんでいたことも考えられる。埋立ての急速な進行はそういう状況を思わせるものでもある。

さきに埋立てが済んでいる海辺《うみべ》新田《しんでん》、猟師町の人々は、町から見える東南の海面に、長い間、多数の塵芥舟が現われて、右往左往する有様を見たはずである。そして何十年か経《た》って、海はいよいよ浅くなり干潟がふえて、かつての海はほとんど埋立てられ、その埋立て地の中に塵芥舟が通る水路だけが、日に光って見える光景に感慨を催したかも知れない。

物をはこぶための用水路という意味では、塵芥舟のために網の目のように設けられた水路は、のちの深川の水路の原型を成しているようにも思われるが、やがて埋立てが完了して、材木商をはじめとする商家、寺院、武家屋敷などが移転して来ると、掘割は手入れされて大幅に整備されることになる。

これが大体元禄十年代から宝永期（一七〇四〜一一）にかけての状況で、仙台堀《せんだいぼり》も油堀もこの時期に掘り下げられ、拡張されている。この拡張整備によって、仙台堀は元木場の町につながり、油堀は平野町、亀久町《かめひさちょう》、大和町など、総称して築地町《つきじちょう》と呼ばれた新開の十六町とつながることになり、物資と人が、縦横に水路を利用出来る形がととのったのである。

町の出現が水路の整備をうながし、水路の整備が町の発展を助けるという相互補完の形になったわけで、深川の町はこの時代から水路と切っても切れないかかわり合いを持つことになったと言ってもよいだろう。また小名木《おなぎ》川と本所竪川《ほんじょたてかわ》をむすぶ六間堀も、大体この時代、元禄末期の開発だという。

整備された水路には橋がかけられて、深川の町と町をむすぶと同時に、独特の風情《ふぜい》をこの土地にもたらすことになった。また元禄六年には新大橋が、同じく十一年には永代橋が出来上がって、府内と深川のむすびつきも深くなった。しかしおもしろいことに、深川の人びとは簡単には府内になじまず、のちのちまで府内に行くことを江戸に出ると言っていたらしい。しかし深川の住民のそういう意識とはかかわりなしに、深川の町町は発展をつづけ、この新興の町は、正徳三年（一七一三）には江戸町並地に加えられ、享保《きょうほう》四年（一七一九）に本所奉行が廃止されると正式に江戸町奉行の支配下に入った。

夜ごとの明かり

町を縫う水路、物をはこび、人をはこぶ舟の行き来は、深川の町町に水辺の町といった一種独特の風情をつけ加えていたに違いない。春の草花が咲き茨《いばら》の蔓《つる》がはう岸辺には、柳なども植えられたかも知れず、河岸の荷揚げ場や、船宿の舟着き場はしじゅうにぎわい、そのそばを時には燕《つばめ》が飛びすぎたろうし、また油堀の一直線の水路は、日暮れには江戸の町のむこうに落ちる日に赤赤と染まったかも知れない。

このようなむかしの深川についての想像は、たしかに創作意欲を刺戟《しげき》するものだが、これだけでただちに心惹《ひ》かれる小説世界がうかび上がって来るわけではない。この風景に、深川の岡場所のにぎわいというものを加えて、はじめてこの土地を舞台にした物語が、具体的に見えて来るように思うことがしばしばある。

もっとも岡場所のにぎわいは、必ずしも物語の中心である必要はない。小説によっては、単に物語の背景でしかないという場合もあって、それはべつにめずらしいことではない。しかしその場合でも、背景に門前仲町を中心にする岡場所を持って来ることで、物語がにわかに生彩を帯びて来るのはたしかで、岡場所があるとないとでは大違いということになろう。深川には、著名な場所だけでも七カ所の岡場所があり、それらはすべて富岡八幡宮前を中心に点在していた。

ところで岡場所ということですぐに気づくことは、深川に限らず、本所の弁天、回向院《えこういん》前、根津の山内、あるいは何々門前といったぐあいに、遊所が神社、仏閣のそばに、附属するもののように発達していることである。

考えられる理由のひとつは、参詣人《さんけいにん》をあてこんで門前にひらかれた茶店が、自然発生的な経過をたどって、そこで働らく女たちを遊女とする、のちの水茶屋、料理茶屋に変化して行ったということであろう。江東区史によると、八幡宮別当の永代寺から、門前に町屋をつくって、そこから神社、寺院の経営費として、土地使用料を取り立てることの許可願いが幕府に提出されているようで、門前町ににぎわいをもたらす岡場所の発展には、神社、寺院の意向にも沿うものがあったようだ。

元来日本の神神は、性をタブー視するキリスト教とは違い、陰陽の合一に五穀豊穣《ほうじょう》のイメージをかさねて見て来たわけで、岡場所のにぎわいは神仏の心に障るところはひとつもないと言ってもいいだろう。

うろおぼえの知識だが、そういう土地の岡場所化には、参詣への精進落としの建前がふくまれていた気配もあるようだ。

私の郷里である山形県の庄内《しょうない》平野の村には、月山《がっさん》、鳥海山を霊山として、月山を上の御山、鳥海山を下の御山と呼び、毎年交代に村の代表が登山参拝して来る風習があった。下の御山である鳥海山の場合は、単独の登山になるが、上の御山の月山に登る場合は、二日がかりで湯殿山、月山、羽黒山を駆けて帰って来る。

そして村では、この村代表の参詣人である数人の男たちが無事に帰って来ると、神社の長床に寄りあつまって、「はばき脱ぎ」の酒宴をひらくものであった。はばきは脛巾で、のちの脚絆《きゃはん》のことであり、そこで霊山参りの旅支度を解くという意味だったのだろう。こういう風習には、単に登山参拝の苦労をいたわるというだけでなく、精進潔斎して霊地を旅し、神と接触して来た者を人間世界にもどす精進落としの意味もあったように思われる。

この「はばき脱ぎ」は、神社の長床で酒を飲むといったつつましいものばかりとは限らず、しばしば料理屋に上がって芸者を呼ぶというような、かなり大がかりな酒宴になることもあったように記憶する。

なぜこんなことをくだくだしく書くかというと、深川と江戸随一の遊所吉原《よしわら》との比較が念頭にあるからである。吉原は官許の遊里であるが、きわめて人工的な場所でもあった。そこで遊ぶためにはさまざまな手順をふむ必要があり、この手順に不案内な遊客は野暮として嘲《ちょう》笑《しょう》された。そしてその煩瑣《はんさ》な手つづきに、吉原では格式という位をあたえ、客もまた格式の高い遊びに満足したと言ってよいだろう。

しかし格式などというものは虚だという見方もあったに違いない。また煩瑣な一連の手つづきをふむことに、神秘なヴェールを一枚ずつ剝《は》がすたのしみがないとは言えないだろうが、やがてそういう遊びに飽きる遊客もいたかも知れない。そういう客には、厄介《やっかい》な手つづきなしに男をたのしませる深川の岡場所が好ましく見えたとしても不思議はないだろう。

寺門静軒《てらかどせいけん》の『江戸繁昌記《はんじょうき》』は、深川の岡場所では、客が女を外に連れ出すことが出来たということを、まず吉原との大きな相違点として挙げる。深川の岡場所では、客は洲崎《すさき》の初日の出や亀戸《かめいど》の梅、あるいは墨田川の雪見、両国の納涼などに妓を連れ出すことが出来た。吉原ではことにきびしく禁じられている一項で、このある程度の自由さを深川の特色として挙げたのは当を得た見方だろう。

ついでに言えば、深川には送り舟、迎い舟というならわしがあって、近くの船宿に馴染《なじ》みの客が来ているという知らせをうけると、妓や芸者は茶屋から舟で迎えに行ったという。たとえ茶屋から監視の男衆が一緒に行くにしても、深川の岡場所には、妓をきびしく囲いこんだ吉原とは異る遊興観というか、経営の方向というか、そういうものがあったように思われる。

この吉原と深川の相違点は、当時の人々にも興味があったらしく、寺門静軒はさきに挙げた相違点につづけて、吉原では器量を重く見て威厳ということを尊重し、妓の衣裳《いしょう》、化粧も濃厚である。深川は器量よりも芸と粋《いき》ということを重んじ、衣裳、化粧ともに淡白であると述べているし、洒落本《しゃれぼん》の『辰巳之園《たつみのその》』にも、吉原の方では、吉原の位あって静かなる遊びを知らずに深川の素人《しろうと》くさい娘ふうを喜んでいると深川の客をけなし、また深川は深川で、この土地の遊びのわっさりした楽しさを、吉原好みは知らないとあざ笑った様子が書かれている。わっさりというのは形式ばらないあっさりしたというぐらいの意味だろう。

たしかに、どんなに格式を重んじたところで、遊里は所詮《しょせん》色を売買する場所である。吉原は、その色を高い値をつけて売るために、器である廓《くるわ》もしきたりも、また妓そのものもきびしく規制を加え、磨《みが》き上げた場所だった。そこは精進落としといった人間的な意味も、自然発生的な発展もない、色の売買のために、きわめて計画的に人工的につくられた町だったろう。しかしたかが遊びなのに、客まで規制してしまう仕組みは、程度の差はあれ、窮屈と感じる客がいても少しも不思議ではない。

深川の岡場所が、吉原に劣らないにぎわいをみた理由は、吉原とは逆の、格式ばらないところがうけたに相違ないのである。

深川の客は武家は少なく、日本橋周辺の大店《おおだな》の子弟とか、番頭、手代といった商家の人間が多かったという。日本橋から吉原に行くには、舟で行くにしろ駕籠《かご》を雇うにしろ、かなりの遠路だが、深川は大川を舟で横切ればたちまちに着く場所である。便利でもあるが、その身近さも男の遊びごころをそそるものだったろうと思われる。

また深川の町町が発展するにつれて、諸国から米や木材などの物資をはこぶ船がひんぱんに深川の河岸に着き、荷につきそう商人、あるいは船頭なども深川の岡場所の上客だったようである。

ところでさきに主な岡場所は七カ所と書いたが、この七カ所を江東区史は仲町、新地（大新地、小新地）、土橋、櫓下（表櫓、裏櫓）、裾継《すそつぎ》、石場（古石場、新石場）、佃町《つくだちょう》の七カ所と数え、朝倉無声、花咲一男構成の『雑俳川柳・江戸岡場所図絵』は仲町、新地、表裏櫓、裾継、新石場、古石場、アヒルの七カ所としている。「図絵」が土橋を入れていないのは、初期は仲町と肩をならべるにぎわいをみせた土橋だが、寛政の改革以後次第にさびれて、天保《てんぽう》四年（一八三三）には廃絶してしまったためかと思われる。場所は東仲町だった。なお佃町とアヒルは同じ場所である。

ほかの場所もついでに言うと、表櫓、裏櫓、裾継は門前仲町の隣、門前山本町の内にふくまれ、大新地、小新地は越中島の隅《すみ》で、大川の河口に面している場所、古石場、新石場は越中島の隣になる。

越中島は墨田川の河口に出来た川洲で、次第に島の形を成して来たので、徳川将軍家は久《く》能山《のうざん》の警衛を家の役目としている旗本榊原《さかきばら》越中守《えつちゆうのかみ》に、別邸用地として賜った。明暦、万治のころだという。しかし越中島と呼ばれたその河口島は、その後波風に洗われて次第に土地が崩れ落ち、別邸どころではなくなったので、榊原はその土地を幕府に返上し、跡地は石置き場になったという曰《いわ》くつきの場所である。しかし元禄のころには、大川の浚《さら》い土で埋立てられ、町が出来た。

また佃町のアヒルについては諸説があり、上総《かずさ》畔蒜《あひる》郡の漁師が移住した場所だからとか、船頭言葉に二百文をガアということがあり、ここの娼家《しょうか》の泊り代が四百文でガアガア、つまり家鴨《あひる》の名称が生まれたとも言う。

これだけの繁華な花街が、門前仲町を中心とする一帯に散らばっていたというのは、かなりの壮観だったのではあるまいか。江戸時代の夜の明るさというものを、現代の夜景とくらべることは出来ないけれども、たとえば吉原に不夜城の異名があるように、遊所の夜の灯《ひ》の明るさは人の目をおどろかしたはずである。

暗い大川を横切って深川の掘割に舟を乗り入れる遊客は、やがて前方に夜気に映える遊所の灯明かりを見て、胸をおどらせたかも知れない。深川の妓は呼び出し、伏せ玉、芸妓の区別があり、船宿まで迎えに出たり、また送り舟と称して帰る客を船宿まで送ったりしたのは、料理茶屋に出かけて客を遊ばせる呼び出し、芸妓だったかも知れないが、いずれにしろそこには吉原にはない、比較的自由な遊びの雰囲気《ふんいき》があるように思われる。

岡場所通いの舟は、大川から油堀（佐賀町の下ノ橋下）に入り、富岡橋あたりから南下して八幡宮の西横の掘割に舟を着けたと江東区史は記述している。船着き場を上がれば、そこは櫓下で深川の岡場所の中心地だったわけである。岡場所の明かりもさることながら、掘割を往復する舟の明かりも、華やかな一風景だったろう。帰る客を送る「送り舟」には、芸者・太鼓持ちが同乗し、送りましょかえ、送られましょか、せめてあの家の岸までもと唄《うた》ったものだそうだ。

もちろん舟の客だけでなく駕籠の客もあったろうし、あるいは近い町の船宿まで来て、そこから歩いて深川の遊所に入る客もいただろう。そういう客にとっては、夜空にそびえる一の鳥居と、その鳥居のむこう側にひろがって灯火をつらねる町の明るみは、やはり心を動かされる夜景だったに違いない。

深川の羽織芸者というのは、よそに例を見ない独特の風俗だったようだが、ここの芸者の芸は本物で、伝承によればよし町《ちょう》新道《しんみち》の菊弥《きくや》という芸者が、あまりに美声すぎて朋輩《ほうばい》にそねまれ、八幡宮門前に移って来て三味線を教えたのがはじまりと言われているようである。おそらく深川芸者は、三味線も踊りも歌も修業はことにきびしかったものだろう。

さきに深川が吉原に劣らずにぎわったのは、格式ばらなかったからだろうと書いたが、深川の岡場所は吉原の格式にある程度の自由な空気で対抗し、長い伝統に対しては芸で対抗したと言ってもよいかも知れない。これにもうひとつつけ加えるなら、深川には新開地の気取らない気分があっただろう。町町は発展して独自の商業地の風格をまといはじめていたが、深川はまだ、しじゅうどこかが埋立てられている土地でもあった。こういう土地には、変に重苦しい伝統とかしきたりとかは不似合いで、人心もからっとしていたことが考えられる。

それらをまとめて言えば、吉原にはない別の魅力、あえて言えば対蹠《たいせき》的な魅力を、深川の岡場所はそなえていたということになるだろう。

しかし建前から言えば、公許の遊廓《ゆうかく》は吉原一カ所だけで、深川をはじめとする江戸各町の岡場所は幕府の法の外のものだった。それで時どき役人の手入れがあって、これを「けいどう」と呼んだらしい。つかまった妓たちは吉原に送られ、吉原五町はこれをクジ引きで分け、さらに各町で入札を行なってそれぞれの娼家に引き取った。引き取られた妓は、そこで三年無給の年季を勤めるのが決まりであったという。

妓本人の処分はそういうものだったが、ほかに妓の抱え主やら地主、さらには請人《うけにん》、家主、五人組、名主に至るまで一斉《いっせい》に処罰を喰《く》ったというから、岡場所も危い橋を渡っていたのである。そしてこの「けいどう」の裏には、吉原の意向というか、深川の繁昌に対する嫉視《しっし》があったというのが定説のようだが、しかし吉原遊廓は、公許と引きかえに多額の冥加金《みょうがきん》を納めているので、深川の闇《やみ》営業に腹を立てて役人をつついたという一面もあったであろう。

しかし岡場所の取締まりがきびしかったのは元禄《げんろく》ごろまでで、享保以後は比較的ゆるやかになり、まれに一定期間の営業禁止の処分なども行なわれたが、「けいどう」も形式化する傾向があったという。しかしその後、岡場所を本気で弾圧し廃絶しようとした時代が二度あって、一度目は松平定信がすすめた寛政の改革、二度目は水野忠邦《ただくに》が主導した天保の改革のときである。

この無粋な改革命令は、後の方の天保の改革の時の方が徹底していて、全江戸の岡場所が大打撃を受けた。しかし岡場所はさびれはしたものの根絶には至らず、法にしたがって料理茶屋営業だけを行なうような体裁をつくって許可を受け、裏で色を売るような方法で生きのびたらしい。そして幕末には往年の繁栄を取りもどした。

深川の岡場所は徒花《あだばな》の世界である。男たちにいっときの夢をあたえるだけで、種子を結ぶようなものではなかったろう。しかし辰巳《たつみ》の一郭に、夜ごときらびやかに灯をともしてざわめく場所があることは、深川という土地を人間くさく、懐《なつか》しいものに思わせなかっただろうか。

海隣りの町

ここでもう一度江戸切絵図をひろげて見ると、門前仲町の東、木場と入船町の南に不思議な空白がある。

嘉永《かえい》版の深川絵図は、この空白地帯に、此辺《このへん》一円洲崎と唱《とな》うと記して「深川久右衛門町《きゅうえもんちょう》一丁目二丁目とこれ有候《そうろう》ところ、寛政六年寅年《とらどし》に御買上げに相成り、家作取払い」という意味の添書がしてある。そしてこの空地の奥のところに、弁財天、吉祥寺《きちじょうじ》の境内地が書きこまれている。いわゆる洲崎の弁財天がこれで、吉祥寺はその別当である。

深川区史によると、この洲崎という名称は埋立て地の先端の海浜を意味するものだそうで、区史は戸田茂睡《もすい》の『紫の一本』をひいて、門前仲町も町のはじまりのころは一の鳥居の内側、茶屋がならぶあたりを洲崎町の茶屋と称したことを記述している。その当時は、永代島の門前仲町が、海に突き出した深川最先端の浜だったわけである。

しかしその後、埋立ては東にも南にものびて、洲崎はずっと東南の方に移ってそこに弁財天社が祀《まつ》られることになった。この土地を埋立てたのは元禄の初期で、出来上がった東西二百八十五間余、南北三十間余の細長い町は洲崎の原と呼ばれたという。ここに弁財天社が出来、元禄十三年には門前の家作が許可された。そして三年後の元禄十六年には、名主久右衛門が弁財天社前の土地を買いうけ、町づくりに着手した。こうして出来上がったのが久右衛門町一丁目、二丁目で、間もなく商家が軒をならべてなかなか繁昌した町だったという。

しかし寛政三年（一七九一）の九月四日に、前夜からの大雨と南風による海面が高潮となって洲崎を襲い、建物も人も海に呑《の》みこまれてしまった。久右衛門町、弁財天門前の町屋だけでなく、潮は入船町まで這《は》いのぼり、多数の死者が出た。弁財天の拝殿と別当所も流されたという。そこで幕府は、家屋の残りを取り払って、洲崎に町をつくることを禁じた。それが深川絵図の細長い空地である。

江戸名所図会《ずえ》で見ると、弁財天社の境内はただちに海に隣り合っていて、地盛りはさほど高いとも見えない。境内の中には、一段石垣《いしがき》を高く積んだところに弁財天社、その奥に別当の増福院吉祥寺の屋根が見え、門の近くに料理屋らしき店、海ぎわに葭簀《よしず》張りの茶店などがある。しかし、門の外は土堤《どて》の内側に雑草が茂る空地で、そこに波除碑《なみよけひ》が立ち、さびれた風景というしかない。

だが元禄十三年に、弁財天社に江戸城紅葉山から弁財天像を移してから寛政までのほぼ九十年間は、洲崎は海にのぞむ景勝の地として江戸市民の人気をあつめた土地だった。門前には料亭、大小の茶屋がならび、ことに升屋《ますや》という料亭は庭に数寄屋《すきや》づくりの小亭や、蹴鞠《けまり》場などもあって諸藩の留守居役、豪商の接待などに利用されたという。月見によく、初日の出を拝むによく、遠浅の海は潮干狩にも適して、近くの岡場所の客が妓を連れて訪れる場所でもあった。

　明和、安永、天明のころは、洲崎繁栄の絶頂期だったという。しかし寛政の高波襲来で弁財天社を残してあとはもとの洲崎の原にもどった。もっとも、さびれたといっても吉祥寺門前といった一部の町屋は残ったらしい。


　この土地に、明治になってから不思議な方角から光があたることになった。明治十九年（一八八六）に、東京府は洲崎弁財天社の東の海面七万坪の埋立てを開始した。埋立てには永代橋下流、幸橋と新橋間の堀《ほり》、数寄屋橋の下流、大横川などの河川、掘割を掘り下げて得た土砂を使い、工事には石川島監獄の囚人が使役されたという。

　埋立ては翌二十年にはほぼ完成し、新しく生まれた土地は洲崎弁天町と呼ばれることになった。埋立て地はまた東の海にのびて、そこが新しい洲崎になったのである。そして取払いが決まっていた根津遊廓が、ここに移転して来た。すなわち戦前の洲崎遊廓、戦後の洲崎パラダイスがこれである。光があたったと言ったが、それはずいぶん屈折した光と言うべきかも知れない。

　新しい洲崎の埋立てはそのあともつづき、着手して三年目の明治二十一年に全体の工事が終って、洲崎弁天町一丁目、二丁目となった。

　永井荷風は洲崎遊廓をひいきにしたが、昭和十年ごろには洲崎から足が遠のき、翌年の春ごろからは玉の井に通うようになったという。荷風の初期の作品『夢の女』（明治二十六年・

新声社刊）に、洲崎遊廓の一風景が出て来るので、よく引用される文章だが抜き書きしてみよう。ヒロインのお浪が、廓《くるわ》の庭から芝山を上がって堤防に立つ場面である。

「築上げたセメントの堤防の上に佇《たたず》んで見ると、宛然《まるで》春の様に長閑《のどけ》く晴渡つた青空の下に、丁度今、広々した東京湾は近い部分だけ干潟《ひがた》になつて、不規則な麁朶《そだ》の集り、乱雑な棒杭《ぼうくひ》なぞを現した黒い泥《どろ》の上に、無数の白い鷗《かもめ》が、日の光に光沢《つや》ある翼を翻《ひるが》へしながら、恰《あたか》も花の散る如《ごと》く餌《えば》を漁《あさ》りに飛集つて居る。左の方には遠く房総の山脈が棚曳《たなび》く霞《かすみ》の様に藍色《あゐいろ》に横《よこた》はり、右の方には近く埋地の上に建てられた小い人家の屋根を越して、深川の沿岸から芝浦あたりまで数へ尽されぬ製造所の烟突《えんとつ》が、各《おのおの》真黒な煤烟《ばいえん》を風柔かき空に漂はして居る」

つづいて芝木好子著『洲崎パラダイス』（昭和三十一年・講談社刊）所収の短篇「洲崎パラダイス」（昭和二十九年十月、中央公論）から一節を引いてみる。

「特飲街の入口の橋に、遊廓時代の大門の代りのアーチがあって、『洲崎パラダイス』と横に書いたネオンが、灯をつけた。アーチから真直《まつすぐ》に伸びた大通りは突当りが堤防で、右は辨《べん》天《てん》町一丁目、左は二丁目、ぐるりが水で囲まれた別世界になつてゐる」

　突きあたりに見える堤防は、あるいは『夢の女』のお浪が佇んだ堤防であろうか。

　深川は掘割の町であるが、また海辺の町でもある。その海は絶えず埋立てられて、その先端部はむかしは洲崎と呼ばれ、いまはウォーター・フロントと呼ばれる。そしてそこはいつも、潮の匂《にお》いがする新開地である。そしてまた、そこにはいまも新しい水路と新しい水辺風景が誕生しつつあるように見える。

小名木《おなぎ》川の水上バスのことを書いて、そのときの最終訪問地である富岡八幡宮《とみおかはちまんぐう》を書かないのは片手落ちのようでもある。そこで簡単に一日の深川散策の結末を記して、この稿をしめくくることにしよう。

白河一丁目で深川江戸資料館を見たあと、私たちは途中のそば屋に立ちより、やや遅い昼食をとった。そして少し休んだあとで車に乗ったのだが、その車はあっという間に富岡八幡宮の横に着いた。

八幡宮の社殿は、さすがにむかしをしのばせる規模で、木立を背負って、高い屋根が見る者を圧迫するようにそびえている。といっても、むかしの社殿はたび重なる災害で焼失し、いま建っているのは昭和三十二年に完成した、鉄筋コンクリートづくりの社殿である。味気ないといえば味気ないがこれも時代で、それでも往時をしのぶことは出来る。

その境内で、思いがけなくおもしろいものを見た。社殿にむかって左手になるところに資料館があり、何の資料館とも見当がつかないままに社務所の若い青年に鍵《かぎ》をあけてもらったのだが、ふだんさほどに参観人で混《こ》むとも見えないその資料館が、古い時代の漁網や船具など、漁業関係の道具の宝庫だったのである。

展示物は、深川がかつては海や掘割と切っても切れない暮らしのつながりを持つ土地柄《がら》だったことを物語って、非常に興味深いものだった。ほかにも江戸期から明治、大正といった時代の物と思われる生活用具も多数そろっていて、私たちは思いがけない眼福にめぐまれたのである。ついでに言うと、私たちの質問に答える案内の青年の説明が、要点をはずさずしかも大変簡潔で気持がよかった。

資料館を出た私たちは、今度は社殿の横手に回った。そこに建っている横綱力士碑は重さ六千貫（二十二トン）という巨大なもので、その碑と新しい横綱碑に刻まれた歴代横綱の名前は、相撲好きの人には大いにたのしめよう。境内に横綱力士碑とか、力石とかがあるのは、この八幡宮境内で江戸時代初期の貞享《じょうきょう》元年からおよそ百三十年間にわたって、江戸大相撲が興行されたことに因《ちな》むものである。

その力士碑から、また少し奥に歩いて境内を東に出たところに、八幡橋という真赤な塗りの、しかし形はやや無骨な感じがする小さな橋がある。橋の下はむかしは油堀の枝川だったところだが、いまは埋立てられていた。この橋が一見の価値がある橋なのである。

八幡橋は、明治十一年に中央区の楓川《かえでがわ》に架けられた都内最古の鋳鉄橋で、造ったのは時の工部省赤羽製作所。当時は弾正橋《だんじょう》と呼ばれたが、昭和四年に現在地に引越して来て、名前も八幡橋と変った。国の重要文化財に指定されているが、この橋は近年、建築工学関係だったか、学会か協会かの外国の権威ある賞をもらってまた話題になった。

橋を見てから八幡宮の裏手の道を反対側に歩き、深川不動堂に回る。といってもこのあたり一帯はむかしの八幡宮の境内だったはずである。深川のお不動さまで著名な不動堂は、いわば成田山新勝寺の出張所だが、歴史は古くて、元禄十六年に成田山の不動さまが八幡宮の別当永代寺に出開帳したのがはじまりだという。境内はかなり人が混んでいた。

深川散策をそこで切り上げ、私たちは表通り、私の小説によく出て来る馬場通りに出て喫茶店に入った。いささかの疲れを医《いや》してからやがて帰途についたのだが、すぐそばの駅から地下鉄東西線の電車に乗りこんだものの、私は閉所恐怖症で、たとえひと駅でも一人では地下鉄に乗っていられない。そのことを知っているK氏、S氏が、会社がある神楽坂《かぐらさか》駅で降りるところを、ふた駅乗り越して高田馬場駅まで送ってくれた。
そこから電車とバスを乗り継いで練馬の家に帰りつくと、ちょうど秋の日が暮れるところだった。

（とんぼの本『深川江戸散歩』平成2年7月新潮社刊）

3

歩きはじめて

もの書きにとってあたり前すぎる話だが、とに角時間が欲しい。私の場合、書くということと時間的余裕を持つということは全くのシノニムである。

宮仕えの身分なので、原稿書きはもっぱら日曜日である。つまり厳密には一カ月に四日である。駈《か》け出しにふさわしく、ウィークデイもしゃにむに書くべきだが、諸般の事情からなかなかできない。たとえば片道一時間四十分などという通勤時間も、適度にヤル気を殺《そ》ぐのである。

で、日曜日の朝机を持ち出す。すると小学校四年の娘が、心得たふうに座ぶとんを二枚重ねて持ってくる。妻がやはり心得たふうに茶道具一式を置いて引き下る。やや高めの座ぶとん二枚の上に面白くもない顔で乗ると、なにやら牢名主《ろうなぬし》のような気分がしないでもない。これは必ずしも恰好《かっこう》の比喩《ひゆ》ばかりでなく、この時から私は、確かに見えない牢格子《ごうし》のようなものに囲まれるのである。坐《すわ》れば、あとは書くだけである。読むひまはない。一分一秒を惜しんで書く。

だから資料は大部分電車の中で読む。年期の入った勤め人であるから、車内はわが家同様、没頭するのに何の支障もない。それで乗り越すこともないのは、よほど通勤ズレしている証拠である。もちろん、それで足りるわけはない。いつも不十分な感じで、私は常にその不十分を恐れ、恥じているが目下のところ止《や》むを得ない。しかし止むを得ないで済まないものもある。

四月頃《ごろ》かと思うが、日本橋の東急でアウシュビッツ展をみた。その中の一個の旅行鞄《かばん》に、私は激しい衝撃をうけた。鞄には白いペンキで住所と名前が書いてあった。プラーグ・ペイトンストリート一二、クルト・モルゲン。記憶を辿《たど》るとそうなるが、この記憶は正確とは言い難い。鞄は恐らく収容所に連行されたプラーグ、いまのプラハの市民クルト・M氏（仮りに）の所有物である。記憶の中の名前同様、そのプラーグの一市民の人物像は、曖昧《あいまい》で把《と》ら え難い。しかし私はそこにある鞄に、それを提げる青白く血管が浮いた手を感じ、僅《わず》かに開いた鞄の中に、歴史が詰め込まれているのをみた。

そこにあったことを確実に証《あか》しする、無骨に大きい、その黒い旅行鞄のようなもの。ものを書く以上、これを避けて通るわけにはいかない。このことは、ものを書くことと同じ重さで私の中にある。ものを書くという仕事が、成り立つかどうかがかかわっているように思う。

江戸時代を書くとき、従って地理も出来る限り調べる。外を歩く商売だから、案外それが出来る。この手で、浅草橋裏に、目ざす昔の茅町《かやちよう》の銀杏八幡《いちようはちまん》を見つけたときは感激した。東京は、むしろ昔の江戸の区画が思ったよりも残っていて、驚くことが多い。

さて日曜日。一分を争って書くといったが、それは建前で、その気分と作品に入って行くこととは別である。やたらにタバコを喫《す》い、お茶を飲み、思い出して足の爪《つめ》を剪《き》り、ついでに安全剃刀《かみそり》の刃で、丹念に足の裏の魚の眼《うおのめ》を削る。削りすぎたところに赤チンを塗る。突如として玄関に出て、息を切らして体操をやる。部屋に帰って、呆然《ぼうぜん》と原稿用紙を眺《なが》め、鼻毛を抜く。ついに座ぶとんを二つつないでひっくり返る。このあたり何に似ているかといえば、やはり狂人に似ているだろう。しかもなみの狂人より、よほど動きがマメである。

切なくなって、大きな声で唸《うな》ったりすると、茶の間で妻と娘がクスクス笑う気配がする。そこに大きな魔女がひそんでいる趣きがないでもない。長すぎる助走のあとに、漸《ようや》く建前と実際が一致する時間がやってくる。これが午後二時頃。朝から午後の二時まで、何をやっていたかと言われても答えようがない。われながら不可解である。八月から勤め先が隔週五日制になる。一挙に執筆時間五割増。目下それが頼みの綱である。

（「噂」昭和47年8月号）

夏休み

随筆のテーマが夏休みだと聞いたとき、一瞬浮き浮きした気分が心を掠《かす》め、次には何となくうら哀《がな》しい感じがそれにとってかわったのは奇妙だった。

つまりは満たされるあてのない、私の中の夏休み願望が突然に刺戟《しげき》され、だがすぐに雑誌「噂」は、夏休みについて何か書けと言ったので、べつに夏休みをくれようというわけでない現実にたち返ったということだろう。

冷房のきいたビルで取材を済ませ、外に出ると頭のテッペンから日に焼かれ、今度は喫茶店に入ると、そこは冷房がきき過ぎていて顫《ふる》えあがる。つまり万遍なく躰《からだ》を冷やしたり、温めたりして日を過ごす真夏になると、社内で誰かが必ず「夏休み、とらにゃあな」と言い出す。するとあたりが何となく殺気立ち「海へ行くぞ。今年こそぜったい休むぞ」などと喚《わめ》いたりする。それでいて誰かが夏休みをとり、バッチリ海に行ってきた、などということを聞いたことがない。

仕事に追いまくられ、躰を温めたり、冷やしたりして一日一日が過ぎ、ある日気がつくと、尻《しり》のあたりを通り過ぎた風が、なんともひんやりした秋風だったというぐあいである。中小企業の悲哀である。

いまのところ夏休みとの関係は、小学校に行っている子供が、いやに張り切って家を出たり入ったりし、大勢の友だちを連れてきたりするので、ああ夏休みになったな、と思う程度のものに過ぎない。光に彩《いろど》られた私の夏休みは、記憶の中にあるだけである。

子供の頃の私は、勉強好きだった筈《はず》はないが、格別学校を嫌《きら》った覚えもない。つまりは平凡な小学生、そう思ってきた。だが子供の頃の記憶を辿っている時に、不意にその考えがぐらつくことがある。案外私は学校嫌い、勉強嫌いでなかったかと思われる節があるのである。

というのは、学校での記憶となると意外に乏しく、内容また甚《はなはだ》しく生彩を欠くのである。それに反し、夏休みの思い出などということになると、記憶は俄然《がぜん》生彩を帯び、巨細《こさい》洩れることなく、風景などはカラー写真をみるようで、いまも色彩鮮明である。

朝起きれば先《ま》ず、穴を出ようとする蟬《せみ》の親を探さなければならないし、木陰にいるやんまも、夜露で翅《はね》が濡《ぬ》れているうちに獲《と》らねばならない。九時過ぎから夕方までは、途中昼飯で家に戻るほかは、一日中家のそばの川で泳いだ。そのあい間に、東の畑にトマトが熟れていれば、遠征して盗み喰《ぐ》いしなければならないし、西に桑の実が喰《た》べごろと聞けば、取るものも取りあえず駈けつけねばならない。実にいそがしかったのである。

どうも子供の頃は、来る日も来る日も、要するに遊び呆《ほう》けていたに違いないのである。

若い頃私は、二年間だったが郷里の中学校教師をした。学校の教師になろうと思った動機の何分の一かは、教師には夏休み、冬休みがあるということだったことを白状するのは辛《つら》い。なにしろこの間、東京に住む教え子、教え子といってもひとりは弁護士で、ひとりは某社の営業課長であるが、この二人に銀座でもてなされ、先生先生と奉《たてまつ》られたばかりである。

だが動機が不純だったせいか、教師一年目の夏に、一週間ほど一人で海に行っただけで、あとは研修だ、講習会だと、夏休み冬休みもつぶれた。パーであった。

この頃から、豊饒《ほうじょう》な光に彩られた夏休みは急速に遠ざかり、単なる記憶と願望だけのものになってしまった。幻に似て、ツチノコ然と私の中に棲《す》みついているだけである。

そしてそれを言うのは、実はうっとうしいのだが、勤めを持ち、家を持ち、妻子を持ち、つまり浮世のしがらみでわが身を縛ったその時に、私の夏休みは多分終ったのである。

（「噂」昭和48年8月号）

役に立つ言葉

ロバート・トレイヴァーというひとが書いた小説『裁判』（井上勇訳・創元推理文庫）を読んでいたら、もとシカゴの市長とかいうひとが、小学校の卒業式で「みなさん、今から世の中に出て行ったら、覚えておきなさい。金では幸福は買えない、金では尊敬は買えない、金では名誉は買えない。しかし、金はためなさい」と言ったという個所があった。

このくだりは、小説の本筋にはあまり関係がない話で、またアイルランド人であるもとシカゴ市長なにがしが、じっさいにそんな演説をぶったのかどうかも、小説のことだからわからない。

だが、ここを読んでいて、私はふとN氏を思い出した。N氏は実業家で、県会議員を勤めたりしたひとだが、精神家といった一面を持っていて、私は子供のころこのひとに会うと必ず精神訓話のようなことを聞かされた。男は名を惜しむべきものだとか、正しいと思ったことは最後までやり通す気力を持てとか、変事に出会ったらまず丹田に力を入れろとか、いったたぐいの話だった。

私はN氏の精神訓話を、いくぶん迷惑に思いながら、一方で四、五年あとには必ず戦争に駆り出されるはずの自分を考え、N氏の話は、戦場で男らしくあるために役立つかも知れないとも思い、神妙に聞いた。話の中には、和漢の君子や英雄豪傑が出て来るので面白くもあった。

ところがある日、N氏はいつもとは違う話をはじめた。表情からして、いつもと違っていた。日ごろの謹厳な表情をくずして、N氏はいくぶんテレたような笑いをうかべながら、こう言った。

「世の中には事大主義というものがある。人間は中身さえ立派なら、外見はどうでもいいはずだが、じっさいには世間はなかなかそうは見てくれない。いい服を着ているひとを立派だと思い、いい家に住んでいるひとをえらいと思い、そうでない人間を軽く見るものだ。よくないことだが、人間がそういう見方をするものだと知っていると、大人になったときに役に立つから、おぼえておくとよい」

N氏は、私にあまり精神主義を叩《たた》きこみすぎたので、少し軌道を修正する必要があると思ったのかも知れなかった。あるいは子供の私の中に世の中の大勢にさからいがちな性格をみとめて、とくにそういう話をする必要があると思ったのかも知れなかった。

N氏が事大主義といったものは、あとで考えるとスノビスム（俗物根性）といったほどの中身のことだったのだが、いずれにしろそのときの言葉は、それを口にしたときのN氏の表情と一緒に、私の記憶に残った。

そして不思議なことに、青年になり大人になりして世にまぎれる間に、口あたりのいい精神主義的な教訓の数数は、見事なほど忘れられて行ったのに、そのときの事大主義云云《うんぬん》というN氏の言葉だけは、のどにひっかかった小骨のように、そのときどきに意識にうかんで来て、まさにN氏が言ったように、さほど人に侮《あなど》られもせず、爪《つま》はじきもされず生きることに役立ったのである。

むろん事大主義とかスノッブとかいう言葉の意味を、正しく理解出来るようになったとき、私はシカゴかどこかの小学校の卒業生が青年になったとき、もと市長のスノビスムを思い出して顔をしかめたであろうように、その言葉に反発した。いまも人間は中身だと思う。ボロは着てても心は錦《にしき》だと思う。

だが大人になるということは、そう考える自分を大切にしながら、一方で事大主義やスノビスムにあらわれて来るような世間とどこまで折り合えるか、その兼ね合いが出来るようになるということだろう。たかが事大主義、スノビスムなどと嗤《わら》うことは出来まい。それが多分、革命によっても滅びることのない、根深い人間の本性であることは、新聞を読めばわかる。

私も結局はあちこちと折れ合って、まがりなりにも生きて来たわけだが、元来圭角《けいかく》の多い私にそれが出来たのは、N氏のようなひとがいて、率直に世間の真実というものをさし示してくれたからだと思う。生きて行く上に必要で、真に役立つ言葉というものは、高尚《こうしょう》な徳目よりもむしろこういう卑俗なものなのではあるまいか。

しかしそれは、やはり大人の恥部である。シカゴのもと市長やN氏のような率直さで子供に語りかけるには、かなりの勇気が必要であろう。

さて私の娘は高校二年で、先日ボーイフレンドのお宅に招待をうけた。最近の高校生の服装というものは、制服を着換えると一種異様なものになる。親からみるとチンドン屋をまねているとしか見えないが、これが流行だと言われれば眼をつぶるしかない。

しかし今度は私の出番である。私はやおら埃《ほこり》をはらってN氏のいう事大主義を持ち出した。娘は納得して、どうにか見苦しくない恰好《かっこう》で出かけたが、娘に話している間、私は無意識のうちに、かつてのN氏のようにテレ笑いをうかべていたようである。


（「文藝春秋」昭和54年10月号）

青春の一冊

二十五、六歳という年齢には、青春と呼ぶには少しトウが立った感じがあるかも知れないが、私がハンス・カロッサの『ルーマニヤ日記』を読んだのは大体その齢《とし》のころだった。
もちろんその以前にも、狂ったように戦後文学やら海外文学やらに読みふけったいわゆる乱読期があって、その中にも記憶に残る本は沢山あるわけだが、何分脈絡もなく読んだ書物の中から特にこの一冊という言い方をするのはむつかしい。

一冊を示すということになると、私はどうしても、乱読の時期からやや時経た昭和二十八、九年ごろに、失意のどん底の中で読んだ『ルーマニヤ日記』を挙げたくなる。

昭和二十八年の二月に、私は山形県の鶴岡《つるおか》から上京して、東京の北多摩にある病院に入院した。田舎の病院でははかばかしく回復しない肺結核を治療するためだった。夜行列車で鶴岡をたち、上野に着くまでに十四時間かかった。そこから高田馬場に出て西武新宿線に乗りかえる手順は、世間知らずの教員である私よりも、一介の農夫である付き添いの兄の方が心得ていた。

兄は戦争中に二度も北支に出征して、私よりはいくらかひろい世間を見ていた。敗戦の翌年の春、兄は痩《や》せこけた姿で復員して来た。背中に毛布を背負った異様な姿の兄が土間に入って来て、生《き》まじめに敬礼し、大声で「ただいま帰りました」と言ったとき、私ははずかしいほど泣いてしまったことをいまもおぼえている。

七つ齢上のその兄がそばにいるので、旅の途中は何の不安もなかった。体力もまだ残っていて、長時間汽車に揺られて来たにもかかわらず、さほどに疲れてもいなかった。ただこれから行く病院に、私はそれほど希望を持っているわけでもなかった。結核療養所という名前には陰鬱《いんうつ》なイメージしかなかったし、その上私は自分を、要するに結核がなおらなくて田舎に居場所がなくなったので、東京の病院にやって来た人間だと思っていた。行手には相変らずちらつく死の影を見ていた。

私は走る電車の窓から黙りこくって外を眺《なが》めた。そのころの西武新宿線沿線は、駅をはずれるとすぐに畑と雑木林と荒れ地がつづき、その冬枯れの風景のむこうに、雪で白くなった富士山が見えた。

病院は前面が海のようにひろがる麦畑、うしろを葉の落ちつくした雑木林に取り囲まれた場所だった。遠くの方に農家や村落が見えた。チッキの荷物が先についていて、病院側に挨《あい》拶《さつ》を済ませた兄は、看護婦さんと一緒に荷を解いて私をベッドに寝かせると、間もなく帰って行った。

私が入れられたのは二人部屋で、同室は私と同年輩のSさんという人だった。Sさんはいなせな口をきく気のいい男で、病気になる前に船乗りをしていた。病状は私よりも悪く、そのために時には好転しない病気に苛立《いらだ》って看護婦さんと喧嘩《けんか》をした。「てめえじゃわからねえ、婦長を呼んで来い」とSさんが啖呵《たんか》を切ると、間もなく大柄《おおがら》で太った婦長がにこにこ顔で入口に現われ、「さあさあ、Sさんどうしました?」と言うのだった。

こういったことがわかるのはもっと後のことで、簡単な診察のあとで狭い病室に灯《ひ》がともり、はじめての病院の夜がやって来た。そして翌日の医師のくわしい診察で、私の安静度は三度と決まった。洗面とトイレに行くほかは、大体一日中ベッドに寝ていなければならない病人というわけである。

こうして私の病院生活がはじまった。一カ月後には、薬餌《やくじ》療法よりも手術が適当という最終的な治療方針も決まった。前方にかすかに希望が見えたようでもあったが、同時に、それまで曖昧《あいまい》だった死も、禍禍《まがまが》しくはっきりした姿を現わしたのを感じた。重苦しく不安な日日が過ぎて行った。

もっともまったく予想外なこともあった。療養所の暮らしは少しも暗くはなく、むしろ明るいものだったことである。そこはたしかに死の影が張りついている場所ではあったが、また治癒して社会にもどって行く人間を見ることが出来る場所でもあった。実生活でもいろいろな同好会的なクラブがあって、病院内で活発な会合をひらいていた。私もすすめられて、寝ていても出来る俳句会に入った。

そしてカロッサの『ルーマニヤ日記』も、患者自治会の文庫から本を借りて読んだのである。文庫は病院の自治会文庫らしく、結核に関係する啓蒙書《けいもうしょ》などがまじってはいるものの、大概は普通の文芸書を主体にしていた。海外文学や日本の戦後文学などが大量にそろっていた。

『ルーマニヤ日記』よりも、私は同じカロッサの『ドクトル・ビュルゲルの運命』を先に読んだように思う。しかし、良心的であまりに純粋な魂を持つために自殺に至る若い医師の愛と苦悩の物語は、そのころの私の心を苦しくするものだった。死を意識せざるを得ない日日を送っていたからというよりも、もはや二十半ばを過ぎている私は、思うにこの本に書かれているような青春の感傷から、やや遠い心境にあったのではなかろうか。

それにくらべて、『ルーマニヤ日記』は私にある種のくつろぎと勇気をあたえるものだった。戦場小説である『ルーマニヤ日記』にも、当然死はひんぱんに出て来る。だがカロッサは始終余裕をもってその死を語っていた。戦場の死は多くの場合偶然でしかなく、負傷すれば、命はもはや他人にゆだねるしかない。そして最悪の場合も、「注射が終ると彼はほとんど気持よさそうに白樺《しらかば》の幹に頭をもたせかけ、両眼《りょうめ》を閉じた。その深い眼窩《がんか》にはただちに大きな雪片が落ちて来た」というようなほとんど幸福な死があることとそのことを記述するカロッサの平静さは、大手術と死の不安を抱える私にとって、小さくはない慰藉《いしゃ》をもたらすものだったのである。

人間についての深い洞察《どうさつ》と同情、そこはかとないユーモアとうつくしくきびしい自然描写からなる珠玉のような戦記文学『ルーマニヤ日記』は、私の青春の終りにめぐりあった、まぎれもなく忘れ得ない一冊だった。

（「別冊文藝春秋」平成元年10月号）

二つ目の業界紙

そのころ私は二つ目の業界紙で働いていて、そろそろ三つ目の業界紙をさがそうかどうしようかと思案中だった。

その業界紙で、私は編集長の名刺を持って取材に駆けまわっていた。社長に「○○君、編集長の名刺をつくってください」と金をわたされてそうしたのだが、ほかに部員はいなくて、編集部は私一人だった。

営業担当、つまり広告取りのWさんも、営業部長の名刺を持っていたが、やはり営業部は彼一人で、社長を入れて三人だけの会社だった。きちんとした事務所というものもなく、社長が懇意にしているマージャン荘の二階にある畳の部屋を借りて、簡単な仕事の打ち合わせに使っていた。

その部屋の隣がマージャン室で、夕方になると大勢の人声とマージャンの牌《パイ》をまぜる音で騒然となり、とてもそこで記事を書いたりする雰囲気《ふんいき》ではなかった。仕事はもっぱら、夜家に帰ってからやった。

しかし、私が三つ目の業界紙に移ろうかどうしようかと考えているのは、会社が小さいからでも、事務所がないからでもなかった。ひとえに会社の経営困難のせいだった。

そのことに最初に気づいたのは、その業界紙が早稲田鶴巻町《わせだつるまきちょう》にある印刷会社で、第一号の新聞を刷ったときである。社長には、その新聞を受け出す金がなかった。つまり、資本も運転資金もない会社だったのである。三ツ揃《ぞろ》いの仕立てのいい洋服に趣味のいいネクタイを締め、やはり高価そうなコートを着て、品よくソフト帽をかぶった社長が、まだインクが匂《にお》う新聞を数部折ってカバンに入れ、「じゃ、行って来るよ」と言って工場を出て行くのを、私とWさんは深い危惧《きぐ》の眼で見送った。社長は新聞を受け出す金をつくるために、刷ったばかりの新聞にのっている広告主に会いに行くのである。

しかしそのころは、資本金なしで事業をはじめる人間がそんなにめずらしいわけでもなかった。素手でひと儲《もう》けをもくろむ男たちがうようよいた。私とWさんは、社長の姿が見えなくなるとさっそく貧乏会社をジョークの種にして大いに笑ったが、笑いながら、やはり一抹《いちまつ》の不安を拭《ぬぐ》えなかったのである。

会社ははじめは好調で、私はボーナスに社長から背広を仕立ててもらったりしたが、最初の不安はやがて現実化して、給料がちゃんと手に入らなくなった。私とWさんは、仕事帰りによく会社のそばの喫茶店でコーヒーを飲み、社長の悪口を言った。そうしていると、いくらか現実の不安が紛れる気がした。

じつを言うと私は、ダンスとマージャンがうまくて腕のいい営業マンでのんびり屋の社長に、悪い感情を持っていなかった。しかし生活を保証してもらえなくては仕方ない。

そういう状況の中にいたが、それじゃ皇太子のご成婚など目にも耳にも入らないかというと、そんなことはなく、私は人なみにお二人の結婚の成行きに気を揉《も》み、ご成婚のときは大いに祝福した次第であった。

（「週刊文春」平成元年4月27日号〈創刊30周年記念号〉）

大阪への手紙

十年ほど前に、用事があってNハムの本社をたずねたことがある。そしてそこに行く途中だったか、それとも用事を済ませて京都にむかうときだったかははっきりしないが、車の窓から大阪城を見た。これが私のただ一回の大阪体験である。

そう書くと、誰しもが私をよほど大阪に縁のうすい人間だなと思うにちがいないが、事実は少し異なる。大阪にはたしかに一度しか行っていないけれども、その前の十年あまり、私は大阪あるいは大阪に代表される関西的なものとかなり親密につき合い、そのつき合いはいまもいろいろな形でつづいているからである。そのひとつに言葉がある。

小説を書く前に、私がハムとかソーセージとかの食肉加工品関係の業界新聞に勤めていたことはよそにも書いたことがあるが、私が大阪あるいは関西と親密につき合ったというのはこの時期のことで、食肉加工業は大手に関西企業が多かった。これらの大手会社は、まず大阪を中心とする関西方面に販売圏を確立してから、関東に攻めのぼって来たのである。

そういうわけで私は、取材を通して関西ふうの経営戦略というものをつぶさに拝見することになったのだが、なかでももっとも強い印象をうけたのが言葉だった。

私が関西弁の持つ微妙な味わいとか、おもしろさとかを理解したのは、漫才やドラマによってではなく、こういうなまの取材を通してだったと言ってよい。関西のひとはたのしんで言葉を使う、としばしば私は思ったものである。私は東北生まれで、東北の人間にとっては言葉はどちらかと言えば苦痛の種であるだけに、この発見は驚異だった。

そしてこのちがいはどこから来るのだろうと思ったとき、頭にうかんで来たのは文化の差ということだった。関西の文化は長い間日本に君臨した文化である。意識するにせよしないにせよ、背後にひかえるその文化に満満たる自信があるから、あのように軽軽と言葉をあやつることが出来るのではなかろうか。

こういう考えがあたっているかどうかはともかく、そう考えたとき関西弁の自在なやわらかさにくらべて東京弁の不器用な硬さ、標準語の味気なさなどが、にわかに目立つように思われたことをおぼえている。

ともかくそのころから私は関西弁のひそかなファンになり、いまも家の中で自分のことを「わて」と言ってみたり、仕事中に「そない言わはりますけどな」とか「そらあきまへんで」とか、怪しげなひとりごとを言ったりするわけである。これが大阪弁なのかどうかはわからないのだが、そのとき私の頭のなかには、あきらかに大阪という都市が思い描かれているのである。

（「TAXI!」昭和61年4月号）

元日の光景

いろいろなものに書いたように、私は昭和四十九年末まである業界新聞に勤めていた。新聞は暮のうちに二十数ページ建ての新年特集号をつくるので、これの発送が終ってようやく、官庁でいえば御用納め、正月休みに入るのだが、経営者はそう簡単には休ませてくれない。

最後の一日が、例年大掃除にあてられていて、家にいればヨコのものをタテにもしないような男たちが、この日は観念して頭に手拭いや帽子をかぶり、用意のいいのはマスクまでして大掃除にはげむ。一年の間には、毎日の掃除ではのぞき切れないゴミがたまり、不用の書類などもたまる。そういうゴミをビニールの大袋にいくつか詰めこんで外に出し、あとをきれいに掃除して終りである。

さっぱりした室内に机を寄せて、ビールにおつまみぐらいで軽く打ち上げ式をやる。社としての忘年会はとっくに済んでいるので、この日はそんなに金をかける宴会にはならない。で、ほろ酔い機嫌《きげん》になったところで、社内随一の働き者である社長一人を残して、よいお年をと言い合いながらまだ明るい時間に、三三五五帰るのが歳末風景だった。

私の長姉は心配性の人で、私が病気をして教員をやめ、業界新聞に入ったと知ると、てっきり職がなくて赤新聞に入ったものと思い、帰郷するたびに、語気鋭くまだその新聞で働いているのか、あぶないことはないかとたずねるものだった。しかし私が勤めていた会社は、姉を連れて来て見せたいほどに折目正しい常識人のあつまりで、雑談の間に「ウチの女房が」などと言うと、社長がいやな顔をしたものだった。ウチの家内と言いなさいというわけである。

そんな次第でごくまっとうに会社の年末が終り、正月休みとなるのだが、仕事納めが二十九日、遅くとも三十日になるとして、新年の出社がいつになるかが問題だった。

常識的には一月五日あたりが顔合わせの初出勤となるところだが、五日または六日が日曜日にあたると、少し厄介《やっかい》だった。社員としては日曜日をふくめた正月五日、あるいは六日間を丸丸休みたい。しかし経営者はそうは考えず、それではけじめがつかないから四日、または五日に顔合わせに出て来るようにということになる。で、四日などと決まるとわれわれは社長の悪口を言ったものだが、たまたまむこうが大らかに出て年末三日、正月六日と、ほぼ十日近くも休みをくれるときは、非常な得をしたような気がしたものだった。

しかし一日乃至《ないし》二日休みを多くもらったからといって、むかしの正月休みは大したこともなく、せいぜい子供を連れて休み明けの上野の動物園に行くぐらいではなかったろうか。あとはぼんやりして、とうとう年末までに書けなかった年賀状を書いたり、むこうから来た年賀状を眺《なが》めたりして、それが済むと寝ころんでテレビを見る。そんなことで、あっという間に正月休みは過ぎ去ったように思う。

しかしサラリーマンにとっては、そのぼんやりした、何をしたとも言えない無為の時間が貴重だったという気もする。

芥川龍之介《あくたがわりゅうのすけ》に「元日や手を洗ひをる夕ごころ」という高名な句があるけれども、元日には常ならぬ日の気配が漂うようである。初詣《はつもうで》が済み、年賀状と分厚いだけでさほど読みではない新聞を読み終り、テレビにも倦《あ》きて、さてとタバコを買いに外に出る。

さいわいに天気がよく、傾いた日がひと気のない道を照らしている。しかしその日ははやくも、道のむこうにある林の梢《こずえ》にぶら下がっているように低い。表を通る車も稀《まれ》で、大晦日《おおみそか》ぎりぎりまでつづいた歳末の喧騒《けんそう》は跡かたもなく、町はひっそりとしている。歩いて行くとどこか遠くの方で子供たちが鋭く呼び合う声がし、ふと空を見ると、思いがけなく高いところに凧《たこ》が揚がっている。

芥川の句が表現しているのは、元日の夕方にふと現われるそのような空虚な感じのように思われるけれども、その感じは私が勤めていたころとは時代が一変したいまも、さほど変らない気がする。


（「週刊小説」平成2年1月5日号）

私の修業時代

私が文藝春秋のオール讀物新人賞に応募をはじめたのは昭和四十年前後で、年齢で言うと四十にさしかかったころだった。

本気で小説を勉強するつもりなら同人誌に入るのが一番いいと思うけれども、私にはそういうツテはなく、またかりに同人誌に入っても、そのころの仕事のいそがしさから言って、会合に出るのは無理だったと思う。

その点懸賞小説の方は気楽だった。土曜、日曜に少しずつ書きためた原稿を、規定の八十枚以内にまとめて一年に一回ぐらい応募する分には、時間に縛られるわけでもなく、それでいて、いつ芽が吹くというあてはなくとも、休日に机にむかって原稿用紙をひろげていると、いくらかは作家気分も味わえた。そしてまた、そんなふうにしている限りは、小説を書いていることが会社に知れる心配はまったくなかった。と書くとおかしなことを言うようであるが、この秘匿《ひとく》性はサラリーマンである私にとっては大切なことだった。

最近こそ仕事一途《いちず》の人間のことを会社人間、仕事中毒などと言い、もっと遊べと言ったりする風潮が出て来たけれども、少し前までは、場合によっては私生活を犠牲にして（いまもまだそういう人はいるだろう)、一〇〇%会社につくすことは勤め人の美徳とされていたのである。たとえ勤務時間外のことにしても、会社の仕事と何の関係もない小説を書いたりすることは、勤め人の心構えという点で、あまりほめられた話ではなかった。

そう言うと、いかにも会社に頭を押さえられて卑屈に生きているようだが、私の考えではそうではない。

私は会社で額に汗して働き、そこからもらう月給で妻子と老母を養っていた。平凡だが、それが堅気の暮らしというものだと思っていた。たしかに小説も書きたかったが、そういう普通の生活の方がもっと大事だった。たとえば文学の名において家族に犠牲を強《し》いるようなやり方は、私が一番嫌《きら》うものである。

私は小説を書くことが勤めに影響をおよぼさないように、両者の間にきびしくけじめをつけていた。それでもこっそりと応募をつづけていたのは、やはり小説を書くことが好きだったからである。慎重に勤め人の分際を守ったつもりでも、文学の魔性はしっかりと私に取り憑《つ》いていたのかも知れない。

さて肝心の応募の成績の方だが、数年の間に最終候補に残ったのが一回、二次予選に残ったのが一回、あとは一次予選に名前が載ったり載らなかったりというものだった。

ところがある年に書いた小説は、いつもと違っていた。それまで書けなかったような文章が書けただけでなく、書いている物語の世界が手に取るように見えた。その小説開眼のようなものは突然にやって来たけれども、ずっと書きつづけていなかったら訪れなかったものだろう。送稿するときにふと胸が騒いだが、『溟《くら》い海』というその小説は、予感どおりその期のオール読物新人賞に入選した。

（「月刊公募ガイド」平成2年6月号）

出発点だった受賞

思い返すと懐《なつ》かしい光景に思われるが、私が勤めていた会社は一番人数が多かったころでも社員十数名という小さな会社だったので、特集新聞や真新しい年鑑などが刷り上がって来ると、社員総出でスポンサーへの発送作業をした。

たとえば新聞なら、新聞を折り帯封をかけ、地域別に分類して紐《ひも》でくくる。そういう手作業になるわけだが、いまはもうそんなことはやらないだろう。昭和四十年前後のことである。

さて、その単純労働が意外に楽しかったのである。会社は小人数なだけに、時としてとても家庭的な雰囲気《ふんいき》になることがあるのだが、営業も編集も事務もそろって同じ手作業をする発送の仕事の間にもその雰囲気が現われた。私たちは手を動かしながら、ふだんの仕事の中には出てこないような話題に熱中したり、隣の作業台のグループと冗談を投げ合ったりした。そんなにみんなが顔を合わせることは稀なので、よけいに和気アイアイの雰囲気になったようである。

あるときの発送作業のとき、私がいるグループの作業台ではもっぱら小説とか、文学賞とかが話題にのぼっていた。そしてその雑談の中で、私はある小説新人賞の名前をあげ、小説に興味を持つからには、その新人賞ぐらいはもらいたいものだと言ったのである。

むろん口にしたのははかない願望である。私は会社には内緒で一年に一度、時には二年に一度その賞に応募していたが、ただ一度最終予選に残ったことがあるだけで、あとは一次予選にも名前が載らないような状態がつづいていたのである。

私がそう言うと、ふだん無口なS君が「ボクは太宰賞《だざいしょう》をもらいたい」とぽつりと言った。S君は重厚な人柄《ひとがら》でかつ敏腕の記者、風采《ふうさい》も私よりはるかに文学青年ふうな人だったから、その思いがけない告白には迫力があった。私は、自分の新人賞よりはS君の太宰賞の方がよほど実現の可能性があるんじゃないかな、と少し気圧《けお》される感じを受けたものである。

ところで、新人賞の名前をあげて受賞の願望を口にしたとき、私の頭の中に直木賞という言葉はかけらも存在していなかった。新人賞そのものが高嶺《たかね》の花だった。いわんや直木賞においてをやという感じだったのである。

私はそのころ四十前後だったろう。もはや小説にうつつを抜かす年齢ではなかった。しかし一方で私は、小説にでもすがらなければ立つ瀬がないような現実も抱えていた。せめて新人賞に夢を託すようなことが必要だったのである。だからその新人賞を受賞したとき、私はこれで大願成就したと感じた。あとは文壇の片隅《かたすみ》においてもらって、年に一作か二作雑誌に小説を発表出来れば十分だと思った。むろん、会社勤めをやめるつもりはまったくなかった。

ところが、そのときの新人賞受賞作がその期の直木賞候補に入ったのである。直木賞というものがそのときはじめて目に入って来たのだが、私はそのノミネートを光栄には感じたものの、自分が受賞の有資格者であるとは到底思えなかった。つぎの作品が候補になったときも同様で、関心はうすかった。ほとんど他人《ひと》ごとのようだった。

ところが三回目の候補に入った小説は、やや自分が思うような表現が出来たかと思われるような作品だった。そのときはじめて私は直木賞を意識し、欲が出たと思う。候補も三回目になれば、もう他人《ひと》ごとでは済まなくなる。しかしその小説もあえなく落選し、やがて四回目の候補作が選考の場に回ることになった。

それは『暗殺の年輪』という題名で、私がはじめて書いた武家物の短篇だった。しかし担当編集者のN氏からその連絡を受けたとき、私はあまり気持が弾まなかった。『暗殺の年輪』は受賞するには少し力不足のように思えたのである。私はそのころ、自分では『暗殺の年輪』より少しマシと思われる『又蔵の火』という小説を書いていて、候補にしてもらうならこちらの方がいいのではないかという気がしたのであった。

私はその気持を正直にN氏に言った。一回抜いてもらう方がいいのではないかと言うと、N氏はきびしい口調でそれは了見違いだと言った。候補にあがるのは得がたいチャンスなのだと言われて、私はいつの間にか自分が傲慢《ごうまん》な人間になっているのを思い知った。私は恥ずかしかった。

そして予想に反して、そのときの『暗殺の年輪』が長部《おさべ》日出雄さんの『津軽世去れ節』『津軽じょんから節』と一緒にその期の直木賞を受賞したのである。しかし私は、『暗殺の年輪』という自信作ではない小説で受賞したことで、心の中にかすかな負い目が生じたのを感じた。

そして結果的にはそれが幸いしたと思う。私は誰の目もみとめる名作で受賞したのではなかった。そのために、気持の上で受賞後に努力しなければならなかった。受賞は到達点ではなく出発点になったのである。

（「オール読物」平成元年2月号）

恥のうわぬり

小説も出来、不出来があって、掲載の雑誌が送られて来ても、読み返す元気がないなどということがよくあるが、講演にも小説以上に出来、不出来があるようだ。

小説なら読者の顔は見えないので、内心忸怩《じくじ》という恰好《かっこう》で恥じ入っていれば済むが、講演は眼《め》の前にお客さんがいる。不出来の場合は無残なことになる。そういうことでは、これまで壇上でずいぶん恥をかいて来た。

二年前だったと思うが、笹沢《ささざわ》左保さんと組みで、東北のある都市に講演に行ったことがある。私の話は、時代小説と史実といったような中身で、そんなにむつかしいことをしゃべったわけではなかった。にもかかわらず、この話は出来がよくなかったのである。

はじめはぎごちない会場の空気が、話がすすむにつれてだんだんにほぐれ、笑い声も起き、やがて話し手と聞き手が渾然《こんぜん》として親密な時間を共有するにいたる——こういけば理想的だが、その日はそういうふうにはならなかった。一方的に私の話がすすむだけで、聞き手の方にはほとんど反応がない。

仕方がないので私は、あまりおかしくもないところで笑ったりした。講師（とやはり呼ぶのでしょうね）は笑い、聴衆は講師の無意味かつ不可解な笑い顔を黙然と見つめている。

私が、やっぱり講演などに来るんじゃなかったと後悔するのはこういうときだが、しかしこの程度の恥はかき馴《な》れている。私はそろそろ終りだなと思って時計を見た。そして思わず身体《からだ》が汗ばむのを感じた。

不出来な講演は、たしかに終るところに来ているのだが、時間の方は、何と約束の時刻まで、まだ十五分も残っているのである。

理由はすぐにわかった。私の話がはじまる前に、主催者側から挨拶《あいさつ》があって、それが講演開始の時刻に十分ほど喰《く》いこんだのである。私の話は一時間の予定になっていた。そこで私は壇上に立ったとき、ここで十分間話をちぢめなければと思ったのである。そのことを頭において、話している間に少しずつ枝葉を刈りこんで行ったのが、いつの間にか刈りこみすぎ時間が余ってしまったのである。

私は狼狽《ろうばい》して、しどろもどろに二、三分話をのばしたが、そこで降参して、これで話を終りますと言って壇を下りた。

控室の方に歩きながら、私はエライコトニ、チョトナリニケリヤと思った。ホンマニモウ、ムチャクチャデゴザリマスルガナとも思った。私が余した時間は十二、三分だが、ひょっとして主催者側が、挨拶を別に正味一時間の話を予定していたとすれば、はしょった時間はじつに二十二、三分になる。こういうことが、だんだんわかって来たのである。

途中で次に講演する笹沢さんが、「やあ、やあ」と言いながら、奔馬のようにすれ違って行った。私の講演がとんでもない時間に終ってしまったのに主催者は一驚し、次いで笹沢さんも一驚したことが明らかだった。

私はあとで主催者と笹沢さんに謝ったが、笹沢さんは前半の私の話の不出来を知らず、聴衆は私の時間ミスに気づかなかったはずである。恥の始終を知っているのは主催者だけということになる。

（「小説現代」昭和54年8月号）

禁煙記

七月はじめのある朝、眼がさめて半身を起こしたとたんに目まいに襲われた。とっさに身体に何か異常が起きていると思ったほどの強いめまいだった。私は床の上にあぐらをかいたまましばらく様子を見たが、状況は変らないので物につかまって立ち上がるとトイレに行った。

トイレでも、何かにつかまっていないと身体が傾くので、私は片手を排水タンクにかけたままで、ようやく小用を足した。小用を足しながら眼の前の窓を見ると、両眼の先に、ちょうど眼が回ったときのマンガの描写そっくりに、何重かの無色透明の同心円がくるくると回っていた。なんと、マンガのあの円はリアリズムなのである。それはそれとして、眼の前にそんなものが回っているというのは、いやな気分だった。

私はまた横になるしかないと思ったが、家族が歩き回る階下は落ちつかないので、二階の仕事部屋に行こうと思った。どうにか一人で着換えてから、台所にいる家内を呼ぶと、目まいがするから朝ご飯はいらない、二階で寝るからあとで様子を見に来るようにと言った。あとで見に来いというのは、とりあえずひと眠りするしかなかろうとは思ったものの、そのひと眠りのあとで状況がよくなるのか、それとももっと悪くなるのかの見当がつかなかったからである。眼がさめたら口もきけなくなっていて、それに家族が気づかなかったというのでは困る。そのぐらいのつもりで言ったのだが、急に飯はいらない、あとで様子を見に来いと言われた家内は、相当におどろいたらしい。

で、結果を言ってしまうと、そのときの目まい騒ぎは、目まいそのものは心配したほどのこともなくおさまり、そのあとに禁煙という思いがけない副産物を残すことになったのである。

私はそれまで、一日にマイルドセブンを三十本から四十本、原稿の締切り日などというときは一日に六十本も吸っていた。それで身体の状態はどうかというと、それがかなりひどいことになっていた。

腰痛、肩こり、歯痛といった老化現象が入れかわり立ちかわり出て来るのは、年齢相応のことでやむを得ないとして、ほかにも自律神経失調症から来る突発的な頻脈《ひんみゃく》とか、階段の昇り降りに感じる息切れとかいうものを盛沢山に抱えこんでいた。ことにひどいのは息切れで、駅の階段どころか、今日は六十本も吸ったなどという夜は、家の中で二階に上がるのにも、途中でひと息いれないと上がれないほどになっていたのである。

老化現象にしてもあまりにひどく、私は諸悪の根元はタバコだなと思っていた。ただしひそかにそう思うだけで、だからタバコをやめようという気持は私には全然なかった。大体が禁煙出来るほどに意志が強くないことは本人が一番よく知っていたし、また禁煙したから老化がとまるというわけでもあるまいという、盗人《ぬすっと》にも三分の理めいた理屈も胸の中にあったのである。

しかしその朝のめまいは、そういう私のいい加減さに対して、何者かが、世の中をあんまり甘く見ない方がいいぞといった感じの、凄味《すごみ》のある警告を発したように思われたのだった。警告の中身をもう少し敷衍《ふえん》すると、老化（必然的に死を含む）というものをみずから手伝って破滅的に迎えるのか、それとも常識の範囲内で迎えるのかを、そろそろはっきりさせる方がいいぞというようなものだったろう。私はタバコをやめることにした。

禁煙して一カ月から一カ月半ぐらいの間は、頭に一日中鍋《なべ》でもかぶっているような不愉快な日がつづき、原稿なども何を書いているかわからないほどだったが、そこを過ぎると楽になって、この原稿を書いているいま現在で、禁煙は三カ月半におよんだことになる。

さて、禁煙の効果の方はどうかというと、これがなかなかのもので、二階に上がるのにひと休みといったひどい息切れがぷっつりと消えた。気管支がぴいぴいいう音もなくなったし、いまにも死ぬかと思うような息苦しさを招く頻脈もどこかに消えてしまった。
食事も以前よりうまくなった。禁煙初期のころ、原稿の方は「何を書いているかさっぱりわからない」などとこぼしながら、ご飯だけはぱくぱくたべる私を見て、家内が「ひょっとしたら頭の方が……」と心配したなどということもあったが、いまは仕事と食事もほぼ釣《つ》り合いがとれて来たようである。

問題はこれで禁煙が成功したのかどうかということである。というのは私は意志の力で禁煙したのではなく、ひたすら受身に、無気力に、はやい話がタバコを吸う元気もなくなったところで禁煙したのである。いつかまた吸い出さないという保証はない、などと思いながら私は、時どきまだ大事にとってあるタバコとライターを出して、未練たらしく眺《なが》めたりしているのである。

（「文藝春秋」昭和58年12月号）

ずれて来た

私の母は八十歳近くなっても新しい物に対する好奇心が旺盛《おうせい》だった。テレビが大好きで、よくテレビにかじりついていたが、洋画もみれば、歌謡番組、野球、プロレスまで見て、ただ茫《ぼう》と眺めているのかと思うと、終ったあとでひとくさり感想を言ったりしたから、ちゃんと見ていたのである。

ただ、いかにせん耳の遠い田舎の年寄りのことで、テレビの言っていることがよくわからないことがあった。

「旦那《だんな》一塁とは何だ」

と母が聞く。母は野球を見ているのである。母が怪しんでいるうちに、旦那は一塁まで行ってしまったらしい。そこで私が説明する羽目になる。

「それは旦那じゃなくてランナーだよ。ランナーというのはだね……」

と、年寄りを相手に野球の初歩を解説したりしたものだが、母にはわからないものは説明をもとめるところがあった。

齢《とし》をとると、変化する世の中とだんだん歩調をあわせにくくなるという現象が出て来るだろう。しかしそうなっても、せいぜい母を見習って、世の中に対する好奇心とか新しいものを受けいれる気持のやわらかさとかは失いたくないものだ、と日ごろ思っている。だが、最近はどうもその調節がうまくいかなくなって来たような気がする。

つまり、日ごろの自戒に反して、ぶつかったとたんに拒否反応が働くような物とか事柄《ことがら》とかに出会うことが多くなったように思うわけで、これはいよいよ世の中との間にずれが出て来たのかなと、心細くなったりする。

たとえば、ここに新しいスーパーの建物があるとする。その建物で目立つのは、多分クロームメッキを用いたと思われる金属材料の多用である。窓枠《まどわく》とか手すりとか、壁の継ぎ目とかにクロームメッキが使われて光っている。その建物ではまた、エスカレーターを内蔵する巨大な円筒のごとき構造物が、むき出しに天井《てんじょう》にぶらさがっていたりする。

それがどうかしたかと言われれば、そういう建物があるというだけの話なのだが、ただその建物の中にある喫茶店に入って、ぴかぴか光るクロームメッキの金属に囲まれ、やはりスチールが光るチェアに掛けて、うす味のアメリカンコーヒーなどをすすっていると、拒まれているとは思わないまでも、建物と自分との間にある隙間《すきま》がいつまでも埋まらないような感触を受けるのは事実である。

しかし公平に見れば、その建物は従来のこの種の店舗にくらべて、猥雑《わいざつ》な部分がすっきりとそぎ落とされ、個性的で新しい建築美をそなえているので、若いひとはフィーリングが合うかも知れない。私の方がずれているだけかも知れないのである。

もうひとつの例。最近人気が高まっているM商品という人気商品群がある。この商品で気になるのは、質の良否ではなくてモノトナスな色彩である。どうして、一色にあの色なのだろうか。

これも、それがどうかしたかと言われれば、べつに問題にすべき事柄ではないのだろうが、ただ一色のモノトナスな色彩に統一された商品に囲まれていると、若干奇妙な気分がして来るのを否《いな》みがたい。

すでに過去になってしまった高度成長の時代には、色という色が店頭に氾濫《はんらん》したというイメージがある。その色彩に隠れて、かなりいかがわしいものが売り買いされたという感触も残っている。だが少なくとも、その時代の多分にインチキくさい色彩の氾濫には、M商品の持たない人間くささがあったように思うのである。

ところで、いまはどういう時代かといえば、コンピューターが万能の神のように扱われているように、人間が時代の中心の座を科学に譲りわたしつつある時代のように思われる。人間はコンピューターを駆使する側の人間と、コンピューターに管理される人間に二分されつつあるというのは少少極論だろうが、少なくともいまの世の中は、人間が機械のつごうに合わせることを余儀なくされ、我慢させられたり拒まれたりしはじめているというのが実態ではないかと思う。

さきにあげた建物とか、商品とかいうものは直接にはコンピューター時代と関連するわけではないけれども、人間くささをあっさり切り捨てているという意味で、そこに新しい時代が露出している感じがあるのかも知れない。

（「中央公論」昭和59年7月号）

私の休日

会社勤めから筆一本の暮らしに変ったとき、組織からはなれる不安がないわけではなかったけれども、半面働くのも休むのも自分の裁量次第というところがいかにも魅力的に思われた。

ことに休みたいときに休めるというあたりは、自由業のうまみの眼目というべきものであったはずだが、実情はどうだったか。ふり返ってみて私は、そのへんのところでかなり見込み違いをしていたような気がしてならない。

たとえば、あたりまえの話だが自由業といっても労働そのものから解放されるわけではない。逆説みたいな言い方になるけれども、休むためには仕事が必要なので、城山三郎さんの小説のタイトルのように「毎日が日曜日」では自由業は成り立たないのである。

さいわいに私には仕事の注文があり、自由業は成立した。しかし物を書く仕事はたいていは締切りと一緒にやって来る。いつでも、気のむいたときにどうぞなどという仕事はあまりない。物を書く人間にとっては、その締切りが会社のタイムカードと似た役目をするわけで、大幅な遅刻がゆるされないことは会社勤めの場合と同様である。

むろんそれでも休みたいときに休める自由がなくなるわけではない。いつでも、またいくらでも休んでいい。ただし無計画な休みは締切りとつぎの仕事にはねかえることをきちんと承知していないと、あとでひどいことになる。

さらに自由裁量というものがじつはかなりのくせ者で、会社の仕事ならおおよそここからここまでという範囲が決まっていたり、場合によってはあたえられた仕事をやれば終りということもあり得るわけだが、自分自身がオーナーの仕事にはこれで終りということがない。つぎからつぎとやることが出て来てきりがないのである。

そういうわけで、白状するとせめてサラリーマンなみに、六日働いて日曜日は休みたいと思い立って数年たつのに、そういうきちんとした休みの取り方がいまだに実現していないのが実情である。勤めていたころは隔週の週休二日だったから、あきらかな労働条件の悪化である。そして最近の世の中は、総体として週休二日制に移行しつつあるのが現状だろうから、劣悪な労働条件にしばられている私が、世の大勢から取り残されてしまうのは時間の問題である。

さてグチを言えばそんなものだが、むろん不定期だというだけで休日がないわけではない。ひと仕事の終り、たとえば小説を一本書き終ったなどというときには一応ひと息入れる。だが仕上がりまでには日曜、祭日すべてを犠牲にして根をつめた仕事をするので、終ったときにはもうくたびれ切っている。

とても遠くまで遊びに行く元気などはなく、世の大方のオトウサンたちと同様、ひたすらごろごろと寝ころんでテレビを見たり、推理小説を読んだり、がばと起き上がって近所の喫茶店にお茶をのみに行ったりするというのが、はずかしながら平均的な私の休日である。

しかも自由業の自由裁量のおそろしさは、その休日のあたりに顔を出す。予定では一日休んで翌日には新しい仕事にとりかかることになっている。だが疲れはまだ癒《い》えず、読みかけの推理小説がおもしろい。そういうときに、ま、いいや、一日先にのばそうと思ってしまうのだ。自分で自分の首をしめるわけである。結果として、ふたたび日曜も祭日もない仕事がつづくことになる。

そういうことを何年と繰り返して来たのだが、去年あたりからは仕事を減らすことにした。体力、気力が衰えて来たのも一因だが、仕事ばかりが能でもあるまいとおそまきながら考え直したつもりでもある。と言ってもさほどの遊びが出来るわけはなく、とりあえずは週休二日、たまには年休を取ったつもりで小旅行でもしたいといった程度のことを考えているだけである。仕事減らしはまだ完全ではないが、週休二日の線にようやく曙光《しょこう》が見えて来たところである。

（「NIKO TOMORROW」昭和60年6月号）

夕の祈り

気分転換と運動を兼ねて、私は一日に一度は外に出るようにしているけれども、日曜日は、散歩の途中でよく公園や学校の校庭で野球をやっている子供たちに出会う。リーグにでも加盟しているのか、子供たちはそろいのユニフォームを着て、なかなか凛凛《りり》しい恰好《かっこう》をしている。

それでつい立ちどまって、練習や試合にはげむ子供たちを眺めるのだが、そのうちに私はある軽い危惧《きぐ》にとらえられるようになった。それはひと口に言えば、どこでもかしこでも指導者が怒声をはり上げていることに対する危惧だった。

少年野球の指導者は、察するに野球が好きな誰それ君のお父さん、あるいは野球のうまい近所のお兄さんといった人たちで、おそらくは何の見返りもない無償の仕事に汗を流しておられるのだろうと思う。ごくろうさんだと思うものの、見ていると、中にあきらかに怒鳴り過ぎの人がいる。

野球に限らず、スポーツにはこの気合を入れることで上達する一面があることを、私とて知らないわけではないけれども、相手は小学生である。同じ怒鳴るにしても、そこには多少の教育的な配慮が必要ではなかろうかと、私は思っていた。

あるとき、たまたま私の日ごろの危惧が裏書きされるような光景を見た。金網にへばりついて子供たちの練習試合を見ていると、あわや右中間に抜けるかと思われる高いライナーを、二塁手がすばらしい跳躍力で好捕した。そしてその選手は、体勢を立てなおすゆとりがなくて、斜めに飛び上がった姿勢のまま地面に落ちた。どさんという音がした。

ファイン・プレイをほめるのは指導のイロハだろうから私は監督さんだかコーチさんだかが「ナイス・キャッチ」とでも言うかと思った。ところがこれが期待はずれで、監督さんはあははと笑っただけである。すごい音を立てて地面に落ちたのがおかしかったのだろうか。ほかの選手も笑っている。私は二塁手が立ち上がったのを見とどけて、帰途についた。割り切れない気持が残った。

ところが、である。またべつの日に、私は練習試合のさ中に、一塁手がベースのそばに寝そべっているのを見た。

びっくりして見ると、やがて寝ているのではなく、滑りこみの練習をしているのだとわかった。立ち上がった少年は、きれいなフォームでベースに爪先《つまさき》をのばして倒れた。おそらく少年の頭の中には、プロ野球の有名選手の華麗な盗塁のシーンでも思い描かれているのではなかろうか。ただしそれが、試合中のひとり遊びだというところに問題がある。

私は家に帰るべくその場をはなれた。ふむ、なかなかひと筋縄《すじなわ》ではいかないかな、と私は思っていた。ああいうマイペースの子供たちをチームの一員に育て上げるためには、怒鳴るのもやむを得ないのかも知れぬと、私はすっかり弱気になっていた。

そのとき、うしろからいきなり「夕焼け小焼け」の音楽が聞こえて来て、学校の屋上のスピーカーがおなじみの子供たちに帰宅をうながす放送をはじめた。

「よい子のみなさん、五時になりました。さあ、お家に帰りましょう」、若い女性の深みのある落ちついた声はそう告げ、放送を「明日もまた、すばらしい一日でありますように」と結んだ。

私は立ちどまって放送を聞いた。そして突然に胸が熱くなるのを感じたのだった。

その放送を家の中で聞くと、「よい子のみなさん」まではわかるけれども、あとは家家の壁に反響してよく聞こえない。はっきりと聞いたのははじめてだった。それにしても私は、放送が聞こえて来ると、わるい子のみなさんには言わなくともいいのかね、などとろくでもない冗談を言っていたのに、この始末である。私の胸を熱くしたのは、放送にこめられる祈りだったろう。

私が立っているのは学校裏のひろく小暗い芝生のそばで、もはや光を失った初冬の空が、芝生の先の家や裸の木木のうしろに、わずかな赤味を残して暮れるところだった。

そうか、と私は思っていた。未来がはたして人間をしあわせにするかどうかを、老いた私は見届けることが出来ず、出来るのは子供たちの明日を祈ることだけだと、放送が告げているように思われた。立ちつくす私には、マイペースの少年もあの二塁手も、おしなべてけなげでいとおしい存在に思われてきた。

（「母の友」昭和63年9月号）

車窓の風景

私が住んでいる町から東京の都心に出るのに、バスで西武新宿線上石神井《かみしやくじい》駅に出て、そこから電車に乗るルートがある。時間もさほどかからず、駅のホームに入ると西武新宿行きの始発電車が親切に待っていたりして、便利でもある。この始発が出るときは、私は大てい電車の最前部の席に坐《すわ》る。

さて電車が走り出すと、前方に見えて来るのはふだん横の車窓から眺《なが》めるのとは異なる風景である。視点が違うから当然といえば当然の話だが、それにしても同じ町なのに、ふだん見る景色が平面的、一般的な町の眺めだとすれば、前方の窓に見えるのは立体的、個性的な町、片方が通りすぎる曖昧《あいまい》な影ならもう一方はこの上なく明快な形、というほどに二つの風景は異質に見える。

一見単純そうな黒白を争って、延延とつづく裁判があるのを不思議に思うことがあるが、その場合も、案外にこの風景のようにAは事件を横の窓から見、Bは正面の窓から見たというようなことがあるのかも知れない。

（「鳩よ！」昭和63年10月号）

近　況

ひところにくらべると私の執筆量は極端に減っている。ところが不十分な体調としのびよる老化のせいで、執筆能力の方も平行して落ちているために、書く量が少ないわりには楽になったという実感がない。相変らずというか、十年一日のごとくというか、漠然《ばくぜん》とした多忙感にせかされて過ごしているのが近況である。

もうそろそろ、こういうせわしない生活を切り上げて、自分本位、仕事第二の優雅な隠居暮らしをしたいと思いはじめてから久しいけれども、仕事というものは大体がのっぴきならない形でやって来るもので、なかなか思うようにはいかない。

そういう状況なので、私の日課は十年前、十五年前とさほど変らず、午前中は散歩、昼寝をはさんで午後は来客に会ったあとで執筆、というパターンで過ぎて行く。間に野球、相撲などのテレビ観戦が入って来て、自分で自分の首をしめるのも毎度のことだが、これはべつに私だけに限らないだろう。

隠居願望が高じて、今年の秋は『三屋清左衛門残日録』という武家の隠居を主人公にした小説を出したが、私が現実と縁が切れないように、小説の主人公も隠居はしたものの、結局現実からはのがれ得ず、何かと厄介《やっかい》ごとにかかわり合って生きて行くという結末になったようだった。

しかし隠居したとたんに身も心も老いるのを防ぐためには、むしろ現実の軛《くびき》につながれて、なにがしか世の中のお役に立つという生き方が賢明なのかも知れない。

今年はまた、最後のところに来て菊池寛賞を受賞するという、思いがけない光栄に浴した。これまでやって来た仕事を認めるといった内容の授賞理由がうれしかった。私の小説はごく地味なもので、本来華華しい賞の対象とはならないはずなのだが、そういう小説はそういう小説として価値があると言ってもらった感じがうれしかったのである。

もちろん私なりに一所懸命に仕事をして来たつもりではあるけれども、一所懸命やったから必ず報われるとは限らないわけで、こういう賞は有難く頂戴《ちょうだい》しなければいけない。受賞の決定で、そのあとあちこちから祝辞やらお祝いやらを頂戴し、しばらくの間身辺がざわめいた。

しかしこういういそがしさは原稿引きのばしの理由としてはあまり使えそうもなく、月末には、例によって汗だくで小説一篇をようやく締切りに間に合わせた。こういったところが、私の近況である。

（「新刊ニュース」平成2年1月号）

近所の桜並木

いまの学校はどうなのかわからないけれども、私が小学生だったころは、桜の時期になると花見遠足というものに行ったものである。

行く場所は学校からざっと五、六キロはある鶴岡《つるおか》市の公園で、そのころになるとさしも長い山形の冬も明けて、空には春の日がかがやき、地上には花が満ちあふれる。遠足の日は親につくってもらったお握り、飴玉《あめだま》、せんべいなどのおやつを持って学校にあつまり、そこで行列をつくってわいわいがやがやしゃべりながら出発した。

さて、そのお握り、おやつを何に入れて持って行ったかだが、記憶がうすれてはっきりしないものの、当時のことだからリュックサックを持っている人はごく少数で、大半は学校カバンを肩にかけるか、あるいは風呂敷《ふろしき》包みを腰にくくりつけるかして行ったものではなかったろうか。

そして、いまは村の子供も町の子供も見わけがつかなくなったが、私が小学生だった昭和十年代初期の村の子は洋服など着なかった。桜の季節なら袷《あわせ》の着物を裾《すそ》短かに着て、登校には下駄《げた》、ズック靴《ぐつ》などを履いた。遠足というので多少身ぎれいにはしたろうと思うけれども、服装は大体そんなもので、男の子なんかは腰に風呂敷包みをくりつけ、鶴岡に乗りこんで行ったのである。

そして町の繁華な通りにさしかかるとあち見こち見、きょろきょろとあたりを見回しながら奇声を発して通りすぎるわけだから、鶴岡の人から見れば、山から小ザルが遠足に来たように見えたかも知れない。

しかし引率の先生方はえらいもので、そんな私たちを町の人に恥じる様子など寸毫《すんごう》もなく、威厳のある大きな声で指示をあたえながら、公園までみちびいて行くのであった。

鶴岡公園は荘内《しょうない》藩の城址《じょうし》で、花どきになるとむかしの二ノ丸跡になる広場は、桜の花に包まれる。歩いて行くと、頭上の枝から風に吹かれる花びらが降って来て、夢の世界に迷いこんだような気がした。その時期には花の下に物売りの屋台も出て、コンニャクを煮つける醤《しょう》油《ゆ》の匂《にお》い、綿アメの甘い匂いなどが鼻先に漂って来て、気分はお祭りに異ならなかった。心を惹《ひ》かれるオモチャを並べている店もあった。

そういうものを買う自由があったのか、また自由があっても親が金をくれたかどうか、みんな忘れてしまったが、花ぐもりの空にうかぶ日と、風に散る花びらと、その下で持参の握り飯をたべた記憶だけが残っている。

鶴岡にもう一カ所、町の東を流れる赤川という川の土手が桜並木になっていて、ここも桜の名所になっていたが、多分遠いせいだろう、そこには一度ぐらいしか行かなかったように思う。ここの桜の木は大木だった。私は鶴ヶ岡城二ノ丸跡の桜とこの土手の桜の印象の一端を、『花のあと』という短篇小説の中に書いたことがある。

さて東京に住むようになると、私の頭に花見は上野、という観念が入りこんで来た。

むかしの江戸の桜の名所というと、まず指折りの場所は上野、王子の飛鳥山《あすかやま》、向島《むこうじま》、それに日暮里《にっぽり》の道灌山《どうかんやま》、郊外の小金井、高輪《たかなわ》の御殿山などだったというが、道灌山は花が少なく、また小金井は江戸から六、七里もはなれているので一般向きではなかったらしい。

一般向きでないといえば上野の花見も酒と鳴り物が禁じられていて、また夕方七ツ（午後四時ごろ）になると、山内から出された。そのために上野の花見客は年寄りと女子供が多かったと書いている本もある。結局花を見ながら心おきなく飲み喰《く》いしてさわげる場所というので、向島がのちには一番人気が出て、実際に桜の枝でトンネルのようになっている白鬚《しらひげ》あたりの堤を歩くと、花に酔うようだったともいう。

しかし私の「花見は上野」という考えは、格別そういう歴史的な知識から得たというわけではない。むろん新聞、テレビも、季節になると文字や映像でしきりに上野の花見を扱うけれども、そういうものでつくられた考えでもなく、やはり一種の実感から来ているように思う。

言うまでもなく上野は東北との接点である。東北人である私は、若いころから数知れず上野を経由して出身地である山形と行き来した。また田舎から来る人を迎えに、田舎に帰る人を見送るために、やはり数知れず上野に行った。そして季節が花見どきであれば、駅に着いて時間的なゆとりがあるときは、山にのぼって花見もしただろう。

また東京で生活する間に、花の盛りの上野を通りすぎることもあったし、休日には子供をつれて動物園に行き、ついでに桜も見て帰ったなどということもあったように記憶する。そういう体験にテレビの花見風景などが重なって、花見は上野という観念が頭に根を張ったに違いないのだが、ただし私は、これまで一度も上野で、それが目的の花見をしたことはなかった。

つまり会社勤めのころは仕事がいそがしくて花見どころでなく、また小説家という自由業に変って、花見ぐらいはいつでも出来るかと思ったら、世間はそう甘くはなく、いまだに締切りは近く花見は遠しという状態である。むなしく毎年の花見の時期を見送って来た、というのが実情だった。

その不満をどこで解消しているかというと、家のすぐそばを南北に走るバス道路が桜並木になっている。花の上野には及びもつかないけれども、この桜並木も引越して来たころにくらべると、木も大きく花もりっぱになり、なかなか見られる風景になって来た。何よりも散歩に出るたびに、蕾《つぼみ》のぐあいを見たり、花が咲けば三分咲き、五分咲き、満開の花、そしてついには風や雨に散る様子までつぶさに見ることが出来る安直、便利が値打ちであろう。

今年の春も、やはりこの近所の桜並木で、ささやかな花見気分を味わうことになりそうである。

（「うえの」平成2年4月号）

腰痛と散歩

人にもよるだろうけれども、私は仕事をすっかりやり終えて、そのあとは映画や絵の展覧会を見に行くというようなぐあいにはなかなかならない。たいていは一日中だらだらと、それも時間のある限り、ということは疲れ切って眠くなるまでということになるが、机の前に坐って仕事をしている。

しかもその状態は、仕事の多い少ないとはあまり関係がないように思われる。多ければ多いで、もちろん一生懸命物を書かなければならないが、仕事が少ないときも、やっぱり同じように机の前に坐って、何かしらやっているわけである。時どき相撲とか、高校野球、プロ野球とかが気になって、途中でテレビをつけたりするけれども、これも仕事の量が少ないからテレビをつけるというものでもない。忙しくて、締切りはすぐそこまで来ていて、トイレに立つ時間も惜しいほどという時に限って、テレビをつけたくなったりする。無意識の逃避願望、一時のがれの心理が働くとしか思えない。

そして仕事のすすみぐあいも、仕事の量の多寡《たか》とはあまり関係がないようだ。たとえば四百字六十枚の原稿でも、気持さえのれば一瀉《いっしゃ》千里という場合がある。しかし逆に、たった四枚の原稿でも書きにくくて頭を抱えることもある。原稿と書き手の関係は、こういうひと筋縄でいかない複雑怪奇な葛藤《かっとう》でつながっているので、結局は一日中、眠くなるまで机の前に坐っているほかはないのである。

それでも展覧会や映画を見に出かけることはある。しかし大概の場合、仕事が仕上がった愉快な状況で出かけるわけではなく、締切りが近づいているのに半ば自暴自棄、なるようになれなどと思って出かける。そのくせ夕方おそく帰って来ると、疲れも何もあらばこそ、晩飯もそこそこに机の前に坐る。そして外出してすっかり集中力を失ってしまったやくざな頭を、何とか原稿の方に引きもどそうと懸命になったりする。そんなことをしても仕事はさほどすすむわけではないので思い切ってひと晩休めばいいものを、それが出来なくて机の前でじっと無益な時間を過ごす。貧乏性というのはこういう性格を言うに違いないと思いあたることがある。

こういうしまりのないだらだらとした仕事をしているせいか、私は時どきひどい肩こりや腰痛に見舞われる。今年の春もそうだった。買い置きの湿布薬などを貼《は》ってごまかしても症状は悪くなるばかり、やがて寝るにも起きるにも掛け声が必要なほどに悪化したので、近所のT医院に行った。

背中の筋肉痛は持病の慢性肝炎に関係があるとか、腰痛は何から来ているとか、それぞれ由緒《ゆいしょ》正しい原因があるのかも知れないが、そういうことは長年私を見て来たT医院の先生は万事承知で、「また、電気であったためますか」とおっしゃる。背中が痛むから早速慢性肝炎を直しましょうというわけにはいかないのだから、とりあえず対症療法で行くしかないということである。

電気治療室に行くと、そこには三、四人のじいちゃん、ばあちゃんがいて電気をかけてもらっている。電気治療に来るのは大体が老人で、若い人はめったに来ないようである。私も早速仲間入りして、治療をうけた。と言っても格別大げさなことをやるわけではなく、痛むところにパットをあて、そのパットに電気を通してもらうだけである。所要時間は約二十分で、パットは一時は衣服の下の肌《はだ》がひりひりするほどに熱くなる。そして二十分経《た》つとピ、ピ、ピとブザーが鳴って、治療は終りである。

この単純な温熱療法が、肩こり、腰痛にじつによく利《き》くのである。かなり悪質な痛みも、一週間T医院に通えば大体は消えてしまう。電気をかけてもらっている間は、ばあちゃんたちの話に加わるときもあるが、話題がなくて黙っているときもある。そういうときは気づまりなので、持参した文庫本か新書判の本を読む。待ち時間と治療時間の間に読むと、一週間の間に一冊は読めるので退屈はしない。しかしそんなふうに本など読んでいる私は、ばあちゃんたちの眼《め》には、少し偏屈な老人と映るかも知れないと思う。

それはともかくとして、腰痛も肩こりも、引き金となるのは運動不足とストレスらしいという大体の見当はついている。そこで私は、午前中はつとめて散歩に出るようにしている。散歩はせいぜい三、四十分。家を出て近くの住宅地や芝生があるあたりをぐるっと回って来るだけだが、出不精の私にとって、この散歩は自然と接触し、季節の変化を知る貴重な時間になる。

散歩しながらの実感を言うと、今年の春は天候不順だった。冬の間は暖冬気味で、この分だとホトケノザの花が咲くのも早いだろうと思ったら、これがなかなか咲かなかった。芝生の端の日だまりに、茎がやや徒長した感じでじっと塊《かたま》っている。去年はまだ風が寒いうちに咲いていたような記憶があるので不思議に思っていると、はたしてそのあとに真冬のような寒い日が来た。

そして三月の半ばを過ぎたころだろうか。ある日故五味康祐さんのお家の前にある芝生のそばを通ったら、ホトケノザは一斉《いっせい》に赤紫の可憐《かれん》な花をつけていた。

三月の末には、散歩がてらの花見もした。私の家のそばのバス通りは桜並木になっていて、私は例年ここで花見を済ますのだが、今年の花は見事に咲いたものの、一日は大雨が降り、一日は強い風が吹いて、花はあっけなく散ってしまった。花期が短く、やはり天候不順の印象が残った。桜も雑木林のクヌギの花も終って、いまは若葉の季節である。クヌギ、エノキ、シラカシ、コナラなどの若葉がきれいで、ことに柿《かき》の若葉がまぶしい。芝生のホトケノザはとっくに散り、そのそばにいまはハハコグサが黄色い花をつけている。こういう季節の花や木を眺《なが》めて回るとき、私は散歩は健康のためという大義名分を忘れている。

（「大学と学生」平成2年5月号）

電車の中で

一日に一度、たとえ二、三十分でも散歩をするように心がけているので、まったく外に出ないというわけではないが、電車に乗って都心に出かけるのは、せいぜい月に三度ぐらいだろう。

私は慢性病をひとつ抱えているので、月に一回はかかっている病院に行って簡単な検査をし、経過を見てもらわねばならない。また一日中坐《すわ》って物を書いている仕事なので、特殊な疲れがたまるようである。それでこの疲労を取り、体調をととのえるために一種の揉《も》み療治に通っていて、こちらも月一回である。

どうしても都心に出なければならないのはこの二回で、ほかに仕事関係の会合に出るとか、あるいは絵の展覧会に行く、漢方医院に行くというようなことが月に一、二度あるとしても、合計して月に三回、場合によっては四回というのが都心に出る中身である。

このうち揉み療治の方は一人で新宿まで行くのだが、最近は、結婚して少し離れた町に住んでいる娘が車で送ってくれることがあって、電車に乗らないで済むことが多くなった。

しかしもう一方の都心の病院の方は、出かける時間が早い上に、車よりは電車で行く方かずっと便利な場所にある。そこで電車を利用するしかないのだが、このコースは途中で地下鉄に乗りかえなければならない。ところが私には閉所恐怖症の気があって、この地下鉄が難所である。ひとりでは乗っていられない。それで、こちらには家内が同行する。

そういう事情もあって、最近は揉み療治をのぞいて電車で都心に出る場合は、大体は家内が一緒である。そして老境にさしかかった夫婦が電車に乗るのだから、当然席に坐れるかどうかが最大の関心事となる。特に私は、出来れば坐って、これだけはサラリーマン時代からの習慣で、文庫本ぐらいは読みながら行きたいと思う。それで大概はポケットに本を突っこんで行く。

私たちが電車に乗る駅には、急行は止まらないが準急が止まる。しかし前述のような次第で、その準急も坐れないとみれば見送ることが多い。そのことで当日のスケジュール担当である家内ともめることもある。じっさい、準急に乗ってしまえば十分ちょっとで終点の池袋に着いてしまうので、立って行けないというのではない。時間のつごうで立って行くこともある。

だが出来るだけ席が空いている鈍行をつかまえて坐って行くのは、本を読みたい、身体《からだ》をかばいたいというだけでなく、私の気持の根底に、この年齢まで来たら、十分や十五分の時間のことで齷齪《あくせく》したくないという気分があるからである。のんびりとやりたい。

さて、そういう私から見ると、信じがたいような光景を時どき車内で見かけることがある。若い娘さんに席を譲られても、頑強《がんきょう》に坐らない老年がいる。けっこうですとか、人によってはじきに降りますからなどと言う。

しかしいっぺん立ってしまった娘さんはまた坐るわけにもいかず、バツの悪い顔で立ちつづけ、そのあとに何の関係もない中年のオッチャンが横から来て、ちゃっかり坐ったりする。これが私にはわからない。私なら席を譲られたら、喜んで礼を言い坐らせてもらう。私より若い家内もそうすると言う。

善意に解釈すれば、席を譲られてことわるのは健康のために立っている人かも知れないし、あるいは身体のどこかが痛んで、坐るよりは立っているのが楽な人かも知れない。人の事情はさまざまで、その内面は窺《うかが》い知れない。

だがそうではなくて、私はまだこのとおり若くて元気だから、席なんか譲ってもらわなくともいいという人が、中にはいるように思われる。もしそうなら、その人はぴしゃりとことわられて傷つく娘さんの気持を思いやるゆとりのない自己中心的な人である。身体は元気でも、心は老化して柔軟さを失っていると思う。それに、せっかくの好意を無にすることは、決して礼に適《かな》っているとは言えないだろう。

私は老年の人に席を譲る若者を見ると、ああ日本は大丈夫なんだなと、とてつもなく大きな安堵《あんど》をおぼえることがあるので、挙げたような例を目撃すると少少つらいのである。

（「潮」平成2年8月号）

プロの仕事

多分人手不足とか後継者難、あるいは一方に技術革新というものがあってそうなって来るのだろうと思うけれども、近年はまわりから次第に従来の技術や職人が姿を消し、かわりにセミプロが幅をきかして来ているように見うけられる。

一昨年から今年にかけて、私の家では二度ばかり小さな改修工事を行なった。そのひとつは風呂場《ふろば》の工事で、中を改装するついでに、風呂ガマもいまはやりのボタンひとつでお湯が出る新式のものに換えてもらった。ところがこの新しい風呂ガマは、据《す》えつけが済んで試運転にかかったものの、うまく機能しないのである。

問題の所在は配管の傾斜がどうこうということらしかったが、工事請負会社の課長、係長、機械を据えつけた工事担当者が、それぞれああだこうだと一家言あるものの、いっこうに埒《らち》があかない。

私がみるところでは、みんながその新式の風呂ガマについて九割方の知識を持っているので工事をすすめたものの、彼らは据えつけの専門家ではないということだった。しかしその専門家は私が呼ぶものではないので、はてしなく議論している彼らをあきれて見ているしかないのである。とどのつまりは専門家が来て問題はケリがついたのだが、それはかなり心細い光景だった。

　もうひとつは家の中の内装工事で、最初に壁紙を張りかえるために、親方が徒弟を一人つれてやって来た。といっても親方は二十代の青年で弟子の方は高校生ぐらい、ジーパンをはいた二人だったが、この二人はプロだった。仕事ぶりに無駄《むだ》がなく、仕上がりはきれいで、作業中はほとんどしゃべらなかった。

　工事は三日ほどかかったのだが、その間はあいにくの雨だった。昼になると彼らは黙って姿を消した。私は近くのレストランかそば屋にでも行くのだろうと思っていたが、あのひとたち、親方のワゴン車の運転席でパンをたべているのよ、と家内が言った。私は思いがけなく古風な職人に出会ったようで、うれしくなった。

　私の家では職人が来ると十時と三時のおやつは出すけれども、原則として昼飯は出さない。しかし家内は、明日も雨なら昼食を出したいという顔をしている。ご飯ものの、好きなのを聞いて取って上げなさい、と私は言った。

　もっとも私は、いまどきの若い者が店屋《てんや》ものなんかを喜ぶだろうかとも思ったのだが、親方と弟子は翌日、喜んで出前のカツ丼《どん》かなにかをたべ、家内の話によると、そのあとは一段と張り切って働いたという。帰る前には床の隅隅《すみずみ》まできれいに掃除して、二人は最後まで気持のいいプロの仕事ぶりだった。

　この内装工事でもアクシデントがひとつ起きた。新しく取りかえた照明器具がもとの場所におさまらないのである。なに、簡単です、私がやりますよと工事全体の責任者が言ったが、天井ウラに上がるとか言ったものの結局はだめで、電気工事のプロを呼んだ。やって来たのはかなりの年輩のおじさんだったが、天井にも上がらずあっという間に照明を取りつけてしまったという。家内が感嘆するとおじさんは、こんなのはわけのない仕事だが、子供が跡をつがないからこの齢《とし》になっても自分でやらなきゃならないとこぼしたそうだ。これがプロの仕事ぶりで、また現状ということだろう。

ところで私はいま、姪《めい》が家内に持ってきたテープを聞いているのだが、中身は姪がカラオケで吹きこんだ、全十二曲。テープが欲しいと家内がたのんだのにはいきさつがあって、三年前の娘の結婚式のときに、姪がピアフの「愛の讃歌《さんか》」を歌った。歌は聞き終った親戚《しんせき》一同が呆然《ぼうぜん》とし、司会者が専門の学校に行ったんですかと聞いたようなものだった。すばらしい声だった。

姪は学校で勉強したことなどなく、いまも普通の主婦である。ただ稽古《けいこ》事が好きで踊りや書道を習い、友だちと一緒にカラオケ教室にも行った。テープの歌はその成果というわけだが、身内自慢で気がひけるけれども、「サントワ・マミ」などを聞くと、やはり深みのあるいい声なので、プロ礼賛者である叔父としてはやや心境複雑といったところである。

(「Esquire」平成2年10月号)

老年

ある日近くの図書館に本を借りに行ったら、借り出しに使うチケットが古いもので使えないと言われた。私が当惑していると、貸出し係の職員は、そばにあるカードの項目に、しかるべき書き込みをして出せば、新しいチケットを発行すると言った。そして何か身分を証明する物を持っているかと聞く。

私はもう一度当惑したが、さいわいなことにサイフの中に名前と住所、電話番号、主治医名（近所のT医院の先生）、血液型を記したカードが入っていた。数年前に私は強度の自律神経失調症に悩んで、その関係か散歩中に強い立ちくらみに襲われることがあった。カードはそのころに、住所、氏名もわからずに行き倒れになっては困るので作った手製のものである。それがあれば、万一のときはT医院にはこびこんでもらえるだろうという算段だが、こうなると散歩も命がけである。

そのカードを出すと事はすらすらとはこび、私は新しいチケットをもらい、無事に本を借り出すことが出来たのだが、身分があきらかになったことで少しぐあい悪いことも起きた。すぐに管理職ふうの女性の職員が寄って来てこう言った。

「来年の春も講演会をやりますので、今度はぜひお願いしますよ」

去年だったか今年だったか、図書館から電話があって、この図書館が主催する講演会で話すように頼まれたが、私は体調不十分を理由にことわった。そのとき「すぐ近くなのにだめですか」と不満そうに言ったのが、この女性だったようである。私はその日もあいまいな返事をして図書館を出た。出来れば講演はごめんこうむりたいと思っていた。

それには当然理由がある。女性が言ったように、私の家は図書館から数分のところにあって、近いことにまちがいはない。しかしそのことはまた、講演を聞きに来る人たちが大部分はわが町の隣人であることも意味している。ご近所の人に、えらそうに何か話すということも照れくさいが、もうひとつ散歩のときに困るなあという気分が私にはあった。

私はほとんど毎日散歩に出るけれども、いまのところ途中で出会って挨拶《あいさつ》をかわすのはせいぜい数人、郵便配達の局員さん、果物屋のおとうさん、K電気店の奥さん、レコード店ワルツ堂のご主人、T医院の看護婦さんぐらいで、この中には私が作家だなどと知らない人もいる。私の散歩の平穏は、そういうことで保たれているので、一度地元で講演なんかしてしまったら、コンニチハがいそがしくて散歩どころではなくなるのではないかと、私は転ばぬ先の杖《つえ》の心配をするのである。

しかし私はまた、こういう引っこみ思案があまり好ましい傾向のものでないことにも気づいている。老年のこの種の気持の動きは、下手をすると人間ぎらいに行きつくかも知れない。講演ぐらいはやるのがいいのかなと思ったりする。

さて毎日毎日どこまで散歩に行くのかというと、最近の好みはO公園である。公園に着くと、私は広場に立って一本の榎《えのき》を眺《なが》める。公園には弱い風が吹き通り、やがて風は私が眺めている榎の一隅《いちぐう》の枝をゆすって通りすぎた。と、ひとつかみほどの黄色い木の葉が撒《ま》いたように空中に散り、日に光りながらゆっくりと落ちる。

それを見ただけで私は満足して帰路につき、そしてふとこういう光景に気持をひきつけられるのも老年かと思う。私のそばには幼児と若い母親が群れていたけれども、誰も一瞬の落葉などは見なかった。私だって若いころは、紅葉などにさほど心をとめなかったものだ。

またある日私は、娘もあっとおどろく徳永英明のテープを聞いている。そして青春をうたう徳永のセンチメンタルで甘い歌声や歌詞の一節にふと胸をつまらせたりする。だが胸がつまるのは感傷のせいではない。帰らない青春といった感傷の中には、まだ現在と青春をつなぐみずみずしい道が通じているだろう。だが老年の胸をつまらせるのは喪失感である。道はもう通じていない。あるのは眼前の日日だけのように思われることがある。

（「週刊小説」平成3年1月4日号）

昭和の行方

昭和が終って平成も三年目になったわけだが、私はいまだにこの新しい年号になじめないでいる。平成三年といわれても、自分の年齢さえ行方不明になったようで、計算しないとよくわからない。しかしそれで大いに困っているかというと、そうでもなくて、心の隅にそんなことはどうでもいいような気持もひとつあるのである。言葉を換えて言えば、私は平成という年号に、いささか冷淡な気持を抱いて過ごしているということになるかと思う。

平成三年現在の自分の気持の、こういうありようには、多少は老化現象というものが関係しているに違いないけれども、ほかにも思いあたることがないわけではない。たとえば私は昭和二年生まれである。まるまる昭和とともに生きて来た人間というようなもので、急に平成などと言われてもピンと来ないのは仕方ないことにも思える。

しかし、そうやって苦楽をともにつき合って来た昭和という時代なら、手放しで愛しているだろうと言われればそこは微妙で、戦争もあり平和もあったわが昭和に対して、私はじつに愛憎相半ばする気持を持つけれども、ここではそういうことではなく、昭和に対する別のある割り切れない気持、消しがたいひとつの印象といったものについて述べてみたい。

比較的おだやかな子供のころがあって、つぎに戦争があって、そのあとに戦後の混乱と立ち直りがあってという昭和の前半部分は、波瀾《はらん》に富んではいても、国の様態としてそんなにわかりにくいものではなかった。私たちは怒ったり嘆いたりしたが、それぞれになんとか対応出来、時代の波をしのいで生きのびたと思う。

しかし昭和の後半、昭和三十五年に池田勇人《はやと》を総裁にえらんだ自民党が所得倍増政策を発表したころから、日本の社会は徐徐に走りはじめ、それにしたがって国もまた少しずつわかりにくく変って行ったように思えた。

そのころ私はある業界新聞に勤めていたので、取材対象の会社、いま考えれば売り上げ規模からいって中小企業の上位クラスに過ぎなかった数社が、やがてしきりに設備投資をくりかえし、日本国中に工場と営業所を建て、みるみる年商百億円台から千億円台の大企業に変《へん》貌《ぼう》して行くのを見た。いわば高度成長経済政策が軌道に乗る時代をつぶさに見たわりである。

しかし、経済的な成長拡大というものは目に見えるもので、わかりにくいことはひとつもなかった。私が経済の高度成長というものから、何かしら不透明で不気味な感じを受けるようになったのは、昭和四十六年ごろである。私はその年小さな文学賞をひとつもらって、文壇というものと若干のかかわりあいを持つことになった。そしてそのころ文壇には、二カ月も小説雑誌に書かないでいると忘れられてしまうという言葉があるのを知った。つまり毎月、どこかの雑誌に書いていないと、出版社にも読者にも名前を忘れられるというのである。ばからしいことを言うものだと私は思ったが、それは多少の誇張はあったにしろほぼ事実だった。いまや日本社会全体が、どこにむかってかわきめもふらず疾走しているのを私は感じた。不気味だった。

その疾走にブレーキをかけたのが、昭和四十八年十一月に起きた石油ショックである。しかし日本はそれで走るのをやめたかといえば、そんなことはなく、石油ショックをしのいだ企業はその後合理化とハイテクの採用で新しい走法を開拓し、現在も走りつづけていると私は見ている。

さてそれでは、池田首相が所得倍増という言葉で目ざした、ゆたかな社会は実現されたのだろうか。たしかに物はゆたかにあり、仕事も家庭生活も、さまざまの機器の発達で便利になり楽になった。個人の財布もふくらんで海外旅行がはやり、中流意識が定着したように思われる。

だがその半面私たちは、核家族化という名前で家庭の崩壊をまねき、子供たちは塾《じゅく》通いで遊びを失い、農家に嫁が来なくなり、農薬や生活排水のために川という川が泳げなくなるといった社会をむかえるに至ったのである。

これがもとめたゆたかな社会なのだろうか。そして私たちははたしてしあわせになったのだろうか。それとも本当のしあわせはまだこの先にあって、われわれはいまそこにむかっている途中なのだろうか。近年私はしきりにそうした疑問の声を心の中に聞きながら来たように思う。

しかし、それをはじめたからには答える義務があるはずの昭和は、私の疑問に答えることなく突然に終ってしまった。割り切れない気持というのはそういったことである。

夏目漱石《そうせき》の『こころ』の先生は、明治の終りに際会して「最も強く明治の影響を受けた私どもが、そのあとに生き残っているのは必竟《ひっきょう》時勢遅れだという感じが烈《はげ》しく私の胸を打ちました」と遺書に書いたけれども、昭和の終りはこんなきっぱりしたものではなく、どこにむかってか、いたずらに走る社会を筆頭に、大部分はあいまいな形で平成という時代に引きつがれたように見える。私が新しい時代に冷淡なのは、それが数数の疑問符つきの昭和の延長であるにもかかわらず、疑問に答える義務を負っていないようにみえるからかも知れないのである。


（「山形教育」平成3年7月号）

さまざまな夏の音

今年の夏は天候不順と腰痛のせいで外に出る機会が少なく、家の中で窓の外から聞こえてくるさまざまな物音を聞くことが多かった。

たとえば盆踊り。私はこのなんとも言えないざわめきが好きで、夜、原稿を書いていて盆踊りの物音が聞こえてくると、気持が浮き浮きして仕事に集中できなくなる。

と言っても私が生まれた村には盆踊りはなかったので、子供のころに踊ったからということではなく、盆踊りといえば、若いころに療養生活を送った東京郊外の村で、病院を抜け出して村の鎮守の境内でひらかれる盆踊りに加わったぐらいである。三晩ぐらいは通ったと思う。そのひと夏の盆踊り体験がすべてで、あとは一度も踊ったことがない。

それなのに盆踊り歌や太鼓の音を聞くと、いまも気持が浮き立つ。なにか非常に原始的な情緒をゆり動かされるような気がする。盆踊りは遠く近くあちこちではじまり、やがてわが町内会の番になる。会場は家からそう遠くないので、町内会の役員が挨拶するマイクの声などども聞こえてくる。そして歌と踊りがはじまる。私は仕事の手をやすめてその物音を聞き、掛けつらねた提灯《ちょうちん》の灯《ひ》の下で人びとが踊る様子を想像する。だが見に行く気はしない。ただ、じっと聞いている。

そして町内の盆踊りが終わると、なんとなく夏が終わったようなさびしい気持になる。そういうある夜、ふとどこか遠い町の盆踊りの音が聞こえてくることがある。私はそのかすかなざわめきに耳を傾けながら、もうけものをしたような、小さな幸福感に心を満たされている。

夏の花火もまた、私の気持を落ちつかなくする物音である。花火の音が聞こえてくると、私はパブロフの犬のごとくあっちの窓、こっちの窓と花火が見える窓をさがして二階を走り回る。だが、音は聞こえるのに肝心の花火が見えないこともある。こういうときは、仕方なく机にもどっても欲求不満が残って気持が落ちつかない。

いま一番よく見えるのは朝霞《あさか》の自衛隊駐屯地《ちゅうとんち》の方角に上がる花火で、私は暗い廊下に一人たって、花火が終わるまで見とどける。階下にいる家内は、私が二、三日後に迫った締切り仕事に精出していると信じているので、物音も立てずひっそりと見物する。

また、今年は天候不順のせいか、蟬《せみ》も虫も鳴き出すのがおそくて気をもんだ。なにしろ環境悪化は既成の事実で、今年の天候不順にしても巨視的には地球の環境悪化が原因ではないかと疑われるほどだから、頭の中をふと「沈黙の春」ならぬ「沈黙の夏」が横切ったとしても不思議はない。

しかしやや遅れたもののまず蟬が鳴き、やがてこおろぎも鳴き出した。いまこうして原稿を書いている間も、家のまわりは虫の大合唱である。そのけなげな音を聞いていると、地球を汚している人類という生物を代表して、虫たちにありがとうさんと言いたくなる。

そしてまたある夏の夜、私はテレビの巨人―阪神戦を見ながら掛布《かけふ》雅之《まさゆき》の解説の声を聞いている。

掛布はこんなことを言っている。「いま私の予想もしなかったようにゲームがやられているんで、どう言ったらいいのか。斎藤君（巨人の投手）がベスト・ピッチングをしている、これを勝たせられないようでは、今シーズンは終わると、ジャイアンツの選手も思っているのではないでしょうか。なんと言ったらいいか……」、アナ「言葉が……」、掛布「野球というのはすばらしいゲームですねえ」

それは斎藤投手の好投にどうしても報いられないでいた巨人が、ついに岡崎がライト前にヒット（代走鴻野《こうの》）、つぎの代打中尾が三塁打を打って鴻野を迎え入れ、次打者村田がスクイズを決めて中尾も生還という場面の解説だった。実際すばらしい試合になった。掛布がこの解説をしたのは、むろん巨人にまだ優勝の目が残っていた八月初めのころである。

また、べつの日の巨人―広島戦で、五十四犠打という驚異的な数字を達成した巨人の川相選手について、掛布はこんなことも言う。

「巨人になくてはならない選手になりましたね。しかし川相君がまぶしい光り方をするようだと、巨人（の状態）はわるいでしょうね。鈍く光るぐらいでいい」、また駒田《こまだ》選手の打撃にふれて「子供は見習ってもらいたい。身体《からだ》の立て方、首の立て方、そして頭が動かない。身体の芯《しん》を中心に身体がぐるりと回るから鋭い打球が打てる」

現役時代と解説者になってからのイメージが、掛布雅之ほど変わった例を私はあまり知らない。掛布の解説が加わって、野球を見るたのしみがひとつふえたことは確かである。

雷は夏の物音の親玉のようなものだが、八月一日の午後の雷雨ははげしかった。そのとき私は家の中が異様に暗くなったので、西側の部屋に行って外を見た。するといきなり不気味な光景が目に入ってきた。窓の外に広がる西空が黒い雲に埋めつくされているのはいいとして、その中に目を疑うようなものが立っていたのである。私は一瞬巨大な十字架の列を連想したのだが、それは私の家の横手から表のバス通りまでつらなる電柱だった。

電柱は今年の春に立て替えたばかりで、頭のところがK・K・Kの帽子のようにとがっている。そしてその下のほうに横に交差する支柱があって、そのために電柱は少し形がいびつな十字架のようにも見える。その立ちならぶ数本の十字架が比喩《ひゆ》でも何でもなく白銀色に光っていたのである。それはなにかこう、西欧の中世的な光景というか、慄然《りつぜん》とするような景色に見えた。

実際は、東の空の一角に残る反射光が、暗い空をバックにした電柱の列にとどいて白銀色に光らせたにすぎないのだったが、そうわかっても不気味な印象はすぐには消えなかった。

しかし十字架はじきに色あせ、突然に雷鳴がとどろいてどっと風が吹いてきた。そして外はたちまち風雨と雷鳴の荒れ狂う世界になった。私はあわてて戸をしめて回ったが、間にあわずに私も部屋の中も少し濡《ぬ》れた。

話はまた変わるが、今年の夏は新しいサンダルを買った。腰痛を克服するには散歩は欠かせない運動なので、まず足もとを固めたわけだが、このサンダルは履いてみるとひと足ごとにギュッギュッと騒騒しく鳴る代物《しろもの》だった。

それはいいとして今年はある時期から異常に暑くなり、散歩も大変だった。腰痛の克服どころか、まごまごすると日射病にやられかねない。そこで着る物はできるだけ軽装を心がけ、頭には古い麦ワラ帽をかぶり、日《ひ》除《よ》けのサン・グラスをかけ、腰には扇子をさしこむというスタイルでギュッ、ギュッ、ギュッ、ギュッと出かける。ひと昔前の農家のおじいさんといった恰好《かっこう》である。

ところで私がふだん散歩している道は、夏の間は日陰もないところである。それを知っている家内は、途中で行き倒れられては大変と思うらしく、あの道はどうかこの道はどうかと、日陰のある道を考え出してしきりに世話をやく。しかし散歩コースにも好みがあって、どこでもいいというわけにはいかない。

私は生返事をして出かけ、結局は途中からいつものコースに回ってさんざん日に照りつけられ、サンダルの音も力なく家にもどる。その汗だくの恰好を見ればヘソ曲がりの亭主がどこを歩いてきたかはすぐわかるらしく、家内は背中の汗ぐらいは拭《ふ》いてくれるけれども、私がいや暑かった、行き倒れるところだったとこぼしても、少しも同情しないのである。

そのきびしかった夏もようやく終わるようである。だがほっとする気分の中に少しばかりさびしさがまじるのは、開放的なもの、にぎやかで明るいものが総退場して行く気配を聞くせいだろうか。

（「銀座百点」平成3年11月号）

「冬から春へ」思うこと

屋根の上のハト

冬の間、隣家の屋根の棟がわらに二羽のハトがいて、早朝から仲のいいところを見せていた。まず片方がもう一羽の方にすり寄って行く。私は勝手に細身で姿のいい方が雌で、大柄《おおがら》で太り気味の方が雄だろうと見当をつけたのだが、寄って行くのは雄の方であることもあり、雌の方である場合もあった。見ているとかなりしつこく迫る。

で、相手が根負けして立ちどまると嘴《くちばし》で羽根をつくろってやったりし、最後は二羽で嘴をくわえ合って首を振ったりしている。接吻《せっぷん》という言葉を思い出させる光景だった。

この二羽がいる棟がわらに、ときどきはぐれ者ふうの一羽のハトが来ることがあった。羽もうす汚れて太っているそのハトは、最初棟がわらの端にじっとうずくまっている。夫婦バトには関心がないふうを装う。装うというのは、やがてそろそろと横歩きして夫婦バトのそばまで行くと、なんと姿のいい方のハトにすり寄って行くからである。

細身のハトは逃げて、棟がわらの突端まで追いつめられると急にはばたいて屋根のむこう側に姿を消した。操を守ったわけだが不可解なのは亭主バトの方で、風来坊が女房にすり寄って行く間、あさっての方をむいてわれ関せずという恰好《かっこう》をしている。そのくせ女房バトが姿を消すと亭主も大あわてで飛び立ち、後を追って行った。

だらしがないな、と日和見《ひよりみ》の亭主バトを怒りながら屋根に目をもどすと、棟がわらの端に失恋した寅《とら》さんふうに無法者がうずくまっている。それはそれで滑稽《こっけい》にも哀れにも見えた。

寒い間、ほとんど毎朝のように寸劇を演じてみせていたハトは、しかしあたたかくなると姿が見えなくなった。啼《な》きもせず、羽のいろも不鮮明でキジバトかドバトかもわからなかったあのハトたちは、一体どこへ行ったのだろうか。いまはガランとして広い隣家の屋根が、春の日差しに光っているだけである。

鳥とドラ猫《ねこ》

狭い庭に木蓮《もくれん》が三本もあるのだが、四、五年前からヒヨドリが来てつぼみや花をたべるようになった。今年も、満開になるころには木蓮の花はぼろぼろになってしまった。

また猫の繁殖期が一段落したころ、ある日散歩をしていると芝生の隅《すみ》で猫が交尾をしていた。雌を組み伏せているのは巨大なドラ猫である。六十年余も生きて来たけれども、白昼に交尾する猫を見たのははじめてだった。鳥や猫のこうした振る舞いの中には、何かしら異常なものがあるように思うのだが、あるいは私が無知なだけのことかも知れない。

文芸のこと

第百六回直木賞の受賞者は高橋克彦《かつひこ》、高橋義夫《よしお》氏の両氏で、最近このお二人の無名時代（克彦氏は実際は有名作家なのだが、地方では無名扱いされていたらしい）の話がエッセイになって発表され、なかなか笑える話になっている。

中でも傑作は義夫氏の受賞を祝福してくれた人が、「今度は芥川賞《あくたがわしょう》だな」と言ったという話。義夫氏は唖然《あぜん》としたようだが、このテの話は私にもおぼえがあって、義夫氏の気持はよくわかった。しかし少数の理解者をのぞけば、一般の人の文芸に対する理解は大体これと五十歩百歩と考えていいように思う。

それというのも小説などということは堅気の暮らしの外のことなので、日常の仕事に追われている人びとは、なかなか文芸にまで気を配ってはいられないのである。かくいう私も、受賞するころまでは直木三十五の名前をどう読むものか正確には知らなかった。「さんじゅうご」とは思いもよらなかった。

では文芸は世に無用のものかといえば、むろんそんなものではない。文芸もまた人を粛然とさせる力を内包している。たとえば柳田国男『遠野物語』から、〝サムトの婆《ばば》〟の一項を引こう。

松崎村寒戸《さむと》で、若い娘が梨《なし》の木の下に草履をぬぎ捨てたまま行方不明になるという事件があった。それから三十年あまりたって、あるときその家に親戚《しんせき》の知人があつまっていると、よぼよぼに年老いた姿であのときの娘が帰ってくる。女は人びとの質問に、みんなに会いたくて帰って来たと言っただけで「さらばまた行かんとて、再び跡を留《とど》めず行き失《う》せたり。その日は風の烈《はげ》しく吹く日なりき。されば遠野郷の人は、今でも風の騒がしき日には、きょうはサムトの婆が帰って来そうな日なりという」

この伝承を語ったのは遠野の人佐々木喜善だが、これをわずか六行余りながら、遠野の山野を吹き過ぎる風が見えるような文章に表現したのは柳田国男である。このような一度読めば何十年たっても頭を去らず、読み返すたびに人間とは何か、人間の運命とは何かということを考えさせずにおかない文章に出合うと、私は文芸というものとそれを生み出す人間を信じたい気持で胸がいっぱいになり、自分も努めねばと思うのである。

ボケ事始《ことはじめ》

ある証明書が必要になって、すぐ近所にある区役所の出張所に行った。

所定の申請用紙に住所、氏名その他を書きこんで窓口に出すと、じきに名前を呼ばれた。行くと若い男の所員が住所はこれでいいかと言う。見ると地番の最後の数字と号数を逆にして書いている。訂正して出し直すと、若い所員は私の顔をじっと見ながら、やさしい声で「そうですね」と言った。ヨクデキマシタと言われたような気がした。ボケ老人が証明書を取りに来たと思ったかも知れない。

あたらずといえども遠からずかな、と思いながら外に出るとバス通りの桜並木が四月の日にかがやいているのが見えた。何本かは葉桜になったが、残る木はまだしぶとく花を咲かせている。

（「朝日新聞」夕刊 平成4年4月13日）

晩秋の光景

秋雨《あきさめ》前線という気象用語はむかしはなかったように思うのだが、私の勘違いだろうか。それはともかく、その名称にふさわしいような雨が何日も降りつづいたころは、いささかうんざりした。

そのうんざりした気分の中に、時どき裏切られたような、納得がいかないような思いがまじることがあったのは、私が山形の田舎生まれだからだろう。田舎の秋は大体天気がいいものと相場が決まっていた。農家は九月には稲を刈り、十月には田んぼに干してあった稲を取り入れる。

取り入れの時期になると小学校は一週間ほどの休校になり、子供たちは大人を手伝って一所懸命に働いた。といっても、稲を運搬する車がくる道端まで稲束を背負い出すのが主な仕事で、むつかしいことは出来ない。晴れわたった青空の下で、田んぼという田んぼには人が溢《あふ》れ、表の道には馬車や荷車がからからと車輪の音をひびかせて終日行き来し、平野はまるでお祭りのようなさわぎだった。いまは消えてしまった機械化以前の光景である。

しかし近年、たまに郷里の村に帰ると、村の中に人影を見ないことに胸を衝かれる。兼業主体の勤め人の村になってしまったからだろう。田んぼは共同管理で、取り入れの時期になってもコンバインがぽつんと動いているだけである。村の人が、ハイカラにオペレーターと呼ぶその役目を、最近はいやがる若者も出てきたという。

横道にそれたが、同じ長雨でも梅雨前線の方はどこかに華やぎがあるように思われる。それは相生垣瓜人《あいおいがきかじん》先生の句にも「梅雨といへど鈍き火花を散らすなり」とあるように、梅雨には万物の生生繁茂を促す活力があり、その先にはかがやく夏の日も見えているからだろう。

秋雨はさびしいだけである。

雨のついでに風のことを書くと、私は風が嫌《きら》いである。風が強くて外の木がざわざわ音を立てたり、雨戸が鳴ったりすると、気が散って物が書けない。

自分のそんな性格を、蜘蛛《くも》の性だからかななどと家の者に言ったりするが、むろん冗談で、私は蜘蛛も嫌いである。いまも、あまり確かとは言えない田舎のことわざのようなもの、朝の蜘蛛は殺すな、夜の蜘蛛は殺せにしたがって、明るいうちに見つけた蜘蛛は手間ひまをかけて外に出すけれども、夜の蜘蛛は躊躇《ちゅうちょ》なく殺す。

蜘蛛といえば、同郷の人ですでに故人であるY夫人の短歌「夕蜘蛛はおのが巣にいてみじろがず　この寂寥《せきりょう》はいずこよりきたる」はよしあしはわからないけれどもいつまでも心に残る歌である。尋常にうたい出した歌が、下句にいたって一転静かな激情といったものを吐き出したふうなのが劇的で、しかも、ここに共感をさそうところがあるのだ。蜘蛛の巣の背景をなすのは、すこーんと空虚な晩秋の空であったろう。

今年は家の近所に、つねに十羽前後の鴉《からす》が滞留してうるさかった。

朝早くから鳴き出すのは仕方ないとして、その鳴き声が何となく気にさわる。むかしの鴉は尋常にかあかあと鳴いたものだが、最近の鴉はめったにそうは鳴かず、ぐるると言ったり、かっかっかっと気ぜわしく鳴いてみたり、中には得意げにオックン、オックンなどと鳴くのもいる。何かこう、ふざけているような、人をバカにしたような気配が感じられるのである。

人をバカにしているというのは、たとえばこんなことである。散歩の行き帰りに、家のそばの電線に鴉が五羽も六羽もとまって、おし黙って私を見おろしていることがある。あまりいい気持はしない。

また、やはり家のそばのゴミ集積所に、二、三羽の鴉がいて袋をつついていることがあるが、この連中は、私がそばを通っても見向きもしないのだ。還暦をすぎたじいなどは無視しようという態度である。そのふてぶてしさは鳥ばなれしていて、どこか人間に、それもあまりたちのよくない人間に似ている。

雀《すずめ》にしろ、尾長にしろ、私が二階の窓をあけると警戒心もあらわに一斉《いっせい》に飛び立って、その先の梅林に隠れる。その姿は見てのとおりの鳥で、人間とはまったく異類の生きものだとひと目でわかる。しかるに鴉だけは、ふざけたり、人の心を推しはかるようであったり、時には威嚇《いかく》したり、甚《はなは》だ人間くさい感じがするのが不思議だ。

そこで鎧戸《よろいど》をさっとおし開ければ、
はたはたと羽搏《はばた》いて、
いにしえの神の世にふさわしい、
堂々たる大鴉　入りきたる

（エドガー・アラン・ポー「大鴉」阿部保訳『ポー詩集』より）

ポーがこの詩に鴉を登場させたのは、やはり鴉の人間くささが意識にあったからだろうか。

もっとも訳者の註によると、この詩の鳥は最初は鴉でなく鸚鵡《おうむ》だったそうである。だが詩人の問いに「ネバーモア」という、虚無的な不思議な答えを繰り返すこの鳥は、やはり野性にして人間くさい鴉でありたい。人工的な鸚鵡では台なしだと思ったりする。

秋から冬へという季節にさしかかると、久保田万太郎の俳句がなつかしくなる。

　秋の雲みづひきぐさに遠きかな

遠い秋の雲とみづひきぐさの小さな赤の絶妙のうつりぐあい。そしてこの二つのものの距離の測定の確かさに、万太郎の詩的感覚の尋常でない鋭さが見られるだろう。

　度外れの遅参のマスクはづしけり

遅参したのは多分、万太郎本人だろう。マスクをとると大きな顔がぬっと出てくるおかしさ。どうもどうもなどと詫《わ》びる声も聞こえて、俳句は諧謔《かいぎゃく》の文芸だったことも思い出させる。

　これやこの冬三日月の鋭《と》きひかり

この句を読むと、何という大げさな言い方をする人だろうと思いながら、こういう言い方が悠然《ゆうぜん》と市民権を得ていた時代をなつかしむ気分がわいてくる。近年は何かしら世の中一般がせわしなくてぎすぎすして、なかなかこういうのんびりした言い回しを許してくれないように思う。

　湯豆腐やいのちのはてのうすあかり

万太郎の俳句の絶唱か。しかし湯豆腐は好きでも、万太郎の俳句を愛する者としては、この句にまつわりつく万太郎の孤独感が少少つらいのである。

（「日本経済新聞」平成4年11月8日）

日日片片

鴉も一、二羽がカアカア鳴いている分には朝の風情《ふぜい》のひとつで、気になるようなことではない。しかし三十羽も四十羽もの鴉が表通りの電線にあつまって、わあわあぎゃあぎゃあとわめいているなどという光景は、ヒッチコック映画「鳥」を思い出させて、あまり気持のいいものではない。

その鴉たちを、私は二階の窓からじっと眺《なが》めているのだが、うるさいからと変に強引に追いはらったりすると仕返しをされるのではないか、と思わせるところがこの鳥の値打ちだろう。なかなかひと筋縄《すじなわ》ではいかないつらがまえを持つ鳥である。

ところで、鴉たちはむろん無意味にあつまっているのではなく、狙《ねら》いは表通りにある私たちの家のゴミ置場である。かれらは電線の上からこのあたりの主婦の動きを見張り、やがてゴミが出そろったとみるとおもむろに地面に降りてきて、ゴミ袋をつつきはじめる。この作業の間は無言である。かれらのくちばしは太くてビニール袋などやすやすと突き破るらしく、かれらが去ったあとには生ゴミが散乱することになる。

この中身の散乱で、私たちの組ではない少しはなれた家の人が、こちらにゴミを捨てにきていたのがわかった、などというハプニングもあった。べつに外部の人を疎外《そがい》するつもりはなくとも、組では一週間交代の掃除当番をおき、ゴミ置場を毎日掃除しているので、それでは困るということになるらしい。

それはともかく、鴉被害は行きつくところまで行きついたというわけで、組では紙袋、ビニール袋をやめ、ポリ容器を使うことにした。といっても容器の中にこれまでのゴミ袋をいれることになるので、二重手間である。さらにひとつにまとめると、ゴミも運ぶのにけっこう重いということもあって、とんだ災難というしかないが、ポリ容器に変えると、現金なもので鴉の群はたちまち姿を消した。

そして朝になると、いまも遠いところからぎゃあぎゃあと鴉のわめき声が聞こえてくる。ふむ、どこかでやられているなと、品性高潔ならざる私は、うまくババ札をパスした気分で内心にやにやするのである。


Jリーグが出来てからサッカーが変質したようで、以前のようにたのしめなくなった。

たとえば得点したあとのさまざまなパフォーマンスは、外国選手とくにラテン系の選手はサマになるけれども、日本の選手には似合わないように思うし、観客の方も顔に何か塗りたくるのはご愛敬としても、ああいうふうにはじめから終わりまで熱狂されては、見ていて疲れる。それはおまえが年寄りだからだと言われれば一言もないけれども。

もうひとつ、Jリーグ関連の旦那衆《だんなしゆう》が、Jリーグはおもしろいとはやし過ぎるように思うのは私のひが目だろうか。こういう競技が巨額の新産業だというのもおもしろいし、不景気の折からぜひ定着してもらいたいものだが、あまりはやされると年寄りは少し白ける。

〝先《ま》たのむ椎《しひ》の木もあり夏木立〟という芭蕉《ばしよう》の句は、俳句を習いはじめたころに買いもとめた虚子編「季寄せ」に、夏木立の例句として引かれている作品だが、私は長い間おもしろくも何ともない句だなと思ってきた。

ところがここ数年、私は真夏になるとかならずこの句を思い出すようになった。午前の散歩から帰ってくると、家の近くにあるキャベツ畑の間の道は日に焼けて目も眩《くら》まんばかりである。たださいわいなことに畑の先に大きな屋敷があって、その屋敷うちにある数本の椎の木が道に濃い影を落としている。私はその木陰をたよりに、すさまじい照り返しの熱気につつまれている道に足を踏み出す。そういうことがたびたびあった。

先たのむ椎の木もありだね、と私は思い、ある年配に達しないと実感を理解出来ない句というものもあるらしいと思ったりした。もっともこれは自分勝手な解釈で、芭蕉の句の意味は違うのかも知れないのだが。またその句は奥の細道の翌年、すなわち最晩年の芭蕉が門弟の菅沼曲水《すがぬまきよくすい》の世話で近江《おうみ》の国滋賀の幻住庵《あん》に住んだときの句でもあるから、句に挨拶《あいさつ》の気配がある。それならべつにおもしろくある必要もないわけである。

ところで私の家のそばの椎の木だが、今年の夏を前にばっさりと大枝を落とされてしまい、キャベツ畑の道はいよいよ暑くなりそうである。

（「小説新潮」平成5年9月号）

明治の母

私の母たきゑは、明治二十七年に山形県の片田舎に生まれ、昭和四十九年に東京の私の家で亡《な》くなった。八十歳だった。若いころはあまり身体《からだ》が丈夫でなかった人だったから、案外に長生きしたと言えるかも知れない。

さて、母の学歴は尋常小学校四年卒業である。そのことと母が五十いくつかのころにたった一人で北海道まで旅行したという、さほど脈絡もないような二つの事実のあたりから、母の話をはじめたいと思う。

母が小学校四年卒業だということを聞いたのは、母自身の口からだったと思うが、それがいつごろだったのかははっきりしない。ただ聞いたときなんとなく滑稽《こっけい》な感じを受けた記憶があるので、少なくとも私はそのとき小学校六年は卒業したあとだったろう。いずれにしろ、私は母のその話をさほど身を入れて聞いたわけではなかった。

母が遠い北海道に旅行したのは、その話よりずっとあとで、私が病気治療のために東京に出た昭和二十八年ごろのことだったように思う。母の単独旅行は私をびっくりさせたが、しかしそれも聞いたとき限りのびっくり仰天で、私は母の北海道旅行の始終を思いやったわけではなかった。

要するに、多分男のつねとして、ある時期から私の関心はもっぱら外の世界にむかい、母の方にむかうことはめったになかったということだろう。母の学歴だとか北海道旅行だとかいうことが、少しずつ気になり出したのは母の死後、それもごく近年のことである。

そしてその学歴のことだが、小学校四年卒業というのはべつに笑うべきことでも何でもなくて、当時の学制では小学校は四年制だった。小学校が六年制になるのは明治四十年からである。また母が入学したころの女子の就学率はそう高いものではなかったようだから、四年間学校に通って、いわゆる読み書きソロバンの教育を身につけることが出来た母は、明治のころの村の娘としてはむしろ恵まれた方だったのかも知れない。

ところで母が北海道に行ったのは東室蘭《むろらん》にいた母の兄が病死し、その葬儀に出るためだったのだが、私がなぜおどろいたかといえば、おそらくそれが母にとってははじめての汽車旅行のはずだったからである。冒頭に記したように、どちらかといえば母は病弱で汽車なんかには乗ったことがない人だった。

しかしいま私がおどろきを新たにするのは、初の汽車旅行が北海道行きだったということもさることながら、六十近い山形の田舎のおばさんが、よくも迷子にもならずに、たった一人で鶴岡《つるおか》から青森に出、そこから連絡船で函館《はこだて》に渡り、さらに東室蘭へとたどりつけたものだということである。

もうひとつ、母の旅行にはべつの困難がつきまとっていたはずである。母が話す言葉は当然ながら庄内弁《しょうないべん》という発音不明、意味不明の難解な方言である。たとえば乗換えの駅で汽車の行先をたずねるにしても、たずねる方もたずねられる方も大いに困惑したのではなかろうか。

そういうことを考えていたとき、ふっと頭にうかんで来たのが尋常小学校四年卒業という母の学歴だった。母はその旅で、むかし習いおぼえた読み書きソロバンの能力をフルに活用したに違いない。そして困難はあっても首尾よく東室蘭にたどりついたのであろう。

おもしろいことに、その大旅行のあとでどうやら母は汽車にすっかり自信を持ったらしかった。私と弟が東京で所帯を持つようになると、母は気軽に田舎と東京を往復するようになった。汽車の椅子《いす》の上に行儀よく膝《ひざ》を折って坐《すわ》り、上野に着いた。おふくろは汽車が好きなんだと、私と弟は笑ったことがある。

しかしふり返ってみると母は、私が病気だとか、私の家族が病気だとか、大ていはその種のよんどころない用事を抱えて上京して来たことにも思いあたる。背をまるめ、座席の上に膝を折って汽車に揺られながら、そのころの母が何を考えていたかを、ついに私は知ることが出来ないのである。

（「翼の王国」昭和63年12月号）

ある思い出

鶴岡出身の画家山本甚作《じんさく》先生の絵をのせたグラフ山形を眺《なが》めていたら、「鶴岡天神祭」という百号の絵が出て来て、バケモノが描かれているのが懐《なつ》かしかった。近年はバケモノのなり手が少なくなったのが悩みだ、などと聞くものの、まずは昔ながらの天神祭風俗がつづいているのはめでたいことである。バケモノがいなくなっては、天神祭の意味がなくなるだろう。

昔は天神祭というと一種の熱気があって、私も一度ぐらいバケてみたいと思い、姉に支度してもらった記憶があるが、結局はバケなかったように思う。しかしいまの若いひとたちは、バケモノなどにあまり興味を持たないかも知れない。

その天神祭が近づくと、思い出すことがひとつある。天神祭の当日になると、私たちは母に連れられて南町の常念寺の前にある石川精米店によばれて行くならわしだった。石川精米店は、母の叔父の家である。

ある年、やはりその家によばれて行って公園地のにぎわいを見たあとで、母はもう一人の叔父の家に行こうとした。もう一人の叔父は兼蔵と言い、酒好きで何をして食べているかよくわからないようなひとだった。しかし身なりは悪くなく、思いがけないころにひょっこり高坂の私の家に来て、ご飯を食べて行ったりした。住所もちょいちょい変えた。そのころ兼蔵は、いまの鶴岡工業高校の近くに住んでいると言ったらしい。母もはっきりとはその家を知らなかった。それでしきりに工業高校のまわりをさがし歩いた。

　母は私と妹を両手にひき、背中には弟を背負っていたように思う。いくらたずね歩いても兼蔵の家は見つからずわたしたちはすっかりくたびれてしまった。そうしているうちに、母は長い塀《へい》の内側に、細い道があるのを見つけ、そこに入って行った。奥のほうに建物があるのがみえた。すると家のひとが出て来て、「これ、これ、ここは通り道でねぞ」と言った。母はおおあわてで頭をさげ、塀の中のその細い道を引き返した。そして公園の濠《ほり》ばたの道に出た。母はしばらくあたりを見回していたが、やがて腰を折って笑い出した。「あや！　酒井はんの屋敷サ入ってしまた」私たち母子が入って行ったのは、旧荘内藩主酒井さんの屋敷の一番北側、工業高校と道をへだてた場所あたりだったように思う。母は住所不定の叔父の家を何とかつきとめたかったらしい。そのあと、なおもそのへんをたずね歩いたが、結局はわからずじまいだった。

　母と私たちは、そろそろ日が傾くころになって、工業高校のずっと裏手の町はずれで、目の前にひろがる田圃《たんぼ》を眺めていた。兼蔵は、その田圃のむこうに見える村のようなところにいるらしい、と母は言った。そこはいま考えると新形のはずれのあたりだったようである。いかにも遠い場所に見えた。私たちはまた常念寺の前の家に引き返した。

そのときのことを思い出すと、私はいい大人の母が酒井さんの屋敷にまよいこんだのが滑稽な気がしていたのだが、考えてみるとそれは昭和十年ごろのことで、母は四十ぐらいだったはずである。母もまだ若かったのだといまにして思うようである。

（「松柏」平成5年5月22日）

涙の披露《ひろう》宴《えん》

娘が結婚したのは六年前のことだが、私はかねてから男親が娘を嫁にやるのをいやがったり、披露宴で泣いたりするなどということを、聞くにたえないアホらしい話だと思っていた。

ウチは一人娘だから、かわいくないわけがない。いくつになろうとかわいくて気がかりで仕方がない。しかし、だから箱に入れてしまっておこうとは全然思わず、こんなにかわいくていつまでも娘のことを心配しているのはごめんだと思っていた。

だからふつつかな娘でいいといってくれる結婚相手が現れて、娘にかかわる気遣いのたぐいを肩代わりしてくれるなら、こんなありがたくてうれしいことはないと思っていた。あとは関係ないで済まされなくとも、親の責任はとたんに一〇パーセントぐらいまで減るだろう。泣くどころか高笑いで娘を送り出したいほどである。それに男が泣くとは何事か、男の沽券《けん》にかかわる話だとも思っていた。

で、めでたい式の当日、つづく披露宴はなごやかにすすんで、私は末席から今日の主役である娘を見ながら、隣の席の妻に「あの子は少しにこにこし過ぎないか」などと文句を言ったりしていた。すこぶる余裕があった。ところがである。祝辞とスピーチがわりの歌がつぎつぎと登場して、やがて佐藤さん夫妻の歌になった。奥さんの由美さんは中学、高校が娘と一緒で、よく家に遊びにきていたひとである。当日は彼女がギターを弾き、ご主人と一緒に歌う趣向で、歌は長渕《ながぶち》剛の「乾杯」。

ところが歌の途中で感きわまった由美さんが泣き出した。そして何としたことだ、私もまた目の中が涙でいっぱいになって顔を上げられなくなったのである。由美さんの涙と歌詞に刺戟《しげき》され、自分の人生を歩きはじめようとしている娘のけなげさが胸にこみ上げてきたという塩梅《あんばい》だった。これだからあまり大きな事は言えない。

もうひとつその席で、私がめでたいと思ったことがあった。姪《めい》のひろ子が「愛の讃歌《さんか》」を歌った。この姪は兄の長女で、中学を出るころに家が破産したので辛酸をなめた。もちろん学歴は中学卒である。その後東京に出てきておにぎり屋で働いたりしていたが、幸いにいい配偶者にめぐまれ、その日も夫婦で出席していた。

その姪が歌う「愛の讃歌」。これが、身内をほめるようで気がひけるが声量といい情感といい、一時会場がしんとなったほどに堂堂たる歌声だったのである。歌いおわって女性の司会者に「本格的に勉強されたんですか」と聞かれ大テレにテレている姪を見ながら、私は姪の来しかたを思いやって、またしても目がみるみる涙でくもるのを感じたのだった。

（「野性時代」平成5年5月号）

4

胸さわぐルソー

小説を書くのが仕事といっても、むろん書くことだけに専念しているわけではなく、その前後や仕事の間に音楽を聞いたり、絵の展覧会を見に行ったり、推理小説を読んだりする時間が必要である。そういう時間の方が、小説を書いている時間よりもずっと多く、多分その何倍にもなるのではないかと思われる。

そんなふうに書くと、いい身分だなと思う人もいるかも知れないが、創作という作業は自分の身体と精神を搾《しぼ》り機にかけるようなものなので、仕事を終わった私は疲れさって搾り滓《かす》のようになっている。そういう自分を曲がりなりにも回復して、頭の中にまた新しいイメージをたくわえるためには、創作以外のぼんやりした時間が必要なわけで、人によってはそれがゴルフだったり、酒だったりするのだろうけれども、私は体調不十分でスポーツも出来ず酒も飲めないので、音楽を聞いたり、本を読んだりして回復につとめるわけである。

大雑把《おおざつぱ》に言えば、そういうもの一切をふくめた総体が小説を書く作業というもので、作品はその中からしたたり落ちる、ほんのわずかなエッセンスのようなものに過ぎないのかも知れない。もっとも最近は、いくら搾っても大したものは落ちて来ないようであるが。

それはともかく、私にとって音楽とか、読書とか、展覧会めぐりとかは大体そういう意味を持っているので、生活の中のかなり重要な部分ということになるのだが、それら重要なものは学校で習ったものでもなく、むろん意図的に勉強したものでもなく、ある時期に自然に生活に入りこみ、以後生活の一部分となったものであった。

最初に絵とのかかわり合いを振り返ってみよう。絵は子供のころから好きだったけれども、同じクラスに天才が一人いて、私は実作についてははやくからあきらめた。O君というその友人のかく絵にくらべると、私がかく絵はいかにもみすぼらしく、才能のないことが歴然としていたからである。

そんなわけで、青年期にさしかかってもとりわけ展覧会を見に行くということもなかったのだが、中学校の教師になった二年目の冬に、校長の命令で、高校を受験する中三の生徒たちに美術史の一般知識を教えることになった。

そこで私は、この受験準備の課外授業のためにまず美術の本をあつめてテキストを作ったのだけれども、この仕事と授業はたのしかった。私はこのときはじめて、西洋美術史上の画家と作品、あるいは写実主義、印象派、後期印象派、シュールリアリズムなどといった絵画の流れを系統的に知ることになり、その中の何人かの画家と作品は終生忘れ得ないものとして心に残ったのである。

いまもクールベとかボナール、セザンヌ、ブラマンク、ゴーギャン、あるいはモジリアニ、ルソーなどという名前を聞くと胸がさわぐのはこのときの課外授業のおかげである。

（「読売新聞」平成元年10月29日）

立ちどまる絵

最近は銀座どころか都心に出ることも稀《まれ》だが、それは都心に用がないのではなく、買いたい本もあり、見たい映画もあっても、億劫《おっくう》で腰が上がらないといったことが原因になっている。そしてそこをもっとつきつめて行くと、近年とみに執筆能力が落ちて、そのために仕事はさほどの量でないのにつねに漠然《ばくぜん》とした多忙感から逃げられず、それが主たる原因で仕事場を出られないという、少少気が滅入《めい》るような現実にぶつかったりする。

しかしまったく出かけないというのでもなく、振りかえってみると絵の展覧会には時どき行っているのに気づく。四月ごろに相ついでひらかれたミロ展、シャガール展というのも見ているし、その前後のいろいろの美術展、「エゴン・シーレとウィーン世紀末展」とか「日本国際美術展」、「日本秀作美術展」、あるいは最近では「レオナルド・ダ・ビンナ最後の晩《ばん》餐《さん》展《てん》」、あるいは「フランス美術の黄金時代展」などというのも見ている。

もっともそれにはうなずける理由もあって、私は低血圧のために午前中はまったく頭が働かない。新聞を読み、外にお茶を飲みに出るぐらいで、午後三時ごろまでは呆然《ぼうぜん》としている。じつは展覧会見物には、この時間にわーっと出かけて夕方には帰る、すると頭のぐあいも少しはよくなっているという効能もある。

しかしそういう頭で出かけるために、絵を見るといっても、端から端まで義務感で見るというのはとてもだめで、ごく大ざっぱに見てまわるだけである。絵が好きだといっても、線がどうの、色がどうのという専門的なことはまったくわからないので、そういう見方しか出来ないということもある。

しかし、それでもひとつの展覧会を見てまわると、一巡する間に一枚や二枚は、必ず足をとめて、しばらく動けなくなるという絵があるもののようである。

たとえば「エゴン・シーレとウィーン世紀末展」では、アルフレート・クビーンという人の「道標」がそういう絵だった。シーレの少少息ぐるしいほどにくらくく情熱的な画面を見て、いくらか気疲れした頭に、ぼんやりとくらい「道標」の画面が映った。人の形をした道標と、それに背をむけて去る女性。

この道標の指ししめすものは何だろうか、この女の人はどこに行こうとしているのかと、思わず凝視したのはこちら側の勝手な見方にすぎないだろうが、そう思わせるひとつの世界がその絵の中に存在していたことも確かだと思われたのである。

「フランス美術の黄金時代展」で、私がしばらく立ちどまったのはギュスターブ・ドレという人の絵の前だった。「スコットランド風景」と題されたその絵は、平凡な具象画のように見えたが、乱れた雲の間から落ちる日の光が、山中の湖いわゆるロッホと思われる水面の一部を明るく照らしている構図は、見ていて倦《あ》きないものだった。周囲はそそり立つ山である。手前のくらい岩場には放牧の牛が群れ、水面はすり鉢《ばち》の底のように見える。一カ所そこだけが寒寒としかし鋭く光っている。

それはたぶん、イングランドでも、ウエールズでも、アイルランドでもなくまさにスコットランドの風景というものに思われた。展覧会には、こういう絵に会う楽しみがある。

つい先日は上野の国立西洋美術館でひらかれている「エル・グレコ展」を見た。グレコの絵というと宗教画、宗教画といえば中世的なくらさといった先入観があったせいか、会場に入ったとたんに私が感じたのは、中世的なくらい画面だった。「受胎告知」、「聖衣剝奪《はくだつ》」、「聖痕を受ける聖フランチェスコ」、「祈る聖ドミニクス」、「十字架を担《にな》うキリスト」といった宗教的なテーマが、そのくらい背景のなかからうかび上がって来る前を、無信心な私はやはり大ざっぱな足取りで通りすぎた。その中で私がもっとも興味を惹《ひ》かれたのが「聖ペテロと聖パウロ」という絵だったのは、その少し前に見た「レオナルド・ダ・ビンチ最後の晩餐展」に関係があるだろう。

最後の晩餐の席でユダのうしろに坐《すわ》り、はげしい気性もあらわに手にナイフをにぎりしめていた聖ペテロは、グレコの画面ではずっと穏やかな老人に描かれていた。どこかを病んでいるようなやさしく静かな老人に。

さて、しかしである。会場を一巡して私はあかるい午後の日が射《さ》す美術館の庭に出たのだが、そこでぼんやりと「地獄の門」や「カレーの市民」などの彫刻を見ているうちに、私は突然に、グレコの絵の印象が入館したときにくらべ一変していることに気づいたのだった。「エル・グレコ展」は、じつに豊富な色彩の饗宴《きょうえん》でもあったのである。

赤衣を着るキリスト、緑衣の天使、青衣、赤いスカートのマリア、そして「祈る聖ドミニクス」などに描かれる白衣と黒のマントの鮮やかな対比。そしてつけ加えれば、「聖セバスティアヌス」や「キリストの復活」、「悔悟する聖ヒエロニムス」といった絵に現れている力強く率直な裸体の描写、または「受胎告知」や「悔悟するマグダラのマリア」のなかの、ほとんど肉感的なまでに豊満な女性像には、中世的なくらさとは無縁の自由な想像力の飛翔《ひしょう》がみとめられ、改めてグレコがルネサンス以後の画家であることを立証するように思われたのだった。

私は家内と一緒に園内の軽食堂でおそい昼食をたべ、また仕事場にもどるべく池袋に行く電車に乗った。仕事場に閉じこもるにはもったいないような上天気だった。だからというわけでもないが、私は電車に乗ってからまったく唐突に、駒込《こまごめ》で下車して六義園《りくぎえん》を見て帰ることを思いついたのである。

六義園はずっとむかし、まだ都電が走っていたころに都電の窓から眺《なが》めたことがあるだけで、一度も行ったことのない場所である。私がそう言うと、ヤマカンであちこちと無駄《むだ》歩きすることを嫌《きら》う家内はしきりに危うんだが、案じることなく六義園は記憶どおりに駒込駅からほど近いところにあった。

徳川実紀の元禄《げんろく》八年四月二十一日の項に「此《この》日柳沢出《で》羽守《はのかみ》保明《やすあき》に、染井村にて別墅《べっしょ》の地四万七千坪給《たま》ふ」と出ているのが六義園のはじまりで、保明のちの柳沢吉保《よしやす》は、中屋敷としてもらったその土地の半分ほどを庭園につくったのである。最近の地価高騰《こうとう》から連想するわけではないけれども、四万七千坪は広大な土地で、それをぽんともらった柳沢は当時、将軍綱吉の寵臣《ちょうしん》として絶頂期をむかえつつあったころである。

私はむかしの大名はやはりぜいたくなものだったんだなと思いながら園内を歩いたのだが、もっともそのためにいま、せちがらい都会の中にこういうぜいたくな別天地が残されたことはわるくないことだとも思った。金と権力がないと残らない文化というものもある。

くらい樹間を流れる滝の水、ほんの少し紅葉した木木の下につづく小道、そしてひろい芝生と池。池には鴨《かも》が来ていて、土曜日だったせいか、親子づれの見物人がかなりいた。この庭で私を立ちどまらせた一枚の絵は、池のほとりの紅葉した櫨《はぜ》の木だった。櫨は池をへだててみると、その一本だけがさらに燃え立つように赤く、私たちをしばらく去りがたい気持にさせたのであった。

（「銀座百点」昭和62年2月号）

忙しい一日

「語り」という公演があるのをご存じだろうか。鎌田《かまた》弥恵《みつえ》さんが私の短篇『荒れ野』を語るというので、六月のある朝、八時四十分に家を出て池袋にむかった。低血圧で、十時ごろにならないと頭がはっきりしない人間がその時刻に出かけるとなるともう大変、忘れ物はないか、財布は持ったかと大さわぎである。

「語り」を聞いたあと、地下鉄でよそに回る予定があるので、家内が同行した。低血圧の上に自律神経失調症というものもあって、その関係で私は一人では地下鉄に乗れない。急に不安になって途中の駅で降りたくなる。それでは用が足せないので、家内が一緒に行くのである。

「語り」を簡単に話芸と言う人もいるが、私は語る人、聴く人の一回限りの出会いの場に生まれる、奥深い芸術だと思う。その一回の「語り」に、演者はすごい力を出す。鎌田さんの「語り」も凄味《すごみ》のあるものだった。しかし原作者は、語られる作品の中に自分の文章の欠点があらわに見えて来るので、次第にいたたまれなくなる。ああ、ああ、下手な小説家だなと思っているうちに終った。

公演の場所は池袋の区民センターというところで、ホールが満員になる盛況だった。終ったあとで、ひさしぶりに鎌田さんに会い、挨拶《あいさつ》をしてセンターを出る。鎌田弥恵さんは、こういうふうに書かれるのをご本人はいやがるのであるけれども、ラジオ劇「君の名は」の、忘却とは忘れ去ることなりというナレーションで高名な声優さんである。

外に出ると、梅雨前とは思えない、真夏のような暑い日差しにさらされる。早早に地下にもぐって丸ノ内線で赤坂見附にむかった。赤坂見附のNクリニックで定期検査のための採血をしてもらう。私は低血圧、自律神経失調症のほかに、慢性肝炎という病気も抱えている、検査はそちらの方のもの。

Nクリニックから、また地下鉄に乗って今度は新宿にむかう。そこで少し遅い昼食を済ませてから、伊勢丹美術館でひらかれている近代文学館主催の夏目漱石《そうせき》展を見た。ここがまた満員で、係員がマイクで立ちどまらないように言っているけれども、観覧者は手紙や原稿をじっとにらんでなかなか動かない。

仕方なく人びとのうしろからざっとのぞき見して回る。原稿の文字よりも毛筆の手紙の文字の方がずっと達筆で、そのへんにむかしの人の身にそなわった教養があらわれている。教養といえば漱石の絵も素人《しろうと》ばなれしていて驚く。むかしの作家は文人だったからなと思う。創作の苦しみは苦しみとして、ゆうゆうと文事をたのしむ気分があったのだろう。

漱石展を見て、また地下鉄で池袋に引き返す。計画では国電（E電と書くのは少少気はずかしい）で帰るはずだったのだが、外の熱気に恐れをなして遠回りしたのである。まるでモグラだ。駅を出て喫茶店でひと休みしてから、今度は西武美術館でひらかれている「ゴヤとその時代」展を見る。

これは十八世紀、十九世紀のスペイン美術となっていて、タイトルにふさわしい秀作も散見出来るけれども、何といってもゴヤの絵が傑出していて、「空飛ぶ魔女」、「病人を励ますハンガリー王妃聖イサベール」は、何度もその前にもどって見直した。

美術展を見て、またあたふたと西武池袋線の電車に乗り、今度は練馬駅で途中下車する。駅前の文化センターでひらかれる音楽会に行くためである。演目の目玉はスメタナの「売られた花嫁」、「モルダウ」で、むろんそれもよかったが、G・ホルストの「吹奏楽のための第二組曲へ長調」というのもよくて拾い物をした感じだった。

終って大泉学園の家にもどったのが十時半。私にとっては、年に一度あるかないかの忙しい一日だった。

（「小説シティ」昭和62年9月号）

ブラマンクの微光

東京に住む利点のひとつに、たとえば評判の音楽会とか演劇、あるいは封切り映画などをいちはやく見たり聴いたり出来ることが挙げられるだろうと思う。

私に音楽好きの甥《おい》がいて、彼は学生のころに、ぜひとも聴きたい音楽会が東京でひらかれたりすると、地方からわざわざ汽車に乗って聴きに来ていた。本当の音楽好き、芝居好きはそういうものかも知れない。

しかし私は、音楽も芝居も映画もみな好きなのに、目前の仕事をほうり出してただちに観《み》に行く、聴きに行くという熱意を欠き、すぐにあきらめてこの音楽会がつぎに東京にもどって来るのはいつだ、などということを熱心に調べる。そしていざ東京再演のそのときになっても、結局はぐずぐずと抱える仕事にかまけて、見すごしてしまうことが多い。

映画にしても封切りで見ることはほとんどなく、だいぶ時間が経《た》ってから場末の劇場で一人ぽつんと見ていたりする。東京に住む地の利を生かしていないというべきだろう。

しかしそういう私にも例外があって、展覧会の類《たぐ》いを比較的よく見る。思うにこれは、音楽会や演劇は何日の何時からと時間に拘束されるし、映画にしても、行けば最低一時間は館内に拘束されるわけだが、絵や彫刻その他の展覧会には、ゆるやかな会期のほかには時間的な拘束というものがない。

仕事がひと区切りついたところでパッと出かけられるし、その上見ておもしろくなければどんどん通りすぎて十五分で外に出てもいいのである。このへんの塩梅《あんばい》が、血液型B型の勝手者である私の性分に合っているのではなかろうか。

そういうわけで、ついこの間もブラマンク展を見て来た。しかしその日は、午後から地元の文化会館で自衛隊中央音楽隊のコンサートを聴く予定になっているので、展覧会を午前中で切り上げ、おそくとも午後一時までには地元まで帰ってこなければならない。

しかし私は低血圧で、あまり朝早くから出かけたくはない。出発はせいぜい十時である。そこでブラマンク展の会場がある地下鉄銀座線三越前まで、どのルートで行くのが一番便利で近いかということになった。

最初は池袋から地下鉄丸ノ内線に乗り、大手町で地上に出て車をひろうという案が有力だった。だが車は渋滞することがある。いそぐときは地下鉄から地下鉄というルートが一番はやいだろうということで、結局決まったのが池袋から地下鉄有楽町線で銀座一丁目に出、ここでいったん地上に出て少し歩き、京橋から再度銀座線にもぐるというものだった。私と家内は夏の日のもぐらよろしく、地上に出てはまたすぐ地下にもぐって会場に着いた。

さてブラマンクの絵でもっとも気持を惹かれるのは、嵐《あらし》の前か嵐の後かのように見える暗い空である。その暗雲垂れこめる空は、モジリアニの女の首のように特徴的で、心にせまる。私は「雪、ナンテールのルーレット場」という絵の前にたたずんで、道と建物の屋根に積もる雪を照らす微光、暗い空のどこからか射しこむ微光の荒涼としたなつかしさに見入ったのだが、私はそのとき、子供のころに見た郷里の冬の一日を思い出していたようである。

ところで私たちは、帰りはなんのことはなく、三越前から地下鉄半蔵門線で大手町に出、そこで丸ノ内線に乗り換える最短距離の新しいルートを見つけ、無事に吹奏楽とラテン・ミュージックのコンサートに間に合ったのであった。

(「NEXT」平成元年11月号)

なみなみならぬ情熱

だいぶ前のことになるが、ある展覧会で北斎の肉筆画を見たとき、軽いとまどいのようなものを感じたことをおぼえている。とまどいの中味は、一種の違和感だったと言ってもよい。私がそのときに見た肉筆画は「酔余美人」、「岩上の鵜《う》」そのほか、画人北斎の手腕を示すに十分な、最高水準の作品だったので、それはそれとしていいものを見た感動はあった。しかし同時に私はそのとき、これらの肉筆傑作から、錦絵《にしきえ》の北斎作品ほどには、強烈な体臭が匂《にお》って来ないことをいぶかしく思ったのである。

おそらく錦絵のおもしろさは、原画のおもしろさそのままではないのだろうという、当然といえば当然のことに思いあたったのは、その展覧会を見たあとでだった。

ちょうど生原稿の小説が、活字になるとまた別の効果を生み出すように、北斎や広重の絵も、彫り、摺《す》りという工程を経ることで、あの錦絵独特の、そしてあるいは絵よりさらに個性的な美を獲得したのだろう。

むろん彫り、摺りは職人の手によったものである。彼らは職人の誇りにかけて、髪のはえぎわのひとすじひとすじまで、忠実に原画を再現しようとした。それは摺りによって完成するものを、限りなく原画に近づけようとする作業だったが、板木・バレンといった媒体を通すことで、原画とはまた別種の魅力をも生み出すことになったのである。

北斎や広重が、この版工程が生み出すおもしろさに、どれほど気づいていたかは興味ある問題だが、後人がこの版工の美に着目し、錦絵の中から、いわば版画美を純粋抽出する形で、創作版画をはじめたのは、よく納得できる気がする。

石井鶴三《つるぞう》版画集には、草創期から創作版画にかかわりあって来たひとの版画集らしく、さまざまの試みのあとが見られるのが楽しい。石井鶴三は彫刻、絵と多方面で才能を発揮したひとだが、一方で創作版画が、錦絵から独立し、強い言葉でいえばその否定から出発して、独自の美のジャンルを確立しようとした時代にかかわりあったひとにふさわしく、その試みにはなみなみならぬ情熱が散見出来るようである。

そしてその試みは、晩年には単純で勁直《けいちょく》な線が描き出す、独自の作品世界に到達したようでその経過を、大正十三年の「風神」と、昭和四十三年の作品「風雷」に見ることも出来よう。前者の抒情《じょじょう》性は、後者では一掃されて、画面を占めるのはすばらしい躍動感と一種の古拙の味である。私はかねがね版画の魅力は十全でない美、一種の拙《つた》なさの美にあるのではないかと思っているのだが、晩年の石井作品も、華麗な技巧的な試みのあとに、そこに帰りついたように思えてならない。「山精」も「地天泰」もそこから生まれたのであろう。

しかし版画の魅力は、じつは理屈を必要としないところにあるので、最後に私はこの版画集を眺めて、終日楽しんだと言っておこう。

（「週刊読書人」昭和53年7月3日）

熱狂の日日

ずっと気にしていたビクトル・エリセ監督の「ミツバチのささやき」、「エル・スール」を、まとめて二本立てでみることが出来た。いい映画を見たしあわせな気分が残った。こんなふうに劇場で映画を見るのはひさしぶりで、ふだんはなかなか腰を上げて映画を見に行くという気分にはならない。

映画に対するその種の怠惰な気分というものは、ほかにも二、三の思いあたる理由はあるものの、根本のところではやはりテレビと関係しているように思う。それまで一応はひとなみに映画を見ていた私が、ぷっつりと映画館と縁が切れてしまうのは昭和四十年ごろからで、その変化はテレビの普及と大体軌を一にしている。そのために私は、以後の日本映画、外国映画の多数の秀作を見そこねたけれども、またその中の何本かはのちにテレビで見ているので、テレビは気分的にも実質的にもある程度は劇場映画の代役をはたしたのだと言える。

しかし最近になってテレビ映画（主として外国映画）は、ごく一部の良心的な番組をのぞけば、ほとんど見るにたえないほどに粗雑なものになった。劇場映画の代理機能を失ってしまったのである。そして一方、劇場映画におもしろくていい作品が出て来たとなれば、私のような腰の重い映画好きも、やはり映画館に出かけざるを得ないわけである。

ところでテレビがつまらなくなればやはり劇場映画にもどるしかない、私の潜在的な映画好きの気分というものは、多分子供のころからあったものにちがいないけれども、その間に時どきあらわれる熱中癖と、好みがやや外国映画に偏しがちな点については、べつに思いあたることがあるので書いてみたい。

話は記憶もあいまいになってしまった四十年前に遡《さかのぼ》るが、私が戦後に在籍した山形師範の正門前の道を三島通りと呼び、まっすぐ西に行くと県庁前に出たように思う。少し下り坂になるその道を、県庁までは行かずに途中で左折すると、やがて映画館が数軒かたまっている場所に出る。そこが山形市の映画街だった。霞城館《かじようかん》という洋画専門館が一軒、ほかは日本映画を上映する映画館で、紅花《こうか》劇場とか千歳館《ちとせかん》とかいう名前が辛《かろ》うじて記憶に残っている。そのほかにそこからずっとはなれた七日町の角にも、大映の映画館があった。

そのころ、というのは昭和二十一年から二十四年にかけてのことだが、私はこの映画街に入りびたりになっていた。そこでどういう映画を見たのかということだが、日本映画もたとえば「大曾根《おおそね》家の朝」、「わが青春に悔なし」、「わが恋せし乙女」、「安城家の舞踏会」、「素晴らしき日曜日」、「四つの恋の物語」、そして「銀嶺の果て」にはじまる三船敏郎主演の映画などを見たはずで、断片的にその記憶もちらちらと甦《よみがえ》るけれども、全体に印象がうすいのは霞城館で見た外国映画の印象が強すぎたせいかも知れない。

さてその外国映画だが、私と友人はどういうわけか好んで霞城館の三階の天井桟敷《てんじょうさじき》に上がり、タバコのけむりが渦《うず》まく中ではるか下の映写幕に映る「ガス燈《とう》」や「運命の饗宴《きょうえん》」、「カサブランカ」、「心の旅路」、「荒野の決闘」などを見たわけである。カラー映画が入って来たのもそのころで、記憶に間違いがなければ、私が最初に見たカラー映画は「スポーツパレード」というソ連の記録映画だったと思う。

そしてつぎにやはりソ連映画の「石の花」と「シベリヤ物語」、イギリス映画「ヘンリー五世」がカラー映画で入って来た。こういう映画と一緒に私は「我が道を往《ゆ》く」、「美女と野獣」、「旅路の果て」、「失われた週末」などをつぎつぎと見、そしてどうしたわけだろう、デヴィッド・リーン監督の「逢《あい》びき」を見のがしてしまったのだった。シリア・ジョンスンとトレバー・ハワードが主演する、いまも私の心に不滅の感動を残すこの名画を見るのはずっと後のことである。

私はほとんど毎日その映画街に通い、ことにいい外国映画は二度も三度も見た。授業をサボって朝から映画館に入りこむこともあった。そんなふうだからときには映画を見るお金に窮して、買ったばかりの太宰治や島崎藤村の小説を古本屋に売り、映画代にあてたこともある。またそのころ、寄宿していた学生寮の寮祭で第二寮歌の歌詞を募集した。私はさっそくに、いま考えると顔が赤くなるような星菫《せいきん》派ふうの歌詞を書いて応募したのだが、私の友人が選考委員に加わっていたので、お情けでこれが当選した。その賞金もたちまち映画代に消えるというぐあいで、卒業すれば教職につく身にあるまじき逸脱ぶりだったのである。

この時期の熱狂的な映画狂いの日日は、いまの私をみるひとには容易に信じてはもらえないと思うけれども、しかしテレビがだめなら映画館があるという精神構造、映画にむかって動くある種の衝動といったものは、やはりこの時期の映画、とりわけ外国映画への熱中ぶりを抜きにしては説明がつかないのもたしかなことである。


(『講座日本映画』第4巻月報 昭和61年7月岩波書店刊)

演歌もあるテープ

私は自分の歌がうまいのか下手なのか、いまもって少しもわからない。もっとも私が歌わない(正確には歌えない)人間になってからひさしいので、そういうことはどうでもいいわけだが、ともかく私は、カラオケブームが到来しても、その恩恵にはまったく浴することなく今日まで過ぎて来た。

しかし振り返ってみると、子供のころは少しは歌がうまかったのではないかと思う。むかしは唱歌といった音楽の時間に、たびたび教室の前に出されて一人で歌った記憶がある。その当時私は重い吃音《きつおん》に悩まされ、教室で指名されても本が読めず、来る日も来る日も憂鬱《ゆううつ》な思いをしていたのに、不思議に唱歌だけは何の支障もなく歌えた。したがって唱歌の時間は、数少ない好きな授業時間のひとつだったのである。

少し大きくなると軍歌を歌った。陰では一人で高峰三枝子の「湖畔の宿」や灰田勝彦《かつひこ》の「新雪」、それにドリゴのセレナーデなども歌っていたけれども、歌うのは大体は軍歌で、力強く大声で、わざと喉《のど》を痛めるような歌い方をした。

しかし戦後になると、私はあまり歌わなくなった。ことに大勢で歌うような歌い方を嫌悪《りんお》するようになった。大勢で歌う歌が持つ一体感、あるいは帰属意識のようなものがもたらす陶酔感が不快だった。戦争後遺症だったに違いない。

十年ほど前に、師範の卒業三十周年記念式典というものがあり、私は三十年ぶりに顔を合わせた級友と一緒に、ひさしぶりに蛮声を張り上げて校歌を歌った。歌の間にはたして人を酔わせる一体感のごときものが現れ、その興奮は東京の家に帰って来ても、まだ少し残っていた。私が単純すぎるのかも知れないが、歌にはそういう一面の性質があると思う。

それはともかく、私はそのころから次第に歌わずに聞く方に回った。

クラシックを沢山聞き、管弦楽よりも、ショパンのピアノ曲やシューベルトの歌曲に心を惹《ひ》かれたりした。

次に結核で入院生活を送ったときも、私は二つの音楽に出会った。片方は進駐軍放送で聞くジャズとウエスタン、もう一方は共産党のうたごえ運動によるロシア民謡である。そのころは病院内でも、さかんにロシア民謡の合唱が聞かれた。私は歌いはしなかったけれども、米ソの歌、両方ともに好きになった。

いまはそれに娘が推賞するテープやCDが加わっている。ライオネル・リッチー、クリス・レア、ナナ・ムスクーリ、最近はシャカタクといったぐあいである。サティーのCDもある。また私の兄は若いころ、「大利根月夜」なんかを歌うとほれぼれとするほどの美声だった。で、当然演歌のテープも加えなければならない。私の家に来て、クラシックから演歌までならぶ異様なテープコレクションを見た女性編集者のSさんが、「あ、テープ。あ、わりと節操がないですね」と言ったけれども、このテープがなければ、人生はどんなにさびしいだろうと思う。

（「読売新聞」平成元年11月5日）

ハンク・ウィリアムス

つい先日、都心に出た帰りに池袋のT百貨店に立ち寄った。一緒の家内が、Tで買物があるというのでつき合ったのである。

ところがエレベーターで目指す階に上がってみると、百貨店は定休日だった。ただしTでは、エレベーターが動いているそのブロックは食堂街と二、三の店で成り立っていて、そこだけは定休日でも営業している。

せっかくのぼって来たのだからと、私は家内を促してエレベーター前のレコード店に入った。するといきなり「ハンク・ウィリアムス」というテープが目に入った。ハンク・ウィリアムスはずいぶん昔から気持の隅《すみ》にひっかかっている歌手だが、かつてまとめて歌を聞いたことのない歌手でもある。私はテープを買った。それで定休日の百貨店に入りこんだ甲斐《かい》があったような気がした。

ハンク・ウィリアムスというウエスタン・ソングの歌手を知ったのは、昭和二十年代の終り、ほかの二、三のエッセイにも書いたように、私が北多摩の雑木林と麦畑に囲まれた結核療養所にいたときである。そのころ私は手術後の回復期にさしかかっていて、大部屋と称する六人部屋で寝起きしていた。

映画会社や劇団だと、大部屋はその他大勢といった格の俳優さんの部屋で、個室をもらえるようになれば主役クラスの幹部俳優ということになるようだが、結核療養所は逆で、個室行きといえばそこは地獄の一丁目、かなりの重症を意味した。そこからやや病状が軽くなって二人部屋、そして回復期の大部屋、退院前の外気舎生活という順序になっていた。

大部屋の病人は、比較的行動が自由で、散歩をしたり、碁を打ったり、ギターを弾いたりすることが許されたが、夜は消灯時間に従って九時にはベッドに入らなければならなかった。しかし眠気はすぐには来ないので、私たちは大概レシーバーでラジオを聞いた。

同室の病人に、T君というごく若い青年がいた。高校生だったかも知れない。そのT君は朝から晩までベッドに腰かけてギターを弾いていた。私に進駐軍放送がおもしろいよとか、ハンク・ウィリアムスがいいとか教えてくれたのは、このT君である。

T君のおかげで、私は当時のアメリカのヒット曲をしばしば耳にし、またハンク・ウィリアムスとか、ハンク・スノウなどというウエスタン歌手の名前も知るようになった。さらにベッドに腰かけたT君が、ギターのコードを鳴らしながら変なウラ声をまじえて歌っているのが、ハンクの「ロング・ゴーン・ロンサム・ブルース」であり、また「ヘイ・グッド・ルッキン」や「カウ・ライジャ」であることも理解したのである。

この経験を通して、私がアメリカのカントリー・ソングにのめりこむということは起きなかった。しかしハンク・ウィリアムスの名前は消えずに心の片隅に残って、希望と絶望が一日ごとに交代していた私の昭和二十年代の終りの時期に対する、郷愁のごときものを掻《か》き立てることがあったのである。

さて、およそ三十年後にまとめてテープを聞いて、私はなぜこの歌手が気持に残っていたかを理解した。ハンク・ウィリアムスは天才だった。私はカントリー・ソングに関しては門外漢であり、断言めいたことを言うのは慎まねばならないのだが、それでもハンクにくらべると、先年来日したウィリー・ネルソンはカラオケおじさん（ただし「我が心のジョージア」はべつ）、低音が売り物のジョニー・キャッシュは偉大なる騒音にすぎない、ぐらいのことは言いたくなるのである。

しかし天才が必ずしも幸福な生涯《しょうがい》を送るとは限らず、しばしば逆の場合があることもまた真実で、ハンク・ウィリアムスは、酒に溺《おぼ》れて身を持ち崩し、一九五三年——というと私がはじめてハンクの歌を聞いた年の前年になるのだが、その年には死亡している。二十九歳だったという。

この原稿を「小説ＮＯＮ」に渡すころに、偶然にここに記した病院の同期生六十人ほどが、懐《なつ》かしい北多摩Ｈ町にあつまることになった。ほぼ三十年ぶりの邂逅《かいこう》になる。出席してＴ君に会いたいものだと思っているところである。

（「小説ＮＯＮ」平成元年６月号）

好きこそものの

時代小説の作家だから、いつも時代小説や史料ばかり読んでいるとは限らない。私はいろいろな本を読む。現代小説を読み、詩集を読み、歌集を読み、ノンフィクションを読み、エッセイ集を読み、内外の歴史書を読む。当然時代小説も、これらの本の一部として読む。

しかし中でも私が、好んで読むのは推理小説である。内外の推理小説を手あたり次第に読んでいるのが実情である。しかし推理小説には謎《なぞ》があるから厄介《やっかい》だ。締切り仕事が迫って、本職の書く仕事にむかってても、謎が気になってうしろ髪をひかれ、気持の二分ほどはまだ読みさしの推理小説の方にむいている。

こういうときは、書く仕事がなくて推理小説を読んでいられたら、どんなにしあわせだろうなどとバカ気た考えがうかぶほどだから、小説が書けなくなっても、本さえあれば私はきっと退屈はしないのではなかろうか。もっとも何も書けなくなった頭で、複雑な推理小説の筋をちゃんとたどれるかどうかは、いささか疑問でもある。

さて、小説を書く前の私は、ごく普通の本好き、小説好きにすぎなかった。濫読《らんどく》家の一面があって、とにかく何でもかんでも読んでいた。読むことが好きだった。

そういう習慣はいつごろについたかと言うと、子供のころ、それも小学校に入る前からだと思う。そのころに読んだ、というよりは読んでもらった絵本の断片は、いまも記憶に残っている。私は一番上の姉にかわいがられたが、その姉が読書好きの少女だったことも影響しているだろう。

小学校に入ると、勉強はそっちのけで本を読みあさった。授業中も、机の中に首を突っこんでそこにひろげてある本を読んだ。講談や小説だけでなく、藤村や土井晩翠《ばんすい》の詩も読むようになっていた。そういう心惹かれる気持のいいもの全体が文学というものだと教えてくれたのは、そのころの担任宮崎東龍《とうりゅう》先生である。先生はブンガクのブの字も知らない田舎の子供たちに、国語の時間を割いて『レ・ミゼラブル』を読んでくれた。

おそらくそのあたりで、私の読書好きは決定的になったのだと思うが、さきにのべた、小説が書けなくなっても本があれば退屈しないかも知れないというのは、半ば本音である。これに音楽と展覧会めぐりが加われば、精神的にはかなり落ちついて充実した老後を送れそうな気もするわけである。

こうして振り返ってみると、好きこそ物の上手なれという言葉がうかんで来る。私はほかにもいろいろと趣味的なものや勉強に手を出したが、あまり身につかなかった。結局本心から好きなものが、生涯にわたって生活にうるおいと刺激をもたらすことになるのではあるまいか。最近言われる生涯教育というものも、まず自分の好みの発見、確認といったあたりから出発するのがいいように思われるけれども、いかがなものだろうか。

（「読売新聞」平成元年11月12日）

ミステリイ徒然草《つれづれぐさ》

×月×日

喫茶店の帰りに、ふと思いついて裏通りに折れる。長い風邪がなおったばかりなので、少し足を鍛えようかと考えたわけだが、入りこんだ道をたどると家まで約四十分の散歩コースになる。

途中送電線の鉄塔の下を通ると、側溝《そっこう》と石垣《いしがき》のコンクリートの隙間《すきま》にはえている草花が目についた。花は小さくて黄色、茎は白っぽく、葉も青みがかった白である。一株だけ掘って持ち帰り、図鑑を見るとハハコグサだと出ていた。ついでにあちこちと図鑑をめくってから、今度は多島斗志之《たじまとしゆき》『聖夜の越境者』（講談社）を読む。

風邪のために小説の締切りをぎりぎりまでのばしてもらっている身分で、のんびりと図鑑を眺《なが》めたり、推理小説を読んだりする余裕はないのに、いそがしいときに限ってほかに手をのばしたくなる性分はわれながら困りもの。

アメリカ、ミネアポリス大学の研究室で、カナダのパン小麦とアフガニスタンの野生小麦を細胞融合した「イスカンダル」という新品種の小麦が誕生した。強力な耐寒性をそなえるその小麦が手に入れば、ソ連はアメリカから小麦を買わずに自給出来る。しかしアメリカ政府と穀物商社の合意で新しい小麦種子は焼却され、「イスカンダル」の生みの親である日本人マエサワは抹殺《まっさつ》された。そして、どうしてもその小麦が欲しいソ連は、原種小麦をもとめてアフガニスタンに侵攻する。

『聖夜の越境者』は、そういう新人ばなれした構想の大きさにびっくりさせられる作品。少少構想負けして物語の叙述が手薄になった部分もあるが、一読の価値がある国際謀略小説である。

ところで植物図鑑を眺めていたら、茎に髄がなくて、中がからっぽなのはヒメジョオンではなくてハルジョオンで、近年はこれがふえているのだと説明がある。両者は一見見わけがつかないほど似ているので、たしかめなくてはなるまい。

×月×日

『聖夜の越境者』につづいて、同じ作者の旧作『〈移情閣〉ゲーム』（講談社ノベルス）を読む。内容は広告代理店「宣通」に持ちこまれた孫文キャンペーン企画をめぐる国際謀略小説で、さきに物語性が手薄などと書いたのは見当ちがいだったと思わせるほど、興味あふれる物語になっている。

住宅街の空地に群生している、これまでヒメジョオンだと思っていた草花を折ってみると、茎の中は空洞《くうどう》。両方とも北米原産の帰化植物だそうだが、後から来たハルジョオンが先住者を駆逐してふえているのかも知れない。

×月×日

またしても原稿そっちのけで、船戸与一『猛《たけ》き箱舟』（集英社）を読む。こういうことでは、いまに私に注文をくれる出版社はなくなるだろう。

どんなにうまく出来た冒険小説でも、主人公である日本人がピストルの名手だったりすると興ざめることがあり、それが日本製冒険小説の泣きどころのひとつでもあるわけだが、この小説にはその種の違和感がない。状況の設定がすぐれているからだろう。

まず導入部の孤独なテロリストと警視庁の特殊処理班との対決が見事な出来ばえで、思わず二段組み、上下巻で七百ページ弱という血なまぐさい物語に引きこまれてしまう。
欲を言えば、主人公がグループに雇われるまでがやや冗漫で、また〝灰色熊《はいいろぐま》〟隠岐《おき》を殺したあと、特殊処理班の対象となるまでの主人公の足跡の欠落に読者としては不満が残るけれども、船戸の頭の中には多分ビルドウングス・ロマンのような構想があって、非情のテロリストに成長した主人公が復讐《ふくしゅう》を果したところで物語を閉じたかったのかも知れない。いずれにしても、復讐物語でもあり半面の偶像破壊小説でもあるこの作品は、冒険小説をワンステップ上に引き上げた印象が強い。

×月×日

小説原稿を渡して一段落したので、上野の「西洋の美術」展と「ポロフスキー展」を見に行く。ポロフスキー展（都美術館）では、「五人のハンマリングマン（槌打《つちう》つ人）」がおもしろかった。モーターでゆっくりと槌をふる動作を反覆する板製の巨人たちには、労働の原形質とでも言うべきもの、それが持つ威厳とか悲哀とかいうものまでが窺《うかが》われた。「西洋の美術」展（国立西洋美術館）では、帰りにゴヤの「巨人」の複製を買う。

帰宅してクレイグ・トーマス『レパードを取り戻せ』（早川書房）を読む。レパード＝潜水艦探知能力を無効にする機器を装備したイギリス原子力潜水艦が、海軍の判断の誤りからバレンツ海にむかい、レパードを狙《ねら》うソ連側に拿捕《だほ》される。機器の秘密を守るためには、潜水艦を取りもどすか、破壊するしかない。しかしその鍵《かぎ》をにぎるレパードの発明者は行方不明となり、その行方を追う駐英KGB工作員とイギリス情報部員との熾烈《しれつ》な戦いがはじまる。

ソ連による原潜の拿捕作戦、行方不明の発明者の捜索。物語はこの二つのシチュエーションを交互に進行させながら、息づまる緊迫感を盛り上げてその間に一分の隙もない。文藝春秋A氏の推薦ではじめて読んだ作家だが、このうまさは病みつきになりそうでもある。

×月×日

新潮社M氏から、トレヴェニアン『バスク、真夏の死』（角川文庫）がとどいたので早速読みはじめる。

午後三時ごろに小雨が降ったが、すぐに晴れて梅雨にはほど遠い天気。終日南風が吹き、蒸し暑い。風は夕方になってもやまず、そのころになって低く黒い雲が南西から北東の空にかけて矢のように走る。西北隅《ぐう》の空だけが、静かに夕焼けているのが見えた。

×月×日

肝臓検査の日なので、真夏のような日照りの中を、赤坂のNクリニックに行く。帰りに西武美術館に寄って、「ゴヤとその時代」展を見た。ここでもゴヤの絵は傑出していて、「空飛ぶ魔女」、「たき火」、「病人を励ますハンガリー王妃聖イサベール」を何度も見直す。おそらく疑いの余地のないものが才能なのだ。

『バスク、真夏の死』を読み終る。バスク地方の小さな温泉町で医院を手伝う青年医師ジャン＝マルクは、その夏郊外の村に静養に来ている上流社会の娘カーチャと知り合い、ひと目で恋に落ちる。しかしカーチャの反応はあいまいで、カーチャと瓜《うり》二つの双生児である弟のポールは強い拒否反応を示す。

ポールの強い反発を受けながら、姉弟と浮世ばなれした学究肌《はだ》の父親の三人が住むその家に出入りするジャン＝マルクは、ある日この一家に暗い秘密があり、それが父親がカーチャの恋人を射殺し、しかも狂った頭で、男と会っている娘を死んだ自分の妻と誤認して、男を射殺したのだと知らされる。ポールの強い反発は、父親の狂気を引き出さないために、ジャン＝マルクを姉から遠ざけようとするものだったのである。一家はその温泉町から去ることになる。

しかしやがてジャン＝マルクの前に、真の恐るべき真相が姿を現わす。双生児という人間関係の根元にせまる小説。

×月×日

ルース・レンデル『運命のチェスボード』（創元推理文庫）、『無慈悲な鴉《からす》』（ハヤカワ・ミステリ）をつづけて読む。ある夜、パーティのあとでアンという女性が姿を消した。そして警察に匿名《とくめい》の手紙がとどき、アンが殺され、殺したのはジェフ・スミスという男だと告げる。殺人の場所は特定された。しかしジェフ・スミスは一年前に死亡していた、と筋が展開するのが『運命のチェスボード』。『無慈悲な鴉』では、重婚で家庭を二つ持っていた男が行方不明になり、やがて死体で発見される。犯行は男の二人の妻の共謀のような相貌《そうぼう》をあらわして来るが、最後に思いもかけない人物が犯人として登場する。

二作ともにウェクスフォード警部もので、レンデルの小説でいつも感服するのは、最後まで犯人の見当がつかないこと。途中で筋が見えたり犯人がわかったりして興がそがれることはないから、安心して最後までわくわく出来る。

買物があって、スーパーの西友、オズに行くと、秋田観光展がひらかれていた。家内と一緒にナマハゲとならんだ記念写真を撮ってもらう。晴天、無風。季節は梅雨に入っているのだが雨はさっぱり降らず、ニュースはダムの水が減っていると繰り返す。

×月×日

文藝春秋A氏からとどいたクレイグ・トーマス『ジェイド・タイガーの影』（早川書房）を読む。ベルリンを非武装化し、東西を隔てる壁を撤去するベルリン条約の締結、東西ドイツの統一などのプログラムをすすめている西ドイツのナンバー2、ツィメルマンにKGBスパイの疑惑が生まれる。

この疑惑の真偽を明らかにすべくイギリス情報部が動き出し、これにCIAと中国公安庁、KGBが絡《から》んで追跡と妨害のはげしい争いが起きる。KGB工作員の描き方が少々手荒いけれども、クレイグ・トーマスはこの作品でも緊迫感あふれる物語を展開し、ことに人間の内面まで踏みこんだスパイ小説を造形することに成功している。

玄関わきのアジサイが咲いているけれども、雨が降らないせいか、こころなしか例年より生気がとぼしいように見える。


（「文藝春秋」昭和62年9月号）

私の名探偵《たんてい》

最近はあまり外に出ないのでうろおぼえの記憶に頼るしかないが、埼玉県大宮市が大体東京から電車で三十分か四十分、常磐《じょうばん》線なら上野—取手間がやはり四十分くらいの距離ではなかったろうか。

サセックス州キングズマーカムは、ロンドンから電車か汽車でほぼ一時間の距離にある町で、ルース・レンデルのシリーズ推理小説の主人公、レジナルド・ウェクスフォードはこの町の市警察の主任警部である。

さてこのウェクスフォード警部であるが、第一作の『薔薇《ばら》の殺意』でこそやや若い姿で登場するものの、その後の連作では「その巨体は灰色だった——薄くなりかけた灰色の髪、古ぼけた灰色のレインコート、いつもいくらか埃《ほこり》をかぶった靴《くつ》、顔には深い皺《しわ》が刻まれ、その顔もまた、暗がりのなかでは灰色に見える」（第七作、『もはや死は存在しない』）というふうに描写される。これが標準的な風貌で、かなりくたびれた初老の警察官と言ってよいだろう。

　高血圧に悩み、警察の嘱託医で子供のころからの友人でもあるクロッカー医師から、きびしく運動とダイエットをすすめられている身だが、しかしウェクスフォードはまだ巨体に物を言わせて一撃で暴漢をノックアウトする力を残している（第十四作、『惨劇のヴェール』）上に、「その目だけが、小山のような体のなかで、ただひとつ鋭いきらめきを帯びるものだ」（前掲『もはや死は存在しない』）と暗示的に描写される知性には、いささかの曇りもない警察官である。

　このシリーズのおもしろさは、一見警察小説の体裁をとりながら、その実はウェクスフォードとその部下であるイカす中年、時に情緒不安定になったり、暴走気味の捜査をすすめたりするマイク・バーデン警部のコンビによる探偵小説だという点だろう。

　事件が起きると、当然主任警部ウェクスフォードの指揮で、警察の綿密な捜査が行なわれる。そして捜査の過程で、ウェクスフォードの勘に何かがひっかかる。やがて事件解決につながる何かである。彼はそれを直感と呼ぶが、たとえば第一作の『薔薇の殺意』で言えば、直感にひっかかるのは死体のそばに落ちている、一本のマッチの燃えカスだった。

　だがそれがどういう意味を持つのかは、その段階ではわからない。わからないが、それはたとえば、いろいろな証拠からある男が犯人に違いないと思われるようなときでも、犯人と断定することを妨げる力を持つ。直感と一致しない不自然さを、ウェクスフォードにあたえるからである。そして最後に、捜査で得た証拠と警部の直感がぴたりと一致して事件が解決されるとき、読者もまた大いなるカタルシスを味わうということになる。

地味で退屈な捜査活動の描写が、このシリーズ小説のいまひとつの側面、ゆるぎないリアリティを形成し、そしてウェクスフォードのめぐまれた直感がシリーズの華を成していると言えようか。なお物語の中で、ウェクスフォード、バーデン両警部の私生活が、かなりのウエイトを占めて描かれ、作品に日常性が持つあたたか味と厚味を加えている。

（「小説新潮」平成2年7月臨時増刊号）

推理小説が一番

わが憩《いこ》いのひとときは、仕事に煩《わずら》わされずに推理小説を読むことである。そう言ったところで物を書く人間の休息が読むことだというのはおもしろくもなんともないだけでなく、小説家にあるまじき不精ぶりと言われかねないだろうが、大体は事実である。

むかしは私ももっといろいろな憩いのひとときを持っていた。たとえば碁とか散歩とか。

しかし碁は、遊びはともかく一局に二時間近くもかけるような本気の碁を打ったあとは、かなり疲れるようになった。二、三度そういうことがあってから、私の足は駅前の碁会所から次第に遠のいてしまった。いまはせいぜい碁盤を持ち出して棋譜をならべるぐらいである。

散歩も、元気なころは空地や公園の野草や樹木を調べたりしながらのんびりと歩き回ったものだが、近ごろは同じコースを腰に万歩計をさげて歩くようになった。趣味というよりは健康のためだから早足で歩く。とても憩いのひとときという図柄《ずがら》ではなくなった。

そういう経緯があって、消去法で推理小説が残った形だが、仕事の合間にこれを読むと、いつの間にか仕事の時間まで喰《く》われてしまうので、冒頭のような感想があるわけである。最近も二、三の推理小説をたのしく読んだが、なかでもハワード・F・モーシャー『美しい町の残酷な死』（新潮文庫）がよかった。もっともこの小説は人種的偏見がテーマで、単純に推理小説と呼んでいいのかどうかわからない。

この小説でもっともおもしろい個所は裁判の場面だが、この作品に限らず海外の裁判小説、あるいは裁判がクライマックスとなる小説は大概おもしろい。それは裁判の仕組みそのものがはなはだ劇的に出来ているからで、その眼目をなしているのは陪審制度だと思う。この点、陪審制度を持たない日本の裁判を書く小説は不利かも知れない。

ほかにスポーツのテレビ観戦、とくに高校野球、相撲のテレビは、私にとってはまさに憩いのひとときにあたるものなのだが、近ごろなんとなくそう言いにくい気がするのは、長い間にいらざる裏話なども耳にしてしまっているからだろう。それだけでなくたとえば相撲など も、ブームというけれども見終ったあとにどこか酔いきれない白白とした気持が残る。これは上にしっかりした横綱がいないからではないかと考えたりして、以前と変りなくテレビの前に坐《すわ》りはするものの、気持はどうもいまひとつしっくりとしないのである。

（「週刊文春」平成4年4月30日）

魅力的なコンビ

病的な犯罪者による異常犯罪が核になっているミステリイというものは、べつにこと新しいわけではないだろうが、この分野に精神病理学的に深く切りこんだような作品が出てきたのは、やはり近年の一傾向ではないだろうか。

私はこれも嫌《きら》いではなくてよく読むけれども、最近の佳作とすべき海外ミステリイには、題名は挙げないがこの種類の小説が多いので、必然的に読まされている面もあるように思う。

しかしいつも思うことだが、こういう小説の読後感は必ずしもいいとは限らない。事件が解決してもすっきりした解放感は得られず、読んでいる間はおもしろくとも、読後に残るものはほとんどないという場合さえある。理由はおそらく小説の中に登場する精神科医などにつき合って、人間の暗部ともいうべき病的心理の迷路を長長と歩かされたりするからだろう。読者がそこに見る風景は、決して明るいものではない。

ところが新人作家パトリシア・コーンウェルの近刊『検屍官《けんしかん》』、『証拠死体』は同じく、異常犯罪を扱っても、既存のこの種類のミステリイが持っているそういう重苦しさがなく、読後の後味はほとんどさわやかといってもいい作品である。

その理由のひとつは、発生する異常犯罪（この場合は殺人）に対して、はじめから病的心理に分け入って解明をいそぐような方法をとらず、こちらの方はあっさりと切り上げて、まず物の面から追跡が開始されるせいではなかろうか。しかもその追跡（捜査）の経過は、万人が納得出来る高度に科学的な検証という形をとって、白日のもとに示されるわけで、色彩は至極明るい。

つまりこの小説では、読者は作者と一緒に病的心理の密林に踏みこんで疲れたりする必要はなく、通常のサスペンスに満ちた物語を読むように読み、その事件の解決から、すぐれたミステリイだけが持っている快いカタルシスを受け取ることが可能であるように思われる。

そして後味のいいもうひとつの理由は、女主人公であるヴァージニア州検屍局長ケイ・スカーペッタと、彼女とコンビを組んで事件の解決にあたる警部補ピート・マリーノ、この二人の人間関係の描写のおもしろさにあるように思う。

太鼓腹の粗野な大男と洗練された小柄な女性というこのコンビのおもしろさは、ケイに対して無礼でそっけない態度をみせるマリーノが、内心じつは離婚歴のある孤独な中年女であるケイの保護者気取りでいて、実際に再三にわたってケイの危機を救うことになり、ケイもまた、時にマリーノの鈍感で粗野な態度にうんざりしながら、内心はその大きな身体《からだ》と腕力を大いに頼りにしているあたりにあるだろう。

小説のおもしろさ、ことに記憶に残るほどのおもしろさというものは、ストーリイもさることながら、その中に生きた人間が描かれているかどうかで決まると言っても過言ではあるまいと私は思っている。

その例を挙げよと言われれば枚挙にいとまがないほどだが、たとえば例のスウェーデンの警察小説、マイ・シューヴァル、ペール・ヴァールー共著の「マルティン・ベックシリーズ」を例にひけば、『笑う警官』、『バルコニーの男』、『消えた消防車』といったシリーズの中の傑作といえども、細部の記憶はかなり曖昧《あいまい》になっているにもかかわらず、主任警部のマルティン・ベックをはじめ、好漢レンナルト・コルベリ、それこそ粗野な大男グンヴァルド・ラーソン、プロ中のプロ赤鼻のエイナール・ルン、コンピューター顔負けの記憶力の持主フレドリック・メランデルといった刑事たちの個性的な人物像は、いきいきと記憶に残って決して消えることがない。

私はパトリシア・コーンウェルの『検屍官』、『証拠死体』を、今年の海外ミステリイのトップクラスの収穫と思っているのだが、それにしてもこの二作品の魅力の相当の部分を、コーンウェルが創造したケイとピート・マリーノという卓抜な人間関係が占めているという感触は動かせない気がしている。

このコンビが今後も継続していきいきと活躍するようであれば、すぐれて好ましいシリーズ作品が出来上がるのではなかろうか。つぎの作品に大いに期待したいと思う。

（「IN★POCKET」平成5年1月号）

冬の窓から

灰色の雲の下。顫《ふる》える磁針がNにかさなる方角に、小さくぶらさがっている、あれが故郷である。私の悔恨をつめこんで、凍《い》てた腸詰のように光る故郷。

夜は、寒いので凶暴になっているらしい。立ち上がりざまに世界をわし摑《づか》みにしたので、バス通りのレストランDが驚愕《きょうがく》して灯《ひ》をともすのがみえる。私も、やおら灯をともすべき刻が来た。だが明りをつけると、故郷はすぐにみえなくなるのに、悔恨はしぶとく部屋の中まで入りこんで来るのだ。

ピテカントロプスは悔恨を持たなかっただろうか。狩の収獲について、愛の衝動について、なかでも人間になりつつある自分に。

あとがき

私のエッセイ集には、書いた本人も気がひけるほどに生まれそだった田舎《いなか》の話がひんぱんに出てくる。今度の『ふるさとへ廻《まわ》る六部は』も例外ではなく、やはり田舎のことやら子供のころのことやらが出てくるが、同じく回想をのべても、以前のエッセイ集の場合とは少しニュアンスが違ったものになったのではないかと私は思っている。

私が田舎のことを書くのは、大方はそれが小説家としての私の存在理由と切りはなせないものになっているためだが、このエッセイ集では大切なわが田舎は崩壊の危機に立たされている。これらの短文を書いている年月の間に進行した農業の衰退と具体化した米の輸入自由化がその原因である。

これに加えて私の村は、宮城県、山形県東部を横断して西にのびてきた高速自動車道路に、村の地所を二分されることになった。生活の利便と経済効率という大義名分のもとに、私の村はいずれ夜も昼もごうごうと車が走りぬけ、風景は乾いて、歪《いびつ》なものに変るだろう。私はエッセイの中ではずいぶん筆をおさえて書いたが、故郷喪失の感慨は深く落胆は押さえがたいものがある。そして生活の利便と経済効率ということが、人間の暮らしのほかの要素を圧倒して世の大義名分となり得るほどのものなのかと疑うものだが、それはそれとしてエッセイにはそういうことも書きとめておかなければならない。田舎エッセイの多い理由である。また、やはりこの中の文章を書いている間に、私の老いは深まり徐々に深刻化してきた。老いるということは人間の自然で、歓迎するようなことではないにしても拒否すべきものでもあるまいと思うけれども、そのような老いの様相というものも少しは書きとめておきたいと思った。

『ふるさとへ廻る六部は』は、およそそんな中身を持つエッセイ集である。

平成七年四月

藤沢周平

この文庫に収めた作品はいずれも単行本未収録。但し、「忘れもの」「教え子たち」「夜明けの餅焼き」「老婆心ですが」「池波さんの新しさ」「私の『深川絵図』」「恥のうわぬり」「禁煙記」「ミステリイ徒然草」「冬の窓から」の十編を除く各編は、文藝春秋社版『藤沢周平全集　第二十三巻』（平成六年三月刊）に収められた。

なお、「忘れもの」「冬の窓から」の詩二編は、それぞれ「小説新潮」昭和50年10月号、昭和54年3月号に発表された。

藤沢周平著　橋ものがたり

様々な人間が日毎行き交う江戸の橋を舞台に演じられる、出会いと別れ。男女の喜怒哀楽の表情を瑞々しい筆致に描く傑作時代小説。

藤沢周平著　時雨みち

捨てた女を妓楼に訪ねる男の肩に、時雨が降りかかる……。表題作ほか、人生のやるせなさを端正な文体で綴った傑作時代小説集。

藤沢周平著　消えた女
—彫師伊之助捕物覚え—

親分の娘おようの行方をさぐる元岡っ引の前で次々と起る怪事件。その裏には材木商と役人の黒いつながりが……。シリーズ第一作。

藤沢周平著　春秋山伏記

羽黒山からやって来た若き山伏と村人とのユーモラスでエロティックな交流——荘内地方に伝わる風習を小説化した異色の時代長編。

藤沢周平著　本所しぐれ町物語

川や掘割からふと水が匂う江戸庶民の町……。表通りの商人や裏通りの職人など市井の人々の微妙な心の揺れを味わい深く描く連作長編。

藤沢周平著　密謀（上・下）

天下分け目の関ケ原決戦に、三成と密約がありながら上杉勢が参戦しなかったのはなぜか？　歴史の謎を解明する話題の戦国ドラマ。

ふるさとへ廻《まわ》る六部《ろくぶ》は

新潮文庫　ふ - 11 - 23

平成七年五月一日発行
平成十九年八月三十日十六刷

著者　藤《ふじ》沢《さわ》周《しゅう》平《へい》
発行者　佐藤隆信
発行所　株式会社 新潮社

郵便番号　一六二―八七一一
東京都新宿区矢来町七一
電話　編集部(〇三)三二六六―五四四〇
　　　読者係(〇三)三二六六―五一一一
http://www.shinchosha.co.jp

価格はカバーに表示してあります。

乱丁・落丁本は、ご面倒ですが小社読者係宛ご送付ください。送料小社負担にてお取替えいたします。

印刷・二光印刷株式会社　製本・株式会社植木製本所

ISBN978-4-10-124723-6 C0195